外国语言文学研究学术论丛 | 总主编 文 旭

庞德《三十章草》中的
女性形象研究

晏清皓 著

科学出版社

北京

内 容 简 介

　　本书构建了庞德《诗章》的赋格结构模式，对《三十章草》的女性形象做了系统的归类研究，对其中的典型形象做了具体分析。本书概括了《三十章草》的全部151位女性，以及从其所属的历史、文化、生命3个维度划分了22种类型，对每个类型都做了系统的建构性探究。历史维度共10个类型的女性，无论真实的还是虚构的，她们的人生都与各自的政治生境密切相关；文化维度的6个类型包括神话中的女巫、女儿与恋人，也包括人间的母亲、妻子与女儿，都具有三位一体的性质；生命维度的6个类型则体现着庞德对生命本身的关注，甚至她们的生死、善恶、真假、美丑，连同她们的爱恨情仇，也都打上了生命的烙印。《三十章草》的女性形象都是支离破碎的，却彰显了整部《诗章》的碎片性、开放性、分散性与拼贴性等特点。没有她们，《三十章草》将面目全非，整部《诗章》也都势必迥然不同。

　　本书可供从事外国文学教学与研究的科研人员、教师、学生，以及喜爱外国文学的广大读者阅读。

图书在版编目（CIP）数据

庞德《三十章草》中的女性形象研究/晏清皓著. —北京：科学出版社，2018.3

（外国语言文学研究学术论丛/文旭主编）

ISBN 978-7-03-056900-4

Ⅰ. ①庞⋯　Ⅱ. ①晏⋯　Ⅲ. ①庞德（Pound，Ezra 1885-1972）-女性-人物形象-诗歌研究　Ⅳ. ①I712.072

中国版本图书馆 CIP 数据核字（2018）第 049764 号

责任编辑：杨　英/责任校对：贾娜娜
责任印制：张欣秀/封面设计：铭轩堂

科 学 出 版 社 出版
北京东黄城根北街 16 号
邮政编码：100717
http://www.sciencep.com

北京虎彩文化传播有限公司 印刷
科学出版社发行　各地新华书店经销

*

2018 年 3 月第 一 版　开本：720×1000　B5
2019 年 1 月第二次印刷　印张：12 3/8
字数：252 000

定价：88.00 元
（如有印装质量问题，我社负责调换）

　　本书得到了西南大学中央高校基本科研项目"庞德《三十章草》中的多元文化及相互渗透研究"（SWU1709333）、重庆市博士后特别资助项目"庞德《三十章草》的文化研究"（Xm2017131）和中国博士后科学基金面上项目"庞德《三十章草》的文化研究"（2017M622941）的资助。

外国语言文学研究学术论丛

编　委　会

丛　书　序

外国语言文学博大精深，其内容涵盖外国语言学研究、外国文学研究、翻译研究、外语教育研究及跨文化研究等。在我国，外国语言文学研究历史悠久、成绩斐然。近些年来，外国语言文学研究发展迅猛，其理论与模式不断创新，研究方法多种多样。尤其在研究领域方面，其跨学科性和交叉性日益凸显并普遍，如与哲学、符号学、心理学、社会学、人类学、认知科学、脑科学等众多领域的日渐交叉和融合，促使我们必须多维度、多视角、多层面地进行研究，从而在科研上真正做到有所创新、有所前进、有所作为。多学科、跨学科、超学科研究已是当今学术发展的必由之路。

当然，无论是从学科研究历史传统的传承上来看，还是从其未来发展的开拓创新上来说，外国语言文学研究都任重而道远。因此，与时俱进，汇聚外国语言文学领域研究的最新成果，并为先行者和后学共同搭建学术交流的平台便成为促进学科发展极为重要的一环。为此，我们秉承西南大学"特立西南，学行天下"的大学精神，在学界广大同仁的关心和帮助下，精心打造了《外国语言文学研究学术论丛》系列学术专著，以期促进外语界同仁相互沟通与交流，共同创新与进步。该系列学术专著的规模化出版，是西南大学外国语学院科学研究事业中的一件大事，其诞生是学院学科建设与科学研究事业发展的必然，同时也必将进一步搭建西南大学外国语学院学术成果交流的平台。

西南大学起源于 1906 年 4 月建立的川东师范学堂，于 2005 年由原西南师范大学、西南农业大学合并组建而成，是教育部直属重点综合性大学，国家"211工程"和"985 工程优势学科创新平台"建设高校。西南大学外国语言文学学科历史悠久、实力雄厚。学贯中西的大师吴宓先生，著名诗人、文学家方敬，翻译家邹绛、外语教育家张正东等学术先贤和著名专家曾在此执教，积淀了深厚的人文底蕴，形成了优良的学术传统和办学特色。西南大学外国语学院拥有"外国语言文学"一级学科博士学位、硕士学位授权点和博士后科研流动站，以及"翻译硕士"、"教育硕士"专业学位授权点，同时接收国内访问学者。学院拥有重庆市人文社会科学重点研究基地"外国语言学与外语教育研究中心"、西部地区外语教育研究会、重庆市外文学会、重庆市莎士比亚研究会等学术组织或团体。学院现有多名国内外知名专家学者，在认知语言学、语用学、功能语言学、莎士比亚研究、英美现代主义文学、翻译研究、外语教育学等领域有较深的造诣，并在多个全国性学术团体中担任重要职务。改革开放以来，学院秉承"博学中西，砥砺德行"的院训，以"崇尚学术自由、培养外语英才、塑造模范国民"为使命，以"全人教育思想"为外语教育理念，以学科建设为龙头，以科学研究为基础，在语言学研究、文学研究、翻译研究、外语教育以及文化研究等领域取得了一批学术价值大、实用性强的科研成果，多次获得全国和部市级的教学科研成果奖，在国内外产生了一定的影响。

本丛书的出版得到了西南大学和重庆市人文社会科学重点研究基地"外国语言学与外语教育研究中心"学科建设的大力资助，外国语学院的许多教师以及各界朋友也给予了极大的支持，在此对他们表示衷心的感谢。诚然，这个新生婴儿的成长与发展，要靠广大学人的呵护和支持。因此，敬祈学界朋友不惜赐教为幸，也热忱欢迎同行专家不吝赐稿。我们将秉承西南大学"含弘光大、继往开来"的校训，继续不遗余力为本丛书的成长壮大添砖加瓦。

为学之道，"辟如行远必自迩，辟如登高必自卑"。共同的事业就是共同的生活情趣，也是共同的追求，"嘤其鸣矣，求其友声"。"行到水穷处，坐看云起时"，思考求索的起点，追寻学术的真谛，这就是我们的责任和使命。是为序。

谨识于西南大学

2014 年 6 月 22 日

前　言

　　本书旨在探究庞德的《三十章草》究竟塑造了哪些女性形象，这些女性形象是如何呈现的，能否从中归纳出几个类型，对整部《诗章》又有怎样的意义。这一探究基于两个基本事实：一是《三十章草》之于整部《诗章》的基础地位；二是有关《诗章》的人物形象研究依然十分薄弱，而《三十章草》则是其中最为薄弱的。

　　《诗章》是庞德的扛鼎之作，也是现代主义诗歌的重要作品。1971 年，休·肯纳（Hugh Kenner）的《庞德时代》出版。在这部具有深远影响的著作中，肯纳把庞德的《诗章》分为八个部分，位居首位的便是《三十章草》。①肯纳的基本依据如下：一是这八个部分都曾单独成书，独立发行；二是《诗章》最有影响力的两个版本，即 1964 年的英国版本和 1970 年的美国版本，也都是由这八个部分组成的。十多年后的 1985 年，威廉·库克森（William Cookson）在《庞德〈诗章〉指南》中，虽然把《诗章》分为九个部分，但第一部分仍然是《三十章草》。②事实上，早在 1917 年，庞德就在杂志《诗歌》上发表了《三首诗章》，其修改本以《仪式诗章》之名于同年单独出版。在随后的岁月里，庞德又陆续出版了一系列其他诗章的单行本，包括《第四诗章》（1919 年）、《第八诗章》（1922 年）、《马拉泰斯塔诗章》（1923 年）、《十六章草》（1925 年）和《十七至二十七诗章》（1928 年）。但由于《三十章草》的问世，这些曾经的单行本，恰如彼得·威尔逊（Peter Wilson）所说，就都随之"失去了单独存在的意义"③；而《三十章草》则顺理成章地成了整部《诗章》的开篇之作。尽管也有部分专家秉持其他意见，比如，米歇尔·亚历山大（Michael Alexander）的《埃兹拉·庞德的诗学成就》仍然把《十六章草》作为开篇④，但在诸如美国纽约新方向出版公司（New Directions Publishing Corporation）的各种版本中，《诗章》的起始部分都是《三十章草》，而该公司则

---

① Hugh Kenner, *The Pound Era* (Berkeley, Los Angeles: University of California Press, 1971.), p. xiii.

② William Cookson, *A Guide to The Cantos of Ezra Pound* (New York: Persea Books, 1985.), pp. 3-46.

③ Peter Wilson, *A Preface to Ezra Pound* (Beijing: Pekin University Press, 2005.), p. 174.

④ Michael Alexander, *The Poetic Achievement of Ezra Pound* (London and Boston: Faber and Faber, 1979.), p. 129.

不仅是改变庞德命运的"唯一最为重要的力量"①，也是举世公认的《诗章》的最重要的出版机构。

《三十章草》具有四个显著特征。第一是创作时间长。1960年，庞德在接受《巴黎评论》记者唐纳德·霍尔（Donald Hall）的采访时曾说，他是"1904年左右开始创作《诗章》的"②，这与他在1944年自称"用40年时间去学习……写一部长诗"③的表述完全一致，所以乔治·卡恩斯（George Kearns）将《诗章》的构思回溯到庞德在汉密尔顿学院求学的时代。④以此推算，则《三十章草》的创作，从酝酿到出版，共计26年之久；即便从1917年的《仪式诗章》算起，也有13年之久；诺埃尔·斯托克（Noel Stock）在《庞德传》中所明确表示的15年，则是从1915年算起的。⑤在如此漫长的时间里，庞德对其创作意图已经了然于心，那便是一部"有一定长度的诗"。⑥

第二是内容丰富。庞德曾坦言，其《诗章》是"一首没有结尾的诗……关乎每一种东西的全部"。⑦这一表述同样适用于《三十章草》。比如，威尔逊就在《庞德导读》（2005年）中对《三十章草》的基本内容列了一个简明扼要的清单，认为第1～16章主要涉及《荷马史诗》的世界、古典神话的世界、游吟诗人的世界、行动之人、孔子思想、但丁式的地狱和炼狱、现代威尼斯、诗人之音等八大内容；而第17～30章则在对这些内容加以拓展、阐释与整合的同时，新增了诸如战争、金融与音乐等内容。⑧威尔逊的这个清单，实际上就是针对庞德所说的"每一种东西"而言的，尽管很难称得上全面，但至少显示了《三十章草》有着十分丰富的内容。总体来说，作为以往出版的全部诗章的总汇，《三十章草》已经彰显出包罗万象的特点。

第三是风格鲜明。《诗章》最为突出的诗学特征是碎片性、开放性与包容性，

---

① Gregory Barnhisel, *James Laughlin, New Directions, and the Remaking of Ezra Pound* (Amhest and Boston: University of Massachusetts Press, 2005.), p. 17.

② Donald Hall, "An Interview" (*Ezra Pound's Cantos: A Casebook*. Ed. Peter Makin. Oxford: Oxford University Press, 2006.), p. 252.

③ Ezra Pound, *Selected Prose 1909-1965* (Ed. William Cookson. New York: New Directions Publishing Corporation, 1973.), p. 167.

④ George Kearns, *Guide to Ezra Pound's Selected Cantos* (New Brunswick: Rutgers University Press, 1980.), p. 10.

⑤ Noel Stock, *The Life of Ezra Pound.* (London and New York: Routledge, 2011.), p. 289.

⑥ 这是庞德《十六章草》的副标题。

⑦ Ezra Pound, "Letter to James Joyce" (*A Guide to The Cantos of Ezra Pound*. Ed. William Cookson. New York: Persea Books, 1985.), p. xxiii.

⑧ Peter Wilson, *A Preface to Ezra Pound* (Beijing: Peking University Press, 2005.), pp. 173-176.

而这些特征在《三十章草》中就已确立。艾里克·洪贝格尔（Eric Homberger）的《庞德批评遗产》（1972 年）在《三十章草》条目下收录的五位批评家的论述，都是围绕风格展开的；而从洪贝格尔的导论中可以看出，即便大诗人叶芝（W. B. Yeats）也认为《三十章草》是一部难以读懂的作品。[①]《诗章》素有"天书"之称，原因很多，其中之一便是风格。约翰·蔡尔兹（John S. Childs）的《现代主义形式：早期〈诗章〉中的庞德风格》就从修辞角度，分门别类地探究过庞德诗的语言风格，其中的大量实例便出自《三十章草》，而具体到碎片性特征，则蔡尔兹在其所给的列表中，甚至仅有《三十章草》。[②]这至少从一个侧面说明，《三十章草》的风格已然就是浓缩了的整部《诗章》的风格。

　　第四是文本较为固定。据罗纳德·布什（Ronald Bush），1917 年的《三首诗章》刚一出版，庞德就着手对之加以修改。布什的这一说明显然是针对《三首诗章》与《仪式诗章》而言的。具体到《三十章草》，则因为其本身就是一个汇集本，所以要将以往那些陆续问世的有关作品加以整合，势必要进行必要的修改、调整，才能使之融为一体。比如，在 1923 年完成第 16 章之后，庞德将《三首诗章》压缩成两章[③]，将《第八章诗章》改为第 2 章，将《马拉泰斯塔诗章》由第 9～12 章移到第 8～11 章[④]，如此等等，不一而足。在 1933 年的英国版本和美国版本分别问世之后，庞德依然在继续修改，直至将所有"要紧的错误"[⑤]尽数排除。最终结果是，自 1970 年的《诗章 1～117》作为一个完整的诗卷出版以来，虽历经 13 次修订，但《三十章草》的文本却再也没有做过任何修改。这意味着，我们今天所见到的《三十章草》的文本乃是整部《诗章》中最为固定的，与庞德自己所确定的《诗章》的最终版本也是一致的。

　　上述这些特点，为我们的研究奠定了稳固的文本基础，也决定了本书之于《诗

v

---

① Eric Homberger, *Ezra Pound: The Critical Heritage* (London and New York: Routledge, 1972.), p. 21.

② John Steven Childs, *Modernist Form: Pound's Style in the Early Cantos* (Cranbury, London and Toronto: Associated University Press, 1986.).

③ Ezra Pound, *Ezra Pound to His Parents: Letters 1895-1929* (Eds. Mary de Rachewiltz, A. David Moody and Joanna Moody. Oxford: Oxford University Press, 2010.), p. 519.

④ Ronald Bush, *The Genesis of Ezra Pound's Cantos* (Princeton: Princeton University Press, 1976.), pp. xiii-xv.

⑤《诗章》的出版过程同它的创作过程一样漫长，在陆续发表的众多版本中，由于编辑和印刷等原因，存在一些错误。例如 Bill 版本的《诗章 I-XVI》中第 58 页第 10 行，美杜莎的头应是复数形式（heads）而非错误的单数形式（head）。见 Ezra Pound, *Ezra Pound to His Parents: Letters 1895-1929* (Eds. Mary de Rachewiltz, A. David Moody and Joanna Moody. Oxford: Oxford University Press, 2010.), p. 553。庞德非常重视对这些错误的更正，《三十章草》中已没有这些错误。

章》研究的基础性特征。而之所以选择《三十章草》中的女性作为研究对象，则是因为迄今为止的庞德研究虽然已经成为一门显学，但对《诗章》之人物形象的研究却十分稀少，对其中之女性形象的研究更是凤毛麟角。对此，下文将有具体分析，这里不再赘述。

本书的撰写曾得到众多专家的指导，在此，对他们表示衷心感谢。他们是西南大学罗益民教授、刘立辉教授、向天渊教授、罗朗教授、刘玉教授、王永梅教授、江家俊教授，四川外国语大学董洪川教授、张旭春教授、罗小云教授，华中师范大学罗良功教授，四川大学曹明伦教授，重庆交通大学陈才忆教授，以及美国圣约翰/圣班尼迪克大学 Zhihui Sophia Geng 教授和美国加州大学伯克利分校 Charles Altieri 教授。同时感谢西南大学李力教授和熊辉教授、浙江大学沈宏教授、北京大学陶洁教授、北京联合大学黄宗英教授、北京理工大学已故王贵明教授、云南民族大学李雪章教授，感谢他们在资料收集过程中给予的大力帮助。感谢西南大学刘莎硕士为笔者演奏庞德《诗章》中的《百鸟之歌》选段，感谢圣约翰大学 Richmond Fraser 分享他对庞德诗的感悟，感谢希腊朋友 Manelous Phatious 在希腊语和希腊文化方面给予的大力帮助，并应笔者之邀把《三十章草》中的希腊文译成英语。感谢国家留学基金管理委员会（China Scholarship Council，CSC）的资助，使笔者得以到加州大学伯克利分校从事一年的庞德研究。本书的出版得到西南大学和重庆市人文社会科学重点研究基地"外国语言学与外语教育研究中心"学科建设的大力资助。感谢科学出版社杨英的通力合作与辛勤付出。

本书所用为美国版本《庞德诗章》（1995 年），同时参照了《三十章草》（1997年）第五次印刷本。前者是最为权威的《诗章》版本之一；后者则是单独成书的，而且从 1948 年以来，历经 1972 年、1990 年、1997 年等版本，都再没做过任何改变。有关《三十章草》的所引诗文，除非注明译者，均由笔者根据《庞德诗章》译出，其中第 1 章、第 2 章、第 4 章和第 17 章参考了叶维廉的翻译。有关《诗章》中的人物形象的背景材料，主要参考了卡罗尔·特雷尔（Carroll F. Terrell）的《埃兹拉·庞德〈诗章〉手册》（1993 年）。

晏清皓

2017 年 12 月于西南大学

目　　录

导　论

　　《诗章》是由相互关联、彼此独立的几个部分组成的。作为全诗的开篇部分，《三十章草》已然预设了整部《诗章》的基本主题与创作特色，对这部具有百科全书式的鸿篇巨制而言，具有明确的导论性质。沃尔顿·利茨（Walton Litz）曾明确指出，"在一定意义上，《三十章草》最先提出了各种主题与困境，后来的诗章都是对之所做的一系列延续"。[①]事实上，不仅是《诗章》的主题思想，就连其碎片性、跳跃性、拼贴性等创作特点，以及政治、经济、历史人物、多元文化等基本素材，也都在《三十章草》中有较为充分的诗化表现。这意味着，无论从形式到内容，还是从表现手法到主题呈现，抑或从谋篇布局到材料使用，《三十章草》都为整部《诗章》奠定了坚实基础；而《诗章》的其余部分，一方面是对《三十章草》的"一系列延续"，另一方面也是对《三十章草》的"一系列回归"。前者彰显着《诗章》的不断拓展与升华；后者则揭示了庞德对人性的洞悉与反思。概而言之，《三十章草》堪称《诗章》中的"诗章"。

　　然而，有关《三十章草》的研究却与其在《诗章》中的地位并不相称。对此，从有关庞德及其《诗章》的研究成果中便可看出。迄今为止的《诗章》研究，可谓硕果累累。蒋洪新在《庞德学术史研究》一书中，就国外研究总结了五个方面的成就。一是关于《诗章》的形成过程的研究，如罗纳德·布什的《埃兹拉·庞德〈诗章〉的诞生》[②]（1976年）。二是有关《诗章》的导读的研究，如约翰·爱德华兹（John Edwards）与威廉·瓦斯（William Vass）的《埃兹拉·庞德〈诗章〉注解索引》[③]（1957年）、卡罗尔·特雷尔的《埃兹拉·庞德〈诗章〉手册》[④]（1980年）、罗伯特·笛利根（Robert Dilligan）等的《埃兹拉·庞德〈诗

---

① Walton Litz, "Preface" (*A Draft of XXX Cantos by Ezra Pound*. New York: New Directions Publishing Corporation, 1997.), p. vii.

② Ronald Bush, *The Genesis of Ezra Pound's Cantos* (Princeton: Princeton University Press, 1976).

③ John Edwards and William Vass, *Annotated Index to the Cantos of Ezra Pound* (Berkeley, Los Angeles, London: University of California Press, 1957).

④ Carall F. Terrell, *A Companion to The Cantos of Ezra Pound* (Berkeley, Los Angeles, London: University of California Press, 1993).

章〉术语索引》①（1981 年）、威廉·库克森的《庞德〈诗章〉指南》②（1985 年）。三是有关《诗章》结构的研究，如丹诺埃尔·波尔曼（Daniel Pearlman）的《时间之钩：埃兹拉·庞德〈诗章〉的统一性》③（1969 年）、尤金·纳萨尔（Eugene Nazar）的《埃兹拉·庞德的〈诗章〉与抒情模式》④（1975 年）、利昂·苏瑞特（Leon Surette）的《祭祀之光：埃兹拉·庞德〈诗章〉研究》⑤（1979 年）、温迪·弗洛里（Wendy Florey）的《埃兹拉·庞德与〈诗章〉：斗争的记录》⑥（1980 年）、凯·戴维斯（Kay Davies）的《赋格与壁画：庞德〈诗章〉的结构》⑦（1984 年）、德米特尔斯·奇冯纳波纳斯（Demetres Tryphonopoulos）的《天上的传统：埃兹拉·庞德〈诗章〉研究》⑧（1992 年）。四是有关《诗章》与异域文化的比较研究，如维特鲁戈·孔蒂诺（Vittorugo Contino）的《埃兹拉·庞德在意大利》⑨（1970 年）、约翰·诺尔德（John Nolde）的《源自东方的花朵：埃兹拉·庞德的中国诗章》⑩（1983 年）和《埃兹拉·庞德与中国》⑪（1996 年）、直颜将司的《埃兹拉·庞德的〈比萨诗章〉与日本能剧》⑫（1998 年）。五是对《诗章》之整体与片段的研究，前者包括哈罗德·沃茨（Harold Watts）的《埃兹拉·庞德与〈诗章〉》⑬（1952 年）、克拉

---

① Robert J. Dilligan, James W. Parins, and Todd K. Bender, *A Concordance to Ezra Pound's Cantos* (New York and London: Garland Publishing, 1981).

② William Cookson, *A Guide to The Cantos of Ezra Pound* (New York: Persea Books, 1985).

③ Daniel D. Pearlman, *The Barb of Time: On the Unity of Ezra Pound's Cantos* (New York: Oxford University Press, 1969).

④ Eugene P. Nazar, *The Cantos of Ezra Pound: The Lyric Mode* (Baltimore and London: Johns Hopkins University Press, 1975).

⑤ Leon Surette, *A Light from Eleusis: A Study of Ezra Pound's Cantos* (Oxford: Clarendon Press, 1979).

⑥ Wendy Florey, *Ezra Pound and The Cantos: A Record of Struggle* (New Haven and London: Yale University Press, 1980).

⑦ Kay Davis, *Fugue and Fresco: Structures in Pound's Cantos* (Orono: National Poetry Foundation, 1984).

⑧ Demetres Tryphonopoulos, *Celestial Tradition: A Study of Ezra Pound's The Cantos* (Waterloo: Wilfrid Laurier University Press, 1992).

⑨ Vittorugo Contino, *Ezra Pound in Italy* (Maniago: Grafiche Le. Ma., 1970).

⑩ John J. Nolde, *Blossoms from the East: The China Cantos of Ezra Pound* (Orono: National Poetry Foundation, 1983).

⑪ John J. Nolde, *Ezra Pound and China* (Orono: National Poetry Foundation, 1996).

⑫ Ursula Shioji, *Ezra Pound's Pisan Cantos and the Noh* (Frankfurt am Main: Peter Lang, 1998).

⑬ Harold Watts, *Ezra Pound and The Cantos* (Chicago: Henry Regnery Company, 1952).

克·艾默里（Clack Emery）的《化思想为行动：庞德〈诗章〉研究》①（1958 年）、乔治·达克（George Dekker）的《随知识航行》②（1963 年）、诺埃尔·斯托克的《阅读〈诗章〉：埃兹拉·庞德的意义研究》③（1966 年），以及彼得·麦肯（Peter Makin）的《庞德的〈诗章〉》④（1985 年）和《埃兹拉·庞德的〈诗章〉：专题文集》⑤；后者包括盖伊·达文波特（Guy Davenport）的《山巅之城：埃兹拉·庞德〈诗章〉三十章草研究》⑥（1983 年）、彼得·德皮罗（Peter D'Epiro）的《修辞略谈：埃兹拉·庞德的马拉泰斯塔诗章》⑦（1983 年）、安东尼·伍德沃德（Anthony Woodward）的《埃兹拉·庞德与〈比萨诗章〉》⑧（1980 年）、詹姆斯·威尔海姆（James Wilhelm）的《埃兹拉·庞德的后期诗章》⑨（1977 年），以及彼得·斯托切夫（Peter Stoicheff）的《镜子之厅：埃兹拉·庞德〈诗章〉的草稿及残篇和结尾》⑩（1995 年）。

　　蒋洪新用 30 页的篇幅对一些重要著作做了简明扼要的评述。⑪由于篇幅和主旨的原因，蒋洪新的总结远非《诗章》研究的全部，因为至少还有以下几个方面没有纳入。第一是有关《诗章》中的政治关系的研究，如尼克·塞尔比（Nick Selby）的《庞德〈诗章〉中的迷失诗学》⑫；第二是有关版本的研究，如芭芭拉·伊斯

3

---

① Clark Emery, *Ideas into Action: A Study of Pound's Cantos* (Coral Gables, Florida: University of Miami Press, 1985).

② George Dekker, *Sailing After Knowledge: The Cantos of Ezra Pound* (London: Routledge & Kegan Paul, 1963).

③ Noel Stock, *Reading The Cantos: The Study of Meaning in Ezra Pound* (New York: Pantheon Books, 1966).

④ Peter Makin, *Pound's Cantos* (London: George Allen & Unwin, 1985).

⑤ Peter Makin, ed., *Ezra Pound's Cantos: A Casebook* (Oxford: Oxford University Press, 2006).

⑥ Guy Davenport, *Cities on the Hills: A Study of I-XXX of Ezra Pound's Cantos* (Ann Arbor: UMI Research Press, 1983).

⑦ Peter D'Epiro, *A Touch of Rhetoric: Ezra Pound's Malatesta Cantos* (Ann Arbor: UMI Research Press, 1983).

⑧ Anthony Woodward, *Ezra Pound and The Pisan Cantos* (London, Boston and Henley: Routledge and Kegan, 1980).

⑨ James Wilhelm, *The Later Cantos of Ezra Pound* (New York: Walker and Company, 1977).

⑩ Peter Stoicheff, *The Hall of Mirrors: Drafts & Fragments and the End of Ezra Pound's Cantos* (Ann Arbor: University of Michigan Press, 1995).

⑪ 蒋洪新《庞德学术史研究》（南京：译林出版社，2014 年），第 75-105 页。

⑫ Nick Selby, *Poetics of Loss in The Cantos of Ezra Pound* (Lewsiton, Queenston and Lampeter: The Edwin Mellen Press, 2005.). 该书以 5 章的篇幅，论述了庞德从追求现代主义诗歌到追随法西斯主义思想的巨大转变，被认为是对《随知识航行》的一种发展。

特曼（Barbara C. Eastman）的《埃兹拉·庞德的〈诗章〉：文本的故事》[①]；第三是有关体裁的研究，如莱恩·亨里克森（Line Henriksen）的《抱负与焦虑：作为二十世纪史诗的庞德〈诗章〉与沃尔科特〈奥麦罗〉》[②]；第四是有关诗艺与创作理论的研究，如米歇尔·亚历山大的《埃兹拉·庞德的诗学成就》[③]；第五是有关主题的研究，如三宅秋子（Akiko Miyake）的《庞德与神秘的爱》。[④]笔者指出这些被蒋洪新省去的部分，意在说明每一种研究都各有所专，不可能面面俱到，尤其是对莎士比亚、艾略特、庞德这类世界级作家，以及诸如《红楼梦》与《诗章》等具有深远影响的作品。即便这里所增加的每个方面，也仅仅列举了一种具有代表性的著作；并且也如蒋洪新一样并未列举发表在杂志上的研究文章。与此同时，在众多的研究中，以《三十章草》为对象的成果，除了洪贝格尔收录的五种文献，我们仅仅找到两本专著：一是达文波特的《山巅之城：埃兹拉·庞德〈诗章〉三十章草研究》[⑤]，二是蔡尔兹的《现代主义形式：早期〈诗章〉中的庞德风格》。[⑥]有关《诗章》人物形象的研究更是非常有限，除了马拉泰斯塔（Malatesta）、亚当斯（Adams）、孔子等少数几个之外，其他很多形象至今未见相关成果面世；而以女性为对象的研究则近乎空白，虽然在某些著作中以碎片的形式出现，却都是作为纯粹的陪衬而一笔带过的。

鉴于庞德对中国文化的特殊兴趣与贡献，国内对庞德的研究有着别样的风景并大致走过了两大历程：20世纪的初步探索与21世纪的蓬勃发展。王光明认为，"1925年之前留学美国的诗人，胡适、陈衡哲、徐志摩、罗家伦、汪敬熙、黄仲书、闻一多、许地山、梁实秋、冰心、林徽因、刘延芳、甘乃光、朱湘、饶孟侃、陆志伟、孙大雨、方令孺等，都接触过意象派诗歌"。[⑦]其中胡适有关白话诗的理

---

① Barbara C. Eastman, *Ezra Pound's Cantos: The Story of the Text 1948—1975* (Orono, Maine: National Poetry Foundation, 1979.).

② Line Henriksen, *Ambition and Anxiety: Ezra Pound's Cantos and Derek Walcotts's Omeros as Twenties-Century Epics* (Amsterdam: Editions Rodopi BV, 2006.). 该书涉及荷马的古典传统、但丁的基督教传统、焦虑与帝国传统、转喻传统、加勒比传统、隐喻传统等方面，论述了史诗在不同文化中的表现及其与《诗章》的内在关联。

③ Michael Alexander, *The Poetic Achievement of Ezra Pound* (London and Boston: Faber and Faber, 1979.).

④ Akiko Miyake, *Ezra Pound and Mysteries of Love* (Durbam and London: Duke University Press, 1991.).

⑤ Guy Davenport, *Cities on the Hills: A Study of I XXX of Ezra Pound's Cantos* (Ann Arbor: UMI Research Press, 1983.).

⑥ John Steven Childs, *Modernist Form: Pound's Style in Early Cantos*(Cranbury, London and Toronto: Associated University Press, 1986.).

⑦ 王光明《自由诗与中国新诗》（载《中国社会科学》2004年第4期），第165页。

论就与庞德关于意象诗的理论非常接近，王光明称之为误读："芬诺罗莎、庞德是误读了中国文字和中国诗，而胡适则误读了美国意象派的主张。"①但这种"误读"或许就是一种故意，因为无论庞德还是胡适，他们的本义都是要改造诗歌。梁实秋称庞德的意象主义主张"几乎条条都与我们中国倡导白话文的主旨吻合"②，就是一个很好的例证。也正是这样的原因，所以当时的所谓"接触"，大多表现为译介，也都是限于意象派之于白话诗的启迪，具有较强的功利性。

从 20 世纪 40 年代中叶到 70 年代，由于战争及国内国际形势的原因，很少有人对庞德加以评论，而钱锺书、袁可嘉就属于那些少数者。钱锺书在《谈艺录》《写在人生边上》等著作及《通感》一文中，都曾讨论过庞德的艺术贡献。袁可嘉则结合新批评理论探究过庞德的诗歌创作，如《略论英美现代派诗歌》就涉及庞德的《毛伯莱》和《诗章》对高利贷的揭露③，蒋洪新所给的评语为"本文应该是国内第一篇分析庞德的代表作品《休·赛尔温·莫伯利》和《诗章》的文章，为以后庞德的作品研究指明了方向"。④20 世纪 70 年代中叶以后，特别是 80 年代，西学的引进尤其迅速，对庞德的翻译和研究也越来越多，涉及庞德的诗学、创作、个人评价，以及庞德与中国的关系等诸多方面，研究重点是意象主义、美国现代派与中国古典诗歌，而研究对象则集中于《地铁车站》《华夏集》等比较容易把握的诗歌。李文俊的《美国现代诗歌 1912—1945》于 1982 年在《外国文学》第 9～10 期连载，其中第 9 期的第一部分对《诗章》做了全面介绍，还以第 45 章的一个片段为例，就庞德对高利贷的抨击做了客观评价。⑤赵毅衡的《远游的诗神》，犹如其副标题所显示的，旨在探讨"中国古典诗歌对美国新诗运动的影响"，而用以支撑这一影响的就是庞德的《神州集》。⑥

中国知网（CNKI）上第一篇以庞德为题的论文是蓝峰于 1984 年发表的《"维护说"析——庞德诗歌理论及其与孔子思想的关系》，但里面没有涉及庞德的诗⑦；第一篇研究《诗章》的论文是王誉公和魏芳萱于 1994 年发表的《庞德〈诗章〉评

---

① 王光明《自由诗与中国新诗》（载《中国社会科学》2004 年第 4 期），第 167 页。

② 梁实秋《梁实秋文集》（厦门：鹭江出版社，2002 年），第 37 页。

③ 袁可嘉《略论英美"现代派"诗歌》（载《文学评论》1963 年第 3 期），第 64-85 页。

④ 蒋洪新《庞德学术史研究》（南京：译林出版社，2014 年），第 142 页。

⑤ 李文俊《美国现代诗歌 1912—1945》（载《外国文学》1982 年第 9 期），第 82-96 页。

⑥ 见赵毅衡《远游的诗神：中国古典诗歌对美国新诗运动的影响》（成都：四川人民出版社，1985 年）。

⑦ 见蓝峰《"维护说"析——庞德诗歌理论及其与孔子思想的关系》（载《文艺研究》1984 年第 4 期），第 115-122 页。

析》。该文将庞德的个人经历与历史文化相结合，将之视为《诗章》的主导思想，重点分析了第 9 诗章，以及《地狱诗章》《中国诗章》《亚当斯诗章》《比萨诗章》，文章的最后结论是，没有庞德就没有现代英语诗歌运动。[①]该文对国内后来的《诗章》研究具有深远影响，其中的基本观点、论述重点、基本结论等，都在后来的各种评论中一再出现。张子清与莫雅平分别从艺术特色和创作动机的角度，对《诗章》做了分析，特别是其中的《比萨诗章》。[②]20 世纪 90 年代最主要的一本译著或许是黄运特翻译的《庞德诗选·比萨诗章》，而最重大的一个事件则是第十八届庞德国际学术研讨会。前者是迄今为止译为汉语的最长的庞德诗选[③]；后者则较为全面地展示了中国学者的庞德研究成果[④]，既为后来的中国埃兹拉·庞德学术研讨会奠定了良好基础，也标志着中国的庞德研究开始登上世界舞台。[⑤]

进入 21 世纪后，中国的庞德研究呈现出迅猛增长的态势，并呈现出三个显著特点：数量大、质量高、特色突出。仅在 CNKI 数据库中，以"庞德"为篇名搜索，就可获得 2001 年以来的论文 596 篇，其中博士论文 3 篇、硕士论文 77 篇、期刊论文 516 篇[⑥]；此外还有数十部专著、译著。这些成果中，以翻译方向的成就为数最多，论文数远远高于其他方向。翻译方向的专著、译著有祝朝伟的《构建与反思：庞德翻译理论研究》[⑦]，叶维廉的《庞德与潇湘八景》[⑧]，张曦的《目的与策略：庞德翻译研究》[⑨]，陈东飚的《阅读 ABC》[⑩]；论文则有蒋洪新的《庞德

---

① 王誉公、魏芳萱《庞德〈诗章〉评析》（载《山东外语教学》1994 年第 3～4 期），第 132-137 页。

② 张子清《美国现代派诗歌杰作——〈诗章〉》（载《外国文学》1998 年第 1 期），第 81-84 页；莫雅平《试图建立一个地上乐园——从〈比萨诗章〉窥庞德之苦心》（载《出版广角》1999 年第 5 期），第 29-30 页。

③ 庞德《庞德诗选·比萨诗章》（黄运特译，桂林：漓江出版社，1988 年）。

④ 这是北京外国语大学与国际庞德协会于 1999 年 7 月在北京举办的国际学术会议。与会者来自 15 个国家和地区，包括庞德的女儿玛丽·德·拉韦尔兹（Mary de Rachewiltz）。关于这次会议的详情，见张剑《第十八届庞德国际学术研讨会》（载《当代外国文学》1999 年第 4 期）；关于本次会议的主要论文，见 Qian Zhaoming, Ed. *Ezra Pound and China* (Ann Arbor: The University of Michigan Press, 2003.)。

⑤ 蒋洪新《庞德学术史研究》（南京：译林出版社，2014 年），第 158 页。

⑥ 这是一个绝对的数字，截至本书撰写之时，同一篇论文在不同刊物发表只统计为 1 篇，教授访谈类和非埃兹拉·庞德类论文没有包含。但这个数字并不代表全部，以博士论文为例，CNKI 中的 3 篇都是论翻译的，而第二届中国埃兹拉·庞德学术研讨会在发给与会人员的手册中的 3 篇文学方面的博士论文则没有显示。

⑦ 祝朝伟《建构与反思：庞德翻译理论研究》（上海：上海译文出版社，2005 年）。

⑧ 叶维廉《庞德与潇湘八景》（长沙：岳麓书社，2006 年）。

⑨ 张曦《目的与策略：庞德翻译研究》（上海：上海交通大学出版社，2013 年）。

⑩ 庞德《阅读 ABC》（陈东飚译，南京：译林出版社，2014 年）。本书同时包括庞德的《怎样阅读》。

的翻译理论研究》①，王贵明的《译作乃是新作——论埃兹拉·庞德诗歌翻译的原则和艺术性》等。②研究范围也非常广泛，包括庞德的翻译研究、中国学者对庞德的翻译，以及翻译的原则、方法、策略等；研究手段上，除了传统的对比研究、个体研究和应用研究之外，还运用了数据库研究。

　　其他方向的研究也成绩不菲，既有总论性著作，比如陶乃侃的《庞德与中国文化》③和吴其尧的《庞德与中国文化》④；也有比较深入的专题研究，比如蒋洪新的《英诗新方向》⑤、索金梅的《庞德〈诗章〉中的儒学》⑥、胡平的《庞德〈比萨诗章〉研究》⑦、钟玲的《美国诗与中国梦》。⑧这些著作都有一个显著特征，即立足中国，发出中国的声音。这在外国文学研究中是极为宝贵的，它改变了那种跟随西方、人云亦云、甚至简单重复的陋习，使庞德研究成为中国学者与世界学者进行直接对话的一个窗口。

　　这种对话的另一突出表现是中国庞德学术研讨会，并已在某种意义上成了中国学术与世界接轨的平台之一。2008 年的首届中国埃兹拉·庞德学术研讨会吸引了全国多所大学的 60 余名学者，诗人西川、北塔、王家新、车前子和沉沙也都参加了会议，翻译家屠岸、许渊冲、江枫，以及赵毅衡、钱兆明、常耀信等做了主题发言。会议对庞德的诗歌、翻译、文学理论，以及庞德与中国的关系进行了研讨，对庞德的《华夏集》《七湖诗章》和庞德的人格、政治观点、乌托邦理想及其在东西方文化交流史上的杰出贡献做了深入交流。2010 年的第二届中国埃兹拉·庞德学术研讨会围绕"庞德与英美现代派""庞德与后现代诗歌"等议题展开了深入讨论。张子清、蒋洪新、董洪川、王贵明、傅浩、张剑、刘树森、孙宏、索金梅等 80 余名专家学者与会，组委会还组织了以"庞德的回声"为题的诗歌朗诵会。2012 年的第三届中国埃兹拉·庞德学术研讨会的主题为"庞德与东方"，

7

---

　　① 蒋洪新《庞德的翻译理论研究》(载《外国语》2001 年第 4 期)，第 77-80 页。
　　② 王贵明《译作乃是新作：论埃兹拉·庞德诗歌翻译的原则和艺术性》(载《北京理工大学学报》2002 年第 2 期)，第 36-41 页。
　　③ 陶乃侃《庞德与中国文化》(北京：首都师范大学出版社，2006 年)。
　　④ 吴其尧《庞德与中国文化：兼论外国文学在中国文化现代化中的作用》(上海：上海外语教育出版社，2006 年)。
　　⑤ 蒋洪新《英诗新方向：庞德、艾略特诗学理论与文化评判研究》(长沙：湖南教育出版社，2001 年)。
　　⑥ 索金梅《庞德〈诗章〉中的儒学》(天津：南开大学出版社，2003 年)。
　　⑦ 胡平《庞德〈比萨诗章〉研究》(上海：上海大学出版社，2017 年)。
　　⑧ 钟玲《美国诗与中国梦》(桂林：广西师范大学出版社，2003 年)。

来自中国多所高校、研究机构，以及美国、加拿大、比利时等国的庞德研究者，就庞德的诗学与诗歌、庞德的翻译理论与译作、庞德与儒家哲学和道家美学、庞德与日本文化、庞德的诗歌及翻译与英语教学等议题，做了较为广泛而深入的研讨。

从方志彤的《庞德〈诗章〉研究》①、荣之颖的《埃兹拉·庞德与中国》②，到叶维廉的《埃兹拉·庞德的〈神州集〉》③、郑树森的《丝绸上的太阳：埃兹拉·庞德和儒教》、黄贵友的《惠特曼主义、意象主义和现代主义在中国和美国》④，中国学者有关庞德的博士论文从 20 世纪开始就有了较大的国际影响。进入 21 世纪后，钱兆明、赵毅衡、谢明、常耀信等又将庞德研究向前推进了一大步。钱兆明的《东方主义与现代主义：庞德和威廉斯诗中的华夏遗产》《庞德、威廉斯和中国诗歌》《现代主义对中国艺术的反应：庞德、莫尔和史蒂文斯》《庞德的中国朋友：书信中的故事》等专著具有继往开来的意义。蒋洪新的《庞德研究》与《庞德学术史研究》等都具有很高的学术价值。常耀信是《庞德研究》杂志的特邀编辑，他的英文论文《庞德的诗章与儒家》还入选马塞尔·史密斯（Marcel Smith）和威廉·厄曼（William A. Ulmer）的《庞德文化遗产》。⑤

中国的庞德研究取得了举世瞩目的成就，所以即便是在对其他诗人的研究中也往往能够看到对庞德的评价。比如，董洪川就在其对艾略特的研究中论及庞德的诗风问题，还以《诗章》为例来说明庞德的诗风变化旨在"追求诗歌中的历史意识和时代内涵，并以硬朗简洁的风格来传达这种历史意识和时代内涵"。⑥赵毅衡的《诗神远游》则开辟专节讨论了庞德的《神州集》、《七湖诗章》、俳句、中式

---

① 这是中国学者第一部博士论文，其英语标题为 *Materials for the Study of Pound's Cantos*，曾获特雷尔的高度赞扬，参见 Carroll F. Terrell, *A Companion to the Cantos of Ezra Pound* (Berkeley, Los Angeles and London: University of California Press, 1993.), p. x. 有关方志彤与庞德的故事，参见钱兆明、欧荣《缘起缘落：方志彤与庞德后期儒家经典翻译考》（载《浙江大学学报》2015 年第 3 期），第 124-132 页。

② 这是中国学者的第二部博士论文，题目为庞德最后拟定，参见 Qian Zhaoming, *Ezra Pound's Chinese Friends: Stories in Letters* (New York: Oxford University Press, 2008.), p. 115.

③ Yip Wai-lim, *Ezra Pound's Cathy* (Princeton: Princeton University Press, 1969.).

④ Huang Guiyou, *Whitmanism, Imagism, and Modernism in China and America* (London: Associated University Press, 1997.).

⑤ Chang Yao-hsin, "Pound's Cantos and Confunianism" (Eds. Marcel Smith and William A. Ulmer, *Ezra Pound: The Legacy of Kulchur*. Tuscaloosa and London: The Unibersity of Alabama Press, 1988.), pp. 86-112.

⑥ 董洪川《"荒原"之风：T. S. 艾略特在中国》（北京：北京大学出版社，2004 年），第 43 页。

诗歌、汉字诗学，特别是儒学与《诗章》的关系。[①]该书的副标题为"中国如何改变了美国现代诗"，它实际上已暗示了这样的事实，即从某种意义上说，中国诗改变了庞德的诗学主张，庞德改变了美国诗的现代走向，而庞德研究则改变了我们对美国诗歌的整体认识。2017 年 11 月在昆明召开的中美诗歌诗学协会第六届年会专门设立庞德研究分会场，就是这种认识的一个具体体现。

　　但是，从上面的梳理中也可看出，人们对《诗章》的研究依然不多，对《诗章》中人物形象的研究也是凤毛麟角，对其中的女性形象的研究则更是罕见。不仅如此，有关《三十章草》的研究成果，就目前所掌握的资料，英文中也只有七种，其中 20 世纪 80 年代以降的仅有上面提到的《山巅之城》和《现代主义形式》。《山巅之城》虽出版于 1983 年，却是在 1953 年左右写成的[②]，亦即其成书时间是在庞德去世前 20 年，而出版时间则在庞德去世 10 年之后，这也是为什么在"导论"之前另加了"序言"的原因。该书的副标题的原文为 *I-XXX of Ezra Pound's Cantos*，直译即《庞德诗章之 1～30》，给人的感觉是《三十章草》的名称在当时似乎尚未完全确定。《山巅之城》由两个部分组成，第一部分为"导论"，共 97 页；第二部分为"详解"，共 155 页。在第一部分，达文波特以"感受力的失落"（loss of sensibility）为主题，以庞德的表意法（ideogram）为核心，以旅行、漩涡、泰山为主要意象，结合庞德于 1917 年发表的《三首诗章》，用 97 页的篇幅为全书确立了基本框架，也为《三十章草》之每个诗章的具体分析奠定了基础。这是全书的精华所在。第二部分是对《三十章草》的每个诗章的逐一评述，但显得较为单薄，这是因为以 155 页的篇幅评述 30 个诗章，还要留出一定的页码供总结使用，所以每个诗章平均只有 3 页左右，内容也因此而显得特别简略。该书涉及女性形象的只有第二部分对《三十章草》第 6 章的分析。在那里，达文波特以海伦（Helen）为题，以埃莉诺（Eleanor）和库尼扎（Cunizza）为例，把后两者皆看作前者的化身，旨在说明诗中的女性因生活于男性主宰的世界，所以能获得暂时的快乐便心满意足。达文波特这一结论只是简要的一般性说明，并未加以具体分析，难以说

---

　　① 赵毅衡《诗神远游：中国如何改变了美国现代诗》（上海：上海译文出版社，2003 年）。

　　② 作者在该书"前言"中写道：阅读《诗章》必须识别其众多意象的重要性，这些意象既相互关联，又相互区别，小到一个诗行，大到成串的诗行集结为整部作品，因此需要读者加以综合考虑。正是出于这样的原因，现将这部作品出版发行。本书写于大约 30 年前，当时之所以没有出版，是希望能拓展开去，将整部《诗章》一并纳入；现在将其出版，旨在能有助于广大读者了解本世纪最为有趣、也最为难懂的作品之一。见 Guy Davenport, *Cities on the Hills: A Study of I-XXX of Ezra Pound's Cantos* (Ann Arbor: UMI Research Press, 1983.), p. vii.

是对女性形象的研究。

蔡尔兹的《现代主义形式》出版于 1986 年，全书共 9 章，分别为《诗章》与现代主义；转喻、意象主义与庞德风格的形成基础；删除与碎片化；浓缩与空间形式；耦合；韵律；大语境之说话者；大语境之历史维度以及阅读、指代与机会。在该书中，蔡尔兹从符号学角度重点分析了第 1、2、4、7、9、14、16、17、19、20、21 和 30 诗章，旨在通过一种建构式的努力来确定《诗章》的文本结构。其最为显著的特征：一是从传统修辞的角度，结合新批评的基本概念，分析了庞德《诗章》的风格特点；二是将《三十章草》看作整部《诗章》的浓缩，将其表现方式看作现代主义诗歌的基本形式。与达文波特一样，蔡尔兹也没有涉及作品中的女性形象。

其他专家学者，包括洪贝格尔、米歇尔·亚历山大、休·肯纳等举世公认的庞德研究专家，也都并未专门探讨庞德《诗章》中的女性形象。洪贝格尔的《庞德批评遗产》涉及"特点与主题"27 个，但不包括女性形象。该书收录的 5 种著作中，也没有任何一种是以女性为题的。①米歇尔·亚历山大的《埃兹拉·庞德的诗学成就》虽然对庞德的作品逐一做了宏观评述，但因核心是庞德诗歌的现代性特征，所以也没有涉及女性。②丽贝卡·比斯利（Rebecca Beasley）的《埃兹拉·庞德与现代视觉文化》重点研究了意象主义、漩涡主义、批评政治（the politics of criticism）、视觉诗学、概念艺术，尽管该书涉及一些重要的女性，如玛丽·卡萨特（Mary Cassatt）等女作家，但她们并非庞德作品中的人物。该书还涉及《母与女》等画作，但这些也都不是庞德的作品。③三宅秋子的《庞德与神秘的爱》是一部颇有分量的作品，但同样不是以女性为题的。④休·肯纳的《庞德时代》是一部改变了文学发展坐标的重要著作，但重心是庞德在文学创新上的地位，同样没有以女性为题。⑤罗纳德·布什的《埃兹拉·庞德〈诗章〉的诞生》也没有涉及女性形象。⑥在国内，诸如张子清、索金梅、蒋洪新、钱兆明、常耀信、董洪川等一大

---

① Eric Homberger, *Ezra Pound: The Critical Heritage* (London and New York: Routledge, 1972.).

② Michael Alexander, *The Poetic Achievement of Ezra Pound* (London and New York: Faber and Faber, 1979.).

③ Rebecca Beasley, *Ezra Pound and the Visual Culture of Modernism* (Cambridge: Cambridge University Press, 2007.).

④ Akiko Miyake, *Ezra Pound and Mysteries of Love* (Durbam and London: Duke University Press, 1991.).

⑤ Hugh Kenner, *The Pound Era* (Berkeley, Los Angeles: University of California Press, 1971.).

⑥ Ronald Bush, *The Genesis of Ezra Pound's Cantos* (New Jersey: Princeton University Press, 1976.).

批专家学者，尽管他们的庞德研究极有特色，可他们也都未专门涉及《诗章》中的女性。

　　这意味着什么呢？是否意味着女性形象并不重要？抑或尽管重要，但并无专门研究的价值？也有可能他们都注重了宏大叙事，而将女性形象看作微不足道的内容，远比亚当斯、孔子之类逊色？事实上，现有的成果似乎印证了这些问题，因为不仅《三十章草》的女性形象无人研究，甚至整部《诗章》的女性形象也基本处于研究空白。[①]就目前掌握的材料看，只有迪基（F. Dickey）在其专著《现代肖像诗：从但丁·加百利·罗塞蒂到埃兹拉·庞德》中称庞德是一位"肖像诗作家"。[②]在该书的第二部分，迪基从美学角度对庞德在 1908—1912 年发表的短诗中的女性形象做了研究，然而并没有涉及《诗章》中的女性。叶艳从西方原型批评的角度，仅用两页的篇幅对 6 个形象进行了非常简略的解读，认为《诗章》中的女性原型形象体现着庞德对性与爱的理解与诠释[③]，不仅忽略了《诗章》中其他重要的女性形象，更漏掉了庞德通过这些女性形象所传递的思想内容。

　　尽管人们普遍忽略了女性，但这并不能否认《三十章草》中众多女性形象的存在。如果离开了这些女性形象，《诗章》还是《诗章》吗？这本身就是值得探讨的问题。鉴于此，本书将通过文本细读的方式，对《三十章草》中的女性形象逐一加以梳理，力求总结出一些具有普遍意义的类型，并探究庞德究竟是如何对她们加以描写的，其背后究竟隐藏着怎样的意图，体现着庞德怎样的女性观。这就必然涉及一系列相关问题，比如，她们是否只是庞德碎片手法的一种载体，而不具备什么深刻的含义？能否对她们进行分类？如果能，那么可以分为几类？她们各有什么样的基本特点？与哪些人物和事件有关？属什么样的关系？各类别之内和之间是否存在一定的联系？通过这些类型的女性形象，庞德想要揭示怎样的社会现象？各种类型的女性形象对《诗章》的思想内容、情感态度、价值取向，甚至谋篇布局有着怎样的意义？

　　这样的探究势必会用到多种理论与方法，如女性主义、新历史主义、结构主

11

---

　　① 根据笔者对加州大学伯克利分校图书馆等的查询，虽然庞德研究专著非常丰富，但有关其女性形象研究的成果则无迹可寻。笔者通过与英国、加拿大等的很多教师、学生、朋友，以及通过馆际互借等渠道，同样未能找到有关《诗章》女性形象的研究专著。

　　② Frances Dickey, "Ezra Pound: Portraiture and Originality" (in *Modern Portrait Poems: From Dante Gabriel Rossetti to Ezra Pound*. Charlottesville: University of Virginia Press, 2012.), p. 48.

　　③ 叶艳《〈诗章〉中的女性形象》（载《作家》2013 年第 12 期），第 141-142 页。

义，以及比较方法、文化批评、审美批评、原型批评等。庞德曾一再声称其《诗章》是一部"包含历史的诗"[①]，而他所说的"历史"显然并非传统意义上的历史，而更多的是对历史的一种再书写。相应地，他所谓的"史诗"，与其说是传统意义上的史诗，不如说是一种具有强烈个人色彩的心灵再现。这又意味着，在分析其女性形象时，必然涉及结构主义。首先，鉴于《诗章》具有浓烈的"拿来主义"特色，也必然会运用比较法和文献法。至于文化批评、审美批评、原型批评等，则因为这一研究属于文学研究，因此也是不可回避的。其次，由于以女性为研究对象，所以运用女性主义的理论是毋庸置疑的。最后，庞德本人也热衷于建立自己的理论，所以借用他的某些表述，也是一种必然。然而，本书并非理论研究，因此并不打算在多种理论之间纠缠，而是致力于庞德的《诗章》本身，致力于从《三十章草》得出结论。

柏拉图在《大希庇亚篇》中说"所有美的东西都是困难的"。[②]本书的研究对象虽然不属于美的本质，但也注定"是困难的"，充满了未知与挑战。充满未知是因为这一研究属于尚无先例的尝试；充满挑战则因为《诗章》本身有一定的难度。未知可以探究，还可能带来价值；而挑战则极为现实，也是本书必须克服的重重难关。

首先是语言的挑战。《诗章》是公认的"天书"一样的作品，美国人自己都认为它晦涩难懂，有的对它敬而远之，有的则不无痛恨之词。导致这一结果的原因固然很多，其中之一便是语言。《诗章》包含两大语言体系，一是自然语言，二是超自然语言。在自然语言层面，《诗章》实际使用的语言多达 16 种[③]，既有意大利语、西班牙语、普罗旺斯语等欧洲语言，也有希腊语、拉丁语、希伯来语等古代语言，还有汉语、日语、阿拉伯语等东方语言。而且即便同一种语言也会有多种形式，不但英语有古英语、中古英语、现代英语，以及英语的多种地域方言和社会方言，而且法语也夹杂古代法语、中古法语和现代法语。东西、古今的语言汇聚一处，标准语和方言口语纵横交错，整部《诗章》犹如语言的万花筒。尽管处

---

① Ezra Pound, *ABC of Reading* (New York: New Directions Publishing Corporation, 2010.), p. 46; *Social Credit: An Impact* (London: P. Russell, 1951.), p. 1.

② 柏拉图《柏拉图全集》（第 4 卷，王晓超译，北京：人民出版社，2003 年），第 61 页。

③ 一般认为，《诗章》共有 20 多种语言。但经过反复核对只有 16 种。唯有把古英语、中古英语、古法语、中古法语算作不同的语言，才有 20 多种。此外，库克森的《庞德〈诗章〉指南》也只列有 16 种语言，见 William Cookson, *A Guide to The Cantos of Ezra Pound* (New York: Persea Books, 1985.), p. xxxiz.

于支配地位的是英语，但其他语言夹杂其间，尤其是拉丁语、法语、汉语、意大利语和希腊语的大量使用，《诗章》带给读者的巨大冲击，即便做了充分的心理准备，依然远远超出了阅读预期。超自然语言包括乐谱、数字、图表、扑克牌、简笔画等。一方面，它们大量地散见于各章之中，属于文字叙事的补充；另一方面，它们又可能骤然升格，成为某个章节的主体，而文字则反而降为一种注解。许多超自然语言因素如计算公式、简笔画等，还因一再重复而成为前景化的、具有风格意义的表达方式。

无论自然语言还是超自然语言，在《诗章》中都既有原文照搬的，也有翻译而来的，还有作者新创的。以多种语言入诗，庞德并非第一人；但使用如此之多的语言，使之在同一部作品中犬牙交错、一贯而终，则或许只有庞德一人而已。庞德曾在多种著作中提出过"声诗""形诗""理诗"的概念。[①]借用这些概念去观照《诗章》中的众多语言，则那些语言都以各自的书写而成为"形诗"、以各自的发音而成为"声诗"、以各自的语义而成为"理诗"。它们不但给《诗章》充注了极限意义的能量，也给读者带来了多维度的视觉冲击力、多声部的听觉冲击力、多层次的语义冲击力。但是，这一切说起来容易，读起来则十分困难。因为如此之多的语言夹杂在一起，更给本来就十分晦涩的文本罩上了数十倍于其他作品的神秘面纱。

其次是文体的挑战。尽管庞德自豪地将《诗章》称为"一部史诗"，但它却缺乏一般意义上的史诗的许多基本要素，让人读来如坠无边的云海。1917 年，庞德曾致信詹姆斯·乔伊斯（James Joyce）说："我开始了一首无尾诗，不知属哪个范畴。形诗（光或意象）或什么别的，无所不包。"[②]何为"无所不包"呢？庞德始终没有明确的阐释，反倒是米歇尔·亚历山大列出了一个较为明细的清单："戏剧、讽刺诗、实录、详目、布道文、报告、抒情诗、日记、冥想、描述性固定场景、

---

① 1918 年 3 月，庞德在《小评论》发表的关于《别集》的论文中，提出了"形诗"（Melopoeia）和"理诗"（Logopoeia）两个概念。1918 年 11 月，他又在《小评论》发表的一篇诗评中，再次提出了"声诗"（phonapoeia）的概念。1920 年 10 月，他在《新时代》发表的一篇论文中，首次将这三个概念用在一起。见 Ronald Bush, *The Genesis of Ezra Pound's Cantos*（Princeton, NJ: Princeton University Press, 1976）, p. 172, note 38. 此后，庞德在《阅读 ABC》等著作中多次用到这三个术语，用以指称三种不同的诗歌类型。钱锺书在谈到诗的神韵时曾这样说过："《文心雕龙·情采》又云：'立文之道三：曰形文，曰声文，曰情文'。按 Ezra Pound 论诗文三类，曰 Phanopoeia，曰 Melopoeia，曰 Logopoeia，与此词意全同。"见钱锺书《谈艺录》（北京：中华书局，1984 年），第 42 页。

② Ezra Pound, "To Joyce"（*Letters of Ezra Pound to James Joyce*. Ed. Forrest Read. New York: New Directions Publishing Co., 1965.）, p. 103.

爆发式音响、神恩、颂歌、挽歌、田园诗、旁白、涂鸦、历史笔记、警句、摘要、小品、范式、演说、仪式中所用的短曲。"①由此可见,"无所不包"的是各种各样的诗歌体式,是这些体式的大融合。比如下面的诗行就体现着这样的融合:

> ……,罗伯特·布朗宁,
> 怎样说也只有一个"索尔代洛"。
> 但索尔代洛,而我的索尔代洛呢?
> (第2章)②

在庞德看来,布朗宁(R. Browning)的《索尔代洛》(*Sordello*)是乔叟(G. Chaucer)以降的最好的长诗,包含了过往历史,体现着时代精髓,所以曾打算步《索尔代洛》的后尘,写一部"包含历史的诗"。③但是,由于主题、结构、长度、方法等都尚未确定,所以只能以颇显空洞的《诗章》来命名。这样的好处是能够填塞任何内容,比如米歇尔·亚历山大所列举的清单,又比如各种翻译、仿拟、书信、卷宗等。但整部作品也因此而缺乏一个横贯全诗的中心,而同一部作品包括如此众多的文体则表明,《诗章》既是一只能"塞进全部思想的破口袋"④,也是一部跨文体的、多元化的鸿篇巨制,已然解构了人们的阅读预期。它打破了基本的文体规范、成为超自然语言的、跨时空的、非中心的多元书写,俨然一部极具跳跃性与碎片性的、艰涩难懂、宛如咒语一般的创意之作。

最后是历史文化背景的挑战。《诗章》的内容包罗万象,仅以传统意义上的"文化"为例,既有希伯来文化,也有古典文化,还有东方文化,它们各有体系却又杂糅其间。庞德还在呈现这些文化的同时,掺杂了自己的思想感情,借以给出自己的价值评价。不但如此,他还把政治、经济都看作文化的一部分;甚至连国家、家庭等也都被打上了深深的文化烙印。这些都使得《诗章》的阅读难同蜀道。诗中的人物从神话到历史,从古代到现代,从法国到俄国,涉及的女性形象范围极其广泛,而要去深入研究这些女性形象,除了人物本身的经历外,还离不开对当时社会历史的探索和把握,离不开对三大文化的基本认识,更离不开庞德对这些

---

① Michael Alexander, *The Poetic Achievement of Ezra Pound* (London and New York: Faber and Faber, 1979.), p. 125.

② 叶维廉译,收入叶维廉译《众树唱歌:欧美现代诗100首》(北京:人民文学出版社,2009年),第46页。

③ Ezra Pound, *ABC of Reading* (New York: New Directions Paperbook, 2010.), p. 46.

④ Ezra Pound, *Poems and Translations* (New York: Library Classics of the United States, Inc., 2003.), p. 318.

文化的继承、改造与重构。

其他挑战还有很多，也都如上面提到的挑战一样，是研究《三十章草》的女性形象所必须直面、无从躲避的。正因为充满未知、充满挑战，所以反倒更值得一试。1949 年，批评家班庭（B. Bunting）曾把阅读《诗章》比作攀登阿尔卑斯山。[①]对此，威尔逊和蒋洪新等国内外学者都先后有过引用与评价。威尔逊在《庞德导读》中引用班庭的比喻作为其介绍庞德《诗章》的开篇，认为它虽别出心裁，但对阅读 800 多页的《诗章》则不失为一种有益的指南。[②]蒋洪新认为班庭的比喻极为恰当，在《庞德研究》中他转引班庭的比喻，并将其与姚鼐的《登泰山记》和王安石的《游褒禅山记》一道，作为其《诗章》研究的开篇。值得注意的是，班庭的比喻是以诗的语言写成的，也是以白描的手法呈现的，其所提供的启示在于，《诗章》就是一座乱石林立的巍峨大山，对避而远之的人毫无意义，对渴望真相的人则蕴藏丰富内涵。

梅尔·霍华德·艾布拉姆斯（Meyer Howard Abrams）指出，任何一部文学作品总会涉及作者、读者、作品与世界几个要素。如果说班庭属于读者一端，那么庞德则属作者一端。两端密切结合，彼此互证，共同作用，聚焦于作品之上，则作品的微妙世界便有可能向我们渐次展现。具体到《诗章》，庞德曾就其中的历史、文化、结构和主旨等，有过一系列较为具体的阐释。尽管那些阐释模棱两可，甚至不无悖论，但至少有助于我们从中找寻相应的突破口。基于这样的思路，结合已有的研究成果，则这个突破口很可能就隐藏在《诗章》的宏观结构之中。这是因为《三十章草》乃是《诗章》的一个部分，而《诗章》又具有明显的碎片性。为了避免陷入碎片的泥潭，为了对女性类型的归类有据可依，也为了更好地把握庞德的创作运思，阐释其背后的创作意图，我们在具体研究《三十章草》中的人物形象之前，势必要首先弄清整部《诗章》的框架结构。

---

① 原文如下：They don't make sense. Fatal glaciers, crags cranks climb, jumbled boulder and weed, pasture and boulder, scree…There they are, you will have to go a long way round if you want to avoid them. 蒋洪新的释义为："它们还不容易，致命的冰川，山崖弯弯曲曲，杂乱的巨石和草地，牧场和石场，卵石……它们在那儿，如果你想避开它们，你就得绕一段长路。"见蒋洪新《庞德研究》（上海：上海外语教育出版社，2014 年），第 204 页。

② Peter Wilson, *A Preface to Ezra Pound* (Beijing: Peking University Press, 2005.), p. 164.

第一章 《诗章》的赋格结构模式

> 就像赋格：主题、对题、答题……《诗章》
> 也可以看作是赋格的。
>
> ——庞德《致荷马》[①]

> 在艺术中，最重要的是某种能量，多
> 少类似于电或辐射的东西，一种能传
> 输、焊接、一统的力。
>
> ——庞德《严肃的艺术家》[②]

　　《三十章草》是《诗章》的有机组成部分。由于《诗章》本身多样性、碎片性、跳跃性、穿插性的特征，所以《三十章草》中的女性形象也都是碎片性的、分散性的，往往需要经过重组才能获得较为清晰的形象。因此，有必要首先弄清《诗章》的整体结构，才能对研究对象有更好的把握。但《诗章》的整体结构形式究竟是什么，一直是学界争论的话题，也是庞德自己想要弄清的问题。即便在1960年接受霍尔的采访时，庞德也并不回避："我是1904年左右开始创作《诗章》的。我有过很多计划……问题是要找到一种形式，一种有足够弹性、能容纳必要材料的东西……唯有音乐形式或许可能。"[③]事实上，早在1934年的《阅读ABC》中，他就曾指出音乐之于诗歌的重要性："远离舞蹈，音乐会萎缩；远离音乐，诗歌会萎缩。"[④]而在同年写给他父亲的一封信中，他更进一步，径直将《诗章》与赋格作了类比："就像赋格：主题、对题、答题……《诗章》也可以看作是赋

---

① Ezra Pound, "To Homer" (*Ezra Pound to His Parents: Letters 1895-1929*. Eds. Mary de Rachewiltz, A. David Moody and Joanna Moody. Oxford: Oxford University Press, 2010.), p. 625.

② Ezra Pound, "The Serious Artist" (*Literary Essays of Ezra Pound*. Ed. T. S. Eliot. New York: New Directions Publishing Co., 1935.), p. 49.

③ Donald Hall, "Ezra Pound: An Interview" (*Ezra Pound's Cantos: A Casebook*. Ed. Peter Makin. Oxford: Oxford University Press, 2006.), p. 252.

④ Ezra Pound, *ABC of Reading* (New York: New Directions Paperbook, 2010), p. 14.

格的。"①很明显，庞德企图借赋格结构模式来创作《诗章》。

作为一个诗人，强调音乐的重要性不足为奇，但考虑用音乐作框架形式的却不多②，因此，庞德这一如此明确的类比也就格外重要。考察《诗章》的具体内容不难发现，横贯全诗的一条主线，也是其基本结构形式，就是无处不在的音乐，特别是赋格结构模式。但从赋格角度对《诗章》的研究却寥寥无几，仅有凯·戴维斯以第 63 章为例，并结合壁画结构有一定的涉猎③；对整部《诗章》的赋格结构模式的探究，则迄今为止依然有待起步。那么，庞德何以会把《诗章》比作赋格呢？赋格形式何以能够统领全诗呢？何以能承载诗人意欲表现的主题？何以能串起庞杂的意象？又何以有助于对女性形象的把握呢？

第一节　赋格结构模式在《诗章》中的统摄作用

赋格（Fugue）是一个音乐术语，属古典音乐的"一种音乐创作，其特点是将一个或多个主题在反题中加以系统模仿"。④作为一种相对独立的曲式，赋格通常包括呈示、展开和再现三大部分。呈示部分由主题和对题（多声部赋格往往具有两个或两个以上的对题）两大要素组成，依次在各声部做最初的陈述，形成二声部或多声部的对位；展开部分的表达方式较为灵活，音乐的高潮往往位列其中；再现部分，顾名思义，是对呈示部分的材料的回顾（大体而言有原样再现与变化再现两种形式）。赋格通常首先由一个声部来表现主题，接着由另一声部对之加以模仿，这种模仿好像是主题的答句，所以叫答题，而原来演奏主题的声部，这时则演奏和答题相结合的对比旋律，称为对题。于是，整部作品便形成宏观与微观两个结构：宏观结构呈现为首尾呼应的基本走势；微观结构则是主题、答题、对题在各个声部的呈示、模仿、发展、变形、重组与相互对位。宏观结构的呼应体现作品的完整性；微观结构的重复则表现作品的丰富性、片段性、跳跃性、穿插

① Ezra Pound, "To Homer 23 Oct. 1925" (*The Letters of Ezra Pound*. Ed. D. G. Paige. New York: Harcourt, Brace and Company, 1950.), p. 210.

② 有关庞德与音乐的研究，见 *Ezra Pound and Music: the Complete Criticism* (Ed. R. Murray Schafer. New York: New Directions, 1978.).

③ Kay Davis, *Fugue and Frescso: Structures in Pound's Cantos* (Orono, Maine: National Poetry Foundation, 1984.), pp. 66-94.

④《不列颠简明百科全书（英文版）》（上海：上海外语教育出版社，2008 年），第 625 页。

性。赋格的艺术魅力，既来自宏观结构与微观结构的交错推进，也来自多声部的循环往复，以及各声部间的回应、张力与冲击。

　　庞德称《诗章》的前 11 章是引子，旨在把所有主题做通盘交代①，这与赋格中的呈示部分不谋而合，也暗示着自第 12 章起是全诗的展开部分。此外，庞德还多次谈到作品的转折点②，这又意味着《诗章》的主体部分既有展开，也有再现。不仅如此，《诗章》的几乎所有内容如金钱、光亮、战争等，也都是彼此包含、反复穿插、变形重组、相互交替、不断轮回的。从赋格的角度看，这俨然就是典型的微观结构；而宏观结构则是从但丁（Dante Alighieri）《神曲》中演变而来的传统模式，即"一部史诗，始于'黑暗的森林'，穿越人类过失的炼狱，终于光"。③这也就解释了为什么庞德一方面借鉴但丁式的三部曲结构，另一方面又强调"没有严格依照《神曲》的三种划分"。④根据唐纳德·皮尔斯（Donald Pearce），庞德曾于 1953 年就《诗章》的"结构原则"有过这样的说明⑤：

Kung.
Dant.
Gks.

而在这之前的 1927 年，庞德在给他父亲的一封书信中，对《诗章》的结构说得更加具体：

　　　也可以说很像，或不像赋格中的主题、答题、对题。
　　　A. A.活着的人进入死者的世界

---

　　① Ezra Pound, "To Felix E. Schelling" (*The Letters of Ezra Pound*. Ed. D. G. Paigne. New York: Harcourt, Brace and Company, 1950.), p. 180.

　　② 庞德在 1958 年接受 BBC 采访时说："在诗歌接近中间的地方有个转折点。到那一点是种侦探故事的东西，要看的是犯罪。"见 D. G. Bridson, "An Interview with Ezra Pound" (*Ezra Pound's Cantos*. Ed. Peter Makin. Oxford: Oxford University Press, 2006.), p. 248. 又，根据詹姆斯·劳克林，庞德曾向他讲述过《诗章》的创作经历。详见 James Laughlin, *Gists and Piths: a Memoir of Ezra Pound* (Iowa: Windhover Press, 1982.)，从中可以发现，庞德的表述尽管较为多样，甚至前后矛盾，但并没有否认转折点的存在。

　　③ Ezra Pound, *Selected Prose 1909-1965* (Ed. William Cookson. New York: New Directions Publishing Co., 1973.), p. 167.

　　④ 庞德在接受《巴黎评论》记者唐纳德·霍尔的采访时说："我并没有严格依照《神曲》的三种划分。在这个充满实验的时代，没人可以遵循但丁的宇宙。"见 Donald Hall, "Ezra Pound: An Interview" (*Ezra Pound's Cantos: A Casebook*. Ed. Peter Makin. Oxford: Oxford University Press, 2006.), pp. 251-260.

　　⑤ 转引自 William Cookson, *A Guide to The Cantos of Ezra Pound* (New York: Persea Books, 1985.), p. xxvii.

C. B. "历史的重复"

B. C. "魔法时刻"或变形时刻，从日常到"永恒的神界"，神灵等①

这进一步表明，《诗章》的基本"结构原则"是音乐，而体现这一原则的便是赋格。仅上面的最后一个引述就至少为我们提供了三条基本信息：第一，庞德对赋格是了解的，所用术语是准确的；第二，旅行、历史和"魔法时刻"是庞德企图着力表现的主题、答题和对题；第三，将旅行视为主题是较明确的，但在历史与"魔法时刻"之间，究竟孰是答题、孰是对题，则尚待明确，所以才有"很像，或不像赋格"之说。值得注意的是，这是他 1927 年的想法，10 年之后的 1937 年，他又做了这样的说明："比如赋格：主题、答题、对题。并不是说我要做严格的对比以获得结构……我是以赋格的方式开始创作《诗章》的。"②18 年之后的 1955 年，他重新给出了如下排列：

A. 激情的控制。

B. 建构的努力——中国皇帝与亚当斯，将秩序置于万物之中。

C. 仁爱的主导。第 90 章的主题。比较但丁《天堂篇》的宝座。③

换言之，在历时近 30 年的时间里，庞德的表述始终是含混的，批评界对《诗章》的结构也因此而众说纷纭，莫衷一是。④但他的含糊表述透着两层含义：一是赋格的具体主题随时间而变，但借用赋格的构想则始终没变；二是他心目中的赋格既是一个实体，也是一个指称，即"作曲家或许有所感悟，并希望将用他的赋格加以表达"。⑤正是由于赋格的指称性，所以它不仅可以指代音乐，而且它的基本结构模式，连同其恢弘的多声部特征，才足以反映《诗章》的多样性、开放性、间

---

① Ezra Pound, *Ezra Pound to His Parents: Letters 1895-1929* (Eds. Mary de Rachewiltz, A. David Moody and Joanna Moody. Oxford: Oxford University Press, 2010.), p. 625.

② Ezra Pound, "To John Lackay Brown" (*The Letters of Ezra Pound*. Ed. D. G. Paigne. New York: Harcourt, Brace and Company, 1950.), pp. 293-294.

③ 见 Willian Cookson, *A Guide to The Cantos of Ezra Pound* (New York: Persea Books, 1985.), p. xxvii.

④ 蒋洪新在列举了各种研究之后得出的结论是，"无论《诗章》是否有统一的结构都不失为一部重要的现代诗"。见蒋洪新《庞德〈诗章〉结构研究述评》（载《外国文学研究》2012 年第 5 期），第 85-91 页。

⑤ Ezra Pound, "Notes for Performers" (*Ezra Pound's Poetry and Prose Contributed to Periodicals*, vol. 4. Eds. Lea Baechler, Walton Lits and James Longenbach. New York and London: Garland Publishing Inc., 1991.), p. 331.

隙性、碎片性、跳跃性、现代性。庞德的众多论述一再表明，赋格乃是《诗章》最为基本的结构模式。

以赋格为基本结构，对于需要一生才能完成（或不能完成）的作品，有着其他形式不可比拟的优越性。于是我们看到，在整部《诗章》中，主题、答题、对题（若用 A、B、C 表示），便可以有多种多样的展现可能，如 ABC/ABC、ABC/CBA、ABC/BCA 等（在庞德本人的上述例子中，则是 ACB/ABC）。这种种可能，既可一以贯之，也可同时兼具其他变化。以旅行主题为例，从开篇第 1 章直到最后的第 109 章[①]可谓应有尽有，但同时又多次被其他主题断开，所以既是连贯的，也是碎片的。其连贯性体现作品的宏观结构，其碎片性体现主题的重复，属于作品的微观结构。再如历史主题，既可以在几个连续的章节中集中出现，如第 8～11 章的马拉泰斯塔，也可以在同一章内被其他主题分割，如第 4 章的 5 段历史与神话。在这些章节中，主题的连续体现结构的整体性，而主题的分割则代表结构的碎片性。从这两个例子可以看出，无论宏观结构还是微观结构，本身都是多重的，反映着赋格的多声部特征。而同一主题内的各种插题[②]，则在彰显多声部的丰富性的同时，还能强化宏观结构与微观结构的张力，使整部作品更具现代性与开放性。

庞德还以"碎片"命名《诗章》的一些章节，这不仅与开放式的结尾有关，更与整体的谋篇布局有关，已然超出了单纯的艺术技巧，成了诗人的一种自觉意识，体现着对新的诗歌形式的大胆探索。这种探索早在他开始写诗时就已初现端倪，到发表诗歌创作三原则、提出"日日新"、倡导意象运动与漩涡诗时达到顶峰，并一直延续到他生命的尽头。他对创新的执着追求，或许与他借鉴赋格结构的企图有关，因为相对于其他结构，赋格结构至少有三大优点。首先，对于某个主题，无须进行一次性的呈现，完全可以想写就写，想停就停，想续就续；对于一首创作时间长达半个世纪之久的长诗，这是再合适不过的了。其次，对于已经写成的篇章，完全可以单独刊发，无须等待全部写完，甚至对某一主题也都无须考虑是否表达彻底，因为完全可以在答题或对题中加以重复、深化，甚至反驳。最后，可以强化某个主题，使之成为类似玄学诗的"拓展意象"，并借结构本身的间接性特征实现意象的并置，或构成复合意象，用以传递信息、表达感想。这些优势表明，使用赋格结构，既有助于强化形式和内容的张力，也有助于传递二者的和谐

①《诗章》（新方向出版公司 1970 年版）共 109 章，另加 Drafts and Fragments of the Cantos CX-CXVII。

② 也叫插句或间插段，可能在不同的调上，以不同的方式交替出现。

统一。强化张力能使作品的碎片性更加突出；而传递和谐则能使众多碎片成为一个整体，实现对全诗的统领。可见，借赋格结构来统领全诗，是与庞德的创作意图及其创新追求密切关联的。而《诗章》本身也确实打上了赋格的烙印，做到了宏观结构与微观结构的彼此互动与交融，体现了化形式为内容、化内容为意象的艺术特色，增强了作品的冲击力。

这种冲击力的根源在于庞德的语言能量。早在 1913 年，庞德就在《严肃的艺术家》一文中指出："在艺术中，最重要的是某种能量，多少类似于电或辐射的东西，一种能传输、焊接、一统的力。"[①]1925 年，他又在给他父亲的一封书信中说道："没有聚集能量，就会变得丑陋，变得没有思想。"[②]到 1929 年的《怎样阅读》和 1934 年的《阅读 ABC》中，他不但提出了形诗、声诗、理诗的理论，还把能量写入他对文学的定义，比如《阅读 ABC》中的定义："文学是充注了意义的语言。伟大的文学是充注了极限意义的语言。"[③]所谓"伟大的文学"即诗；"充注"（charge）指向语言注入能量；"极限意义"（meaning to the utmost possible degree）则指语义所能达到的能量极限，而形诗、声诗、理诗则是充注意义的基本方式。

语言之所以具有能量，是因为它充注了意义，具有了知识。知识是知而识之的合称，本义为知道、学识、辨别，如德尔菲的阿波罗神殿上的铭文"认识你自己"。当苏格拉底希望所有的人都能认识自己，并由此而认识人的本性后[④]，知识便打上了智慧的烙印，成为开启智库之门的金钥匙。培根（F. Bacon）的"知识就是力量"迄今仍是很多人自我激励、探求新知、改变命运的动力。然而知识并不是直接与人接触的，而是经过了语言这一介质。所以庞德在《阅读 ABC》中曾借"有罗马语处即罗马"的谚语提出了"没有语言就没有文明"的主张。[⑤]

《诗章》的知识包罗万象，但究竟是什么知识却难以说清，即便庞德自己也似乎不甚明了，先后有"一首长诗""包含历史的诗""部落的传说""斗争的故事"等多种说法。乔治·德卡尔（George Dekker）的《随知识航行》旨在探究《诗章》

---

① Ezra Pound, "The Serious Artist" (*Literary Essays of Ezra Pound*. Ed. T. S. Eliot. New York: New Directions Publishing Co., 1935.), p. 49.

② Ezra Pound, "To Homer" (*Ezra Pound to His Parents: Letters 1895-1929*. Eds. Mary de Rachewiltz, A. David Moody and Joanna Moody. Oxford: Oxford University Press, 2010.), p. 578.

③ Ezra Pound, *ABC of Reading* (New York: New Directions Paperbook, 2010.), p. 28.

④ 陈黎明、王明建《西方哲学视野中的知识观》（载《聊城大学学报》（社会科学版）2007 年第 4 期），第 81 页。

⑤ Ezra Pound, *ABC of Reading* (New York: New Directions Paperbook, 2010.), p. 33.

的知识，其书名便取自《诗章》。全书包括三个部分：诗章中的厄罗斯主题、庞德的阿卡努姆、庞德诗歌中的时间和传统。第一部分又分诗学动机与诗学策略、丰饶仪式、民谣神话、变形、爱等五个章节；第二部分包含圭多·卡瓦尔坎蒂（Guido Cavalcanti）的爱情诗传统、庞德的诗歌翻译、理与情的关系、神秘传统等；第三部分则从早期诗章、后期诗章、其他作品三个角度，分析了《诗章》的成书过程。从中可以看出，《诗章》的知识，犹如福柯（M. Foucault）在《词与物》中所说，已经不再是通常意义上的知识，而是对知识的一种"形构"。这种形构，按福柯的理论，是以人为中心的一种全新的认知；按德卡尔的解释，《诗章》第 13 章的孔子，是"认识你自己"的典型代表[①]；而在读者眼中则是匿藏在众多语言背后的无数残片。因此，《诗章》的知识就是语言知识所承载的知识。

但因语言种类较多，知识之间的属性与关联并不明确，往往需要经过重组才能看出。这种重组就是赋格在其微观结构上的表现手法之一。对此，庞德想必也是清楚的，所以他说"多数诗章都有'套材'（binding matter），比如那些将某些诗章绑在一起的诗行"[②]。所谓"套材"，指的是某种具有明确指向性的语言。从创作角度看，它们是用以编码知识的手段；从阅读角度看，则是借以解码知识的线索；从赋格角度看，它们又是指向主题的航标。

《诗章》的重组手段很多，最为突出的是顶真、重复、话题、标题、中心词。这里不妨以顶真为例略做说明。顶真也叫连珠、蝉联，即把前一句的结尾用作后一句的开头，借以显示前后句的内在关联。作为一种修辞手段，顶真在英语、汉语中都是屡见不鲜的。传统上，顶真一般用于句子或章节之内；庞德却突破了这一常规，将其用于不同的诗章之间，为之打上了框架的烙印，成为编织诗章、重组知识的一种手段，比如第 18 章的末尾"同样阻碍……"（Also sabotage...）与第 19 章的开头"阻碍？"（Sabotage?）、第 20 章的末尾"和平！博尔索……，博尔索！"（Peace! Borso..., Borso!）与第 21 章的开头"维持和平，博尔索！"（Keep the peace, Borso!）。更有甚者，庞德还将顶真拓展到相互隔离的两个甚至多个诗章之间，比如"由是"（So that）与"然后"（And）。前者是第 1 章的结尾，也是第 17 章的开头，彼此相距十余个诗章；后者是第 2 章的结尾，而用以作为开头的则达

---

① George Dekker, *Sailing After Knowledge: The Cantos of Ezra Pound* (London: Routledge & Kegan Paul, 1963.), p. 7.

② William Cookson, *A Guide to The Cantos of Ezra Pound* (New York: Persea Books, 1985.), p. xxiii.

17 章之多，已然构成所谓的"多层链式反复"。[1]尽管如此，顶真的基本功能并未改变，所以我们依旧可以借助顶真去识别《诗章》的知识结构。

以"由是"为例，其在第 1 章与第 17 章分别以爱与美之神的诞生为引子和衔接，所以是这两个诗章的"套材"。而所谓的引子和衔接，实际上就是赋格的呈示与展开。一方面，它将两个诗章连成一体；另一方面，它也将第 2～16 章套入其中，使第 1～17 章成为一个相对独立的部分。于是就有三个层次的内容：由每个诗章组成的第一层次，由第 1 章与第 17 章组成的第二层次，由第 1～17 章组成的第三层次。在第一层次上，每个诗章都有各自的中心和与之相应的知识，比如第 2 章就围绕"变形"这一中心，叙述了 5 个不同的故事，其中"变形"就是赋格中的主题，而 5 个故事则是其展开而成的对题与答题。在第二层次上，第 1 章和第 17 章都有大量的呼应，如大海、森林等自然环境，喀耳刻（Circe）、爱神等艺术形象，甚至还有古英语的头韵、叙事者的心情等；但两章也有着显著的区别，如阿佛洛狄忒（Aphrodite）让位于"美膝女神"、冥府转化为威尼斯、对亡灵的血祭蜕变为对酒神的春祭等，从而表现了生命主题的两种形态及与之相关的神话传说。这样的呼应与区别更加充分地彰显了主题与对题的关系。在第三层次上，主题、答题、对题的表现则已外化为神话与现实的相互交织、历史与未来的彼此互涉，以及将奥德修斯（Odysseus）的地狱之行、海伦引发的特洛伊之战、奥维德（Ovidius）的《变形记》、现代社会的贪婪与堕落、马拉泰斯塔的历史功勋、肮脏的现代资本、孔子的理性和秩序、可恶的战争贩和高利贷分子、文艺复兴的激情生活等众多主题[2]，以声诗、形诗、理诗的方式，做了非线性、跨文本、穿插式的混杂呈现。

赋格结构模式的呈示、模仿、发展、变形、重组，在《诗章》的重复（如"我看见""我回望""我步入""我进入""我爬上"）、标题（如"比萨诗章""宝座诗章"）、话题（如"尤苏拉""埃莉诺""马拉泰斯塔"）中也都有着较为明显的对应。对此，我们将在后面的分析中，结合具体内容加以分析。这里需要指出的是，第一，它们都是语言本身，是语言在不同层次的一种能指，是通向所指关系的线路图；但因层次各不相同，所以线路图的指向性往往并不确定，既可能通向所指，

23

---

① 黄仁《英语修辞与写作》（上海：上海外语教育出版社，1996 年），第 120 页。

② 有关第 1～17 章的具体内容，见 Michael Alexander, *The Poetic Achievement of Ezra Pound* (London and New York: Faber and Faber, 1979.), pp. 142-161.

也可能只到半途，甚至可能背离所指。第二，它们全都你中有我、我中有你、相互交错、一贯而终，具有明显的策略性；但它们又都在各自彰显的同时不断地相互消解，它们的一贯而终是以一再分散为基础、以相互抵消为代价的，结果却陷入一种美丽的混乱，使整部《诗章》在力保其策略的同时又在不断地突破其策略。第三，它们都体现着形式与内容的统一，彰显着创作方式的多元与所涉内容的丰富；但二者在相互促进的同时，也因此而出现了这样一种悖论，即形式将自己异化为内容，内容将自己异化为形式。当我们把上述三点关联起来时便会发现：整部《诗章》的框架结构、基本主题、创作特色、审美取向、情感态度，连同丰富的想象、材料的来源，甚至语言的风格与能量等，在"作诗=浓缩"的概念下[1]，于第 1 章就已然确立，但庞德却说"前 11 章是引子"。[2]这意味着，《诗章》并不是提供知识的教科书，也不是检验理论的试验场，它就是一部诗歌作品，出于作者又独立于作者。它是支离破碎的、跨越语言的，冗长而又晦涩，传统而又现代，充满了歧义、隐喻，甚至还有傲慢、偏见与谬误。但正是这一切，构成了《诗章》的基本特征，所以《诗章》既是结构主义的，也是解构主义的。而这种既传统又现代、既是结构也是解构的东西，之所以能在《诗章》中实现统一，就在于赋格结构模式具有统摄功能，可以将片段的、零碎的、点滴的内容纳入主题、答题、对题的结构模式之中。

第二节　赋格结构模式下的意象塑造

庞德是一个自觉的意象诗人，早在 1913 年他就曾指出："意象是瞬间呈现的一种理智与情感的情结……一生只呈现一个意象，也胜于写出无数作品。"[3]正因为如此，人们对他的意象也格外关注，结果反而冲淡了对其意象结构的研究。事实上，任何一件艺术作品，形式与内容都是密不可分的；任何一首诗，也都是多意象的。拥有形式就关乎结构，多个意象则涉及组合。具体到《诗章》，由于意象是通过赋格得以呈现的，所以赋格的结构模式也就是意象的结构模式。

庞德的意象鲜明、凝练、十分丰富，视觉、听觉、嗅觉、味觉、触觉无所不

---

① Ezra Pound, *ABC of Reading* (New York: New Directions Paperbook, 2010.), p. 36.

② Ezra Pound, *The Letters of Ezra Pound* (Ed. D. G. Paige. New York: Harcourt, Brace and Company, 1950.), p. 247.

③ Ezra Pound, "A Retrospect" (*Literary Essays of Ezra Pound*. Ed. T. S. Eliot. New York: New Directions, 1935.), p. 4.

包，而基础则是听觉。它们无处不在，一贯而终，是《诗章》的基本主线。我们知道，音乐是声音的艺术，诗也是声音的艺术。在《怎样阅读》中，庞德提出了诗的三种类型——形诗、声诗和理诗。所谓"声诗"即"词语在其普遍意义之外、之上，还有音乐的性质，且音乐引导意义的动态与倾向"。[1]在 1939 年写给胡博特·克里克摩尔（Hubert Creekmore）的信中，他曾不无自豪地宣称，他"能用音符记录段落，'破为歌曲'"。[2]针对初涉《诗章》的普通读者，库克森特别告诫说："《诗章》是实至名归的，最好将其理解为音乐，其中的关键短语和重复也都应理解为音符。"[3]的确，《诗章》本身不仅有节奏、音律等一般诗歌的共有特征，而且与善用音韵的丁尼生（A. Tennyson）的诗也不相上下，如第 2 章 Ship stock fast in sea-swirl 一行，短短 6 个音节便有 5 个/s/音，即便在整个英国诗歌史上，如此密集的头韵也是少有的。此外，他还直接以乐谱入诗，迫使读者关注其中的听觉意象。而仔细品味则不难发现，《诗章》的听觉意象既有显现的，也有隐藏的；前者属于实指，后者属于虚指。实指即实际出现的听觉意象，包括乐谱本身；虚指即诗行所呈现的节奏、速度、音色、音强，以及作品的基调等，既传递出诗人的情感基础，也决定着作品的基本走向。听觉意象因此成为全诗的实际结构，全诗则基于听觉意象而渐次展开。作为实际结构，听觉意象对《诗章》具有统领作用；而其实指性与虚指性则体现了听觉意象的两个基本模式：一是实指意象所体现的微观结构模式，二是虚指意象所体现的宏观结构模式；两个模式虚实相间、相互渗透、彼此呼应、有始有终，已然就是一种独特的听觉艺术。

听觉艺术是一种时间艺术。费诺罗萨曾说"诗就像音乐，是一种时间艺术，以声音之连续构成整体"[4]，庞德对此高度认同，其节奏的概念便是对此的进一步阐述："节奏是被切割为时间的一种形式，有如设计是一种确定的空间。"[5]时间本身具有四个特征：一是历史性，这与庞德关于"史诗是包含历史的诗"的观点正好吻合，而这也是横贯作品始终的，具体表现如历史人物、历史事件、神话传说等，

[1] Ezra Pound, "How to Read" (*Literary Essays of Ezra Pound*. Ed. T. S. Eliot. New York: New Directions Publishing Corporation, 1935.), p. 25.

[2] Ezra Pound, "To Hubert Creekmore" (*The Letters of Ezra Pound*. Ed. D. G. Paige. New York: Harcourt, Brace and Company, 1950.), p. 322.

[3] William Cookson, *A Guide to The Cantos of Ezra Pound* (New York: Persea Books, 1985.), p. xxii.

[4] 费诺罗萨《作为诗歌手段的中国文字》（赵毅衡译，载《诗探索》1994 年第 8 期），第 153 页。

[5] Ezra Pound, *ABC of Reading* (New York: New Directions Paperbook, 2010.), p. 198. 着重号为庞德自己所加。

25

也都是无所不在的。二是碎片性，而这也恰好是《诗章》的一大特征。碎片性又与连续性和记忆性相关，前者指碎片的连接，在作品中体现为主题的集中呈现；后者指失误性，在作品中体现为对材料的活用，亦即《诗章》演绎的历史并非一种真实，而是一种虚构，其内涵与一般的文学作品没有区别，但表现方式却更具破碎感，蕴藏着独特的审美取向和价值判断。三是空间性，这是 20 世纪特有的时间概念，亦即时间是空间的一种变形，是宇宙的代名词，所以一切历史都发生于时间之中，一切存在也都是时间的存在。具体到《诗章》即时空的置换，比如：

> 太初有道
> 圣灵或圣道：诚
> 从死囚室仰望比萨的泰山
> 如同仰望加多纳的富士山
> （第 74 章）[①]

其他如东方与西方、过去与未来、天堂与地狱、整体与部分等，都是并置或叠加在一起的，也都是社会历史进程的一个部分，是诗人对这一进程的情感回应。四是循环性，这本是一个源自"生—死—再生"的传统观念，在作品中则体现为主题、对题、答题的循环往复。时间的四个特征，也正是赋格结构模式的基本特征。但在总体框架下，它们只是与作品的赋格结构模式呼应，是赋格结构模式之下的一个重要的意象群。

《诗章》的第二大意象系统是视觉意象，相当于庞德所说的"形诗"，即"把意象烙印在视觉想象之上"。[②]这与他在 1912 年提出的著名的诗歌创作三原则非常接近，即直接处理事物、遣词简洁明快、使用音乐短句。[③]在这些原则中，除第三条指向听觉之外，前两条都是指向视觉的，足见其对视觉意象的重视。直接处理意味着无需拟人比兴，简洁明快则意味着注重锤文炼字。换言之，诗就是诗，意象就是意象；诗不是说教的载体，意象也不是真理的化身；意象背后的思想情感，

[①] 庞德《庞德诗选·比萨诗章》（黄运特译，桂林：漓江出版社，1988 年），第 8 页。

[②] Ezra Pound, "How to Read" (*Literary Essays of Ezra Pound*. Ed. T. S. Eliot. New York: New Directions Publishing Corporation, 1935.), p. 25.

[③] Ezra Pound, "A Retrospect" (*Literary Essays of Ezra Pound*. Ed. T. S. Eliot. New York: New Directions Publishing Corporation, 1935.), p. 3.

完全可以因时而异、因地而异，甚至还能因人而异、因心境而异。比如下列诗行：

> 雨；空阔的河；远行
> 冻结的云里的火，暮色中的大雨
> 茅屋檐下有一盏灯
> 芦苇沉重，垂首；
> 竹林细雨，如哭泣。
> （第49章）[1]

这里仅有短短5行，却包括了形态（"垂首"）、色彩（"暮色"）、光亮（"一盏灯"）、声音（"哭泣"）等多种意象。由此也可看出，庞德所倡导的意象主义诗歌，尤其重视对物象的刻画，因此既是一种运动，更是一种风格，已经超越了固有的派别概念，成了一种基本的创作原则与方法，与讲究练字、强调推敲、重视字眼的中国传统诗歌如出一辙。所以他的创作三原则，于中国读者非常亲切，于西方读者却备感怪异。艾丽丝·巴里（Iris Barry）则用了类似"标新立异"的两个短语，将庞德诗的基本特征总结为"异得危险、新得可怕"。[2]借用中国传统的体用理论，则标新为"体"、立异为"用"，因此也可以用一个字加以概括，那便是庞德于1913年编辑出版费诺罗萨的《作为诗歌手段的中国文字》时，印在封面的那个偌大的"新"字。从此，"新""日新""日日新"便成了庞德诗学的核心；而最能体现这一核心的，除了他极力主张的意象诗和漩涡诗之外，就是他倾注了毕生心血的《诗章》。

关于《诗章》的视觉意象，各家研究已有丰硕成果，这里不再赘述。需要特别指出的是，作为一种文学艺术，诗的意象是通过文字塑造的，诗人也都是善于创新的。庞德与其他诗人的重大区别之一，也是《诗章》最为独特的创新之处，恰好就体现在语言上。狭义的语言，《诗章》有16种之多[3]，都是直接入诗

27

---

[1] 赵毅衡译，转引自杨恒达主编《外国诗歌鉴赏辞典 3（现当代卷）》（上海：上海辞书出版社，2010 年），第 516 页。

[2] 原文为 dangerously different, terribly new Qtd.in Peter Ackroyd, *Ezra Pound* (London: Thames and Hudson Ltd., 1987), p. 48.

[3] 黄运特说，"《诗章》里用了 20 多种语言"，见 Yunte Huang, "Ezra Pound, Made in China"（载《外国文学研究》2014 年第 36 卷第 3 期），第 7 页。这是把诸如古英语之类也算进去的。

的，本身就已构成强烈的视觉意象。①广义的语言如数字、图标、乐谱、表格等，也都不计其数，可以看作具有"原始意象"特征的另一视觉系统。两个系统都是大量的、一贯的，也都各有自己的子系统。仅以狭义系统中的汉字为例，据笔者初步统计，其在《诗章》中的出现数量，便多达 444 个；横排、竖排、顺排、倒排，甚至拆字、拼装等也都应有尽有，不少诗行还直接模拟汉字的多种阅读方式，如：

> 眼睛，此时是我的世界，
> 可越过和从我的双眼
> 睫毛间看去海，天，池
> 交替/池，天，海。
> （第 83 章）②

根据吉罗拉莫·曼库索（Girolamo Mancuso），《诗章》中的汉字，兼具"内在重复"与"外在重复"；前者就在诗内，后者则在诗外，二者形成的网状交替，能"把意象编制成赋格一样的结构"，并以"顯"③字所建构的宏大的"表意星座图"加以说明。④其他系统中的视觉意象如形状、色彩等，也都同样具有"赋格一样的结构"。

《诗章》的第三个意象系统包括嗅觉、味觉、触觉等多个子系统。它们既相对独立，也相互交叉。前者如"石南般的兽味，/曾是焦油味"（嗅觉，第 2 章）、"向每一个逝者献上奠酒，/首先是蜂蜜酒然后是甜酒"（味觉，第 1 章）、以及"海

---

① 如第 7 章的开篇几行就直接使用了希腊语、拉丁语、法语、汉语。而同一诗行包含两种语言的例子就更多了，如英语与希腊语、英语与拉丁语、英语与法语、英语与汉语等。即便仅有英语时，标准语和方言也往往同时用于同一诗行之中，如 But dey got de mos bloody rottenes' peace on us。

② 庞德《庞德诗选·比萨诗章》（黄运特译，桂林：漓江出版社，1988 年），第 205 页。

③ "顯"为"显"的繁体，黄运特对此有过说明，见《庞德诗选比萨诗章》（桂林：漓江出版社，1988 年）第 11 页注④。曼库索则根据庞德的解字法将"顯"拆分为"日""丝"等，并联系庞德翻译的《中庸》，将《诗章》中的有关部分聚集一处，详细绘制了一幅"顯"字的"表意星座图"（ideogrammic constellation），见 Girolamo Mancuso, "The Ideogrammic Method in The Cantos" (*Ezra Pound's Cantos: A Casebook*. Ed. Peter Makin. Oxford: Oxford University Press, 2006.), pp. 65-80.

④ Girolamo Mancuso, "The Ideogrammic Method in The Cantos" (*Ezra Pound's Cantos: A Casebook*. Ed. Peter Makin. Oxford: Oxford University Press, 2006.), pp. 65-80.

水柔软的肌肉，紧抓着她，交叉环抱"（触觉，第 2 章）；后者如"野兽的嗅探声和脚肉垫，/兽毛轻扫我膝处的皮肤（听觉、触觉，第 2 章）。生成方式既有直接呈现（"野兽的嗅探声"），也有暗喻（"石南般的兽味"）、移就（"海水泛着蓝光，冰冷的翻滚，紧密的覆盖"，第 2 章）等。

这一切都让我们想起庞德所说的"理诗"，即"用词语刺激读者意识，唤醒相互联想（智力的或情感的），从而引出声诗和形诗的效果"。[①]这与汉语的"意中之象"非常贴近，同样属于艺术范畴。在庞德的原文中，"理诗"一词作 logopoeia，是由"逻各斯"（logos）与"诗"（poem）拼合而成的，而"逻各斯"的本义为"道"或"存在"，所以，"理诗"也是"言道之诗""存在之诗""关联之诗"，而这又与汉语的"意境"十分相似。象与境的共生、理与情的综合，因此成为《诗章》的一大特色，如下列诗行：

29

> 雨在于塞尔整夜下个不停
> 那腐烂的风吹过托洛萨
> 塞古尔山里有风的空间和雨的空间
> 不再有米特拉斯的祭坛
> （第 76 章）[②]

相较于上引第 49 章，这里的雨绝非单纯的视觉意象，更多的是对库尼扎的礼赞，涌动着诗人的强烈情感与价值判断。第 2 行的嗅觉与触觉动觉，预设了第 3～4 行的时空对照，对读者的冲击尤为巨大，第 1 行的"雨"到第 4 行后，便在读者意识中化为"存在"与"不再"的见证。具有类似意境的例子在《诗章》中比比皆是。这意味着，表现"理诗"的意象与表现"形诗"的意象是背道而驰的，但由此而来的张力却彰显着"理智与情感的情结"[③]，使象与境、情与理的综合更具艺术的冲击力。

这种综合的最大特点是互文性，其表现方式既有简单的罗列，如"他的书架

① Ezra Pound, "How to Read" (*Literary Essays of Ezra Pound*. Ed. T. S. Eliot. New York: New Directions Publishing Corporation, 1935.), p. 25.

② 庞德《庞德诗选·比萨诗章》（黄运特译，桂林：漓江出版社，1988 年），第 56-57 页。

③ Ezra Pound, "A Retrospect" (*Literary Essays of Ezra Pound*. Ed. T. S. Eliot. New York: New Directions Publishing Corporation, 1935.), p. 4.

上摆着《亨利·福特的生涯》/还有一本《神曲》/一本海涅诗集"（第 74 章）；也有转译后的借用，如 "宛若梦见/治丧者的女儿们边编织边浴火中烧/学而见时光之白翼飞驰而过/这不是我们的快乐吗/有朋友从远方的国土来/这不是欢乐吗"（第 74 章）；甚至还有情与理的叠加，如 "文敬思/在腐败的社会里，像一支箭，/雾从沼泽中升起/带来朦胧的恐怖"（第 80 章）。[①]凡此种种，《诗章》同样屡见不鲜。声诗、形诗、理诗提供了一条线索，能将看似杂乱的众多意象串并在一起，纲举目张式地展示各种关系、各个层级；互文性则彰显着诗的艺术，能将主题/意象汇聚一处，曲直相间地表现诗人的创作意图与审美情趣。二者的有机统一，不仅是形式与内容的结合，也是主题/意象的化静为动、由表及里、逐个推进的一种策略。这种策略，起初可能是潜意识或无意识的，后来可能是有意淡化或力所不及的，中间则可能是信笔而来或刻意为之的，但实际效果却始终如一，其独特的审美冲击力也是始终如一的，显示着赋格结构模式之于意象塑造的丰富性与艺术性。

第三节　赋格结构模式下的主题呈现

赋格是用主题、答题、对题的形式表现的，那么赋格结构的实质便是主题结构。这样的主题结构，具体到《诗章》，就是庞德以 A、B、C 形式所欲传递的重点，亦即庞德所说的 "赋格的方式"。[②]但《诗章》并非真正的赋格，因此也可以 "不像赋格"，诗人也就可以从主题、答题、对题的严格划分中解脱出来。进一步说，所有的 ABC 都是庞德想要着力表现的，如同赋格中的声部一样，它们本身就是多重的，既可看作对主题、答题、对题的高度概括，也可看作并行不悖的三个主题，无须在与之对应的答题、对题上 "做严格的对比"。再进一步说，赋格的固有特点，正是庞德所要找寻的 "有足够弹性" 的结构模式。借助这一模式，他能获得最大的创作自由，为读者预留最大的想象空间。这是一种大胆的尝试，有失

---

① 本段所引语见庞德《庞德诗选·比萨诗章》（黄运特译，桂林：漓江出版社，1988 年），第 35、28-29、145-146 页。其中 "宛若梦见" 一段，语出《论语·学而篇》之 "子曰：学而时习之，不亦说乎？" 庞德基于 "习" 的繁体形式，将 "时习" 解读为在飞逝的时光之翼下从事的一项事业。这是转译《论语》后，借以表示紧迫感的例子。"文敬思" 一段中，"文敬思" 分别为汉语、拉丁语和希腊语，分别指代学问、慈爱与恩典，本身就具有很强的理性色彩；而"腐败"和"恐怖"等否定性词语所呈现的情感因素则是不言自明的。

② Ezra Pound, "To John Lackay Brown" (*The Letters of Ezra Pound*. Ed. D. G. Paige. New York: Harcourt, Brace and Company, 1950.), p. 294.

败的危险，有成功的喜悦，更有不尽的挑战，以至于在出版《三十章草》的前夕，庞德不得不以"像巴赫的赋格一样的结构"之说去回应关于《诗章》"一片混乱"的指责。①尽管如此，《诗章》的主题，一如其结构一样，普通读者依旧无可适从，感到《诗章》"缺乏连贯统一的主题"。②批评界的探究则无所不包③，给人的印象无比丰富，却又难以把握，宛如一部包含历史、哲学、宗教、神话、货币、法西斯等的百科全书。但从赋格角度则不难发现，《诗章》中的一切都是具有主题属性的，也都隶属于具有结构性质的 A、B、C。A、B、C 是一种高度抽象的形式表述，转用同样抽象的文字则可表述为真善美；它们既是独立的，也是交互的，各有相应的答题、对题，都在前 11 章通盘交代，也都在第 12 章以后充分展开。

《诗章》的一大主题是善。1944 年，庞德曾明确表示，他数十年的努力，旨在"创作一部史诗，始于'黑暗的森林'，穿越人类过失的炼狱，终于光"。对此，前文已有交代。在西方传统文化中，"光"与"暗"就是"善"与"恶"的代名词，分属道德的两极，而史诗所要表现的，按亚里士多德（Aristotle）的《诗学》，应该是处于二者之间的"过失"，而这也恰好是庞德的用语。从赋格的角度看，则"善"是主题，"恶"是与之对立的对题，而"失误"则是其答题，亦即对"善"的回应。着力于失误，揭开"恶"的根源，旨在更好地阐释"善"。在《诗章》中，"善"的主题，连同与之相关的答题、对题，在第 1 章以冥府的形式出现之后④，又在第 2 章以贪婪的形象、第 3 章以婚变的典故、第 5 章以爱情和谋杀的故事等不断地循环往复，直至在第 12 章之后更全面地展开，到《比萨诗章》《宝座诗章》达至顶峰，即便在最后的《草稿和残篇》中依然还有诸如"我曾试图造一个人间天堂"⑤这样的壮丽诗行。"善"的主题既有前文提到的"受制于激情""建构的努力""仁爱的主导"，也有货币的腐蚀、文明的衰败、权力的本性等。所有这些都以主题、答题、对题的形式横贯全诗，犹如斑斓的珍珠，串并在道德的红线上，体现着对"善"的追求，借用聂珍钊的话说，即"通过一系列道德事例和榜样达

---

① W. B. Yeats, *A Vision* (Qtd. in Ronald Bush, *Genesis of Ezra Pound's Cantos*. Princeton, NJ: Princeton University Press, 1976.), p. 3.

② 朱伊革《论庞德〈诗章〉的现代主义诗学特征》（载《国外文学》2014 年第 1 期），第 74 页。

③ 国外研究有把庞德视为主人翁的，也有研究创作经过的，国内则侧重研究《诗章》中有关中国的部分。

④ 关于《诗章》第 1 章与传统地狱的关系，见 Clive Wilmer, "Pound, Dante and the Homeric Underworld" (*Agenda*. Vol. 34.). Nos. 3-4.

⑤ Ezra Pound, The Cantos of Ezra Pound (New York: New Directions Publishing Corporation, 1995.), p. 822.

到教诲、奖励和惩戒的目的，从而帮助人完成择善弃恶而做一个有道德的人的伦理选择"。[①]《诗章》中的"善"具有普世价值，是衡量情感与理性、物质与精神、奴役与自由的基本标尺。

《诗章》的另一主题是真。1923 年，庞德发表《诗章》第 8～11 章，取名《马拉泰斯塔诗章》。这是一组基于历史人物的诗，却始于"真理"与史诗缪斯"卡利俄佩"的辩论，本身就意味深长；而"真理"的胜利则显示，"庞德企图抛开传统的史诗形式，揭示内在的人类真相"。[②]这样的企图以历史为切入口，意在表明历史是真相的载体，既符合第 8～11 章的具体内容，也符合庞德"史诗是包含历史的诗"的主张。[③]张子清称《诗章》为"一部人类文明史的浓缩"[④]，可谓一语中的。但历史与人类是共生共长的，历史能塑造人，人也能创造历史，这种彼此依存、相互塑造的性质显示，历史的进程亦即文明的进程。文明各有不同，塑造各有差异，历史的真相是需要探究的，是经过语言再造的，庞德因此说道：

> （我站在货摊前，言语；但真相
> 在话语中，货摊充满智慧的精髓。）[⑤]

正因为如此，《诗章》中的很多人物，如赫西俄德（Hesiod）、卡图卢斯（Catullus）、奥维德、亚当斯、墨索里尼（Mussolini）等，都既是历史的，也是艺术的。在前一意义上，他们都有自己的主张，如孔子的"仁"；在后一意义上，他们又都承载庞德的普世价值，即"诗应该建立一套立体的价值体系"。[⑥]在这套体系中，真是主题，假与虚构则是与之对应的对题和答题。以此观之，则《诗章》堪称一部求真的史诗，其对真的探究，既有思想体系的，如经济思想、哲学思想；

---

① 聂珍钊《文学伦理学批评导论》（北京：北京大学出版社，2014 年），第 6 页。

② Demetres Tryphonopoules, *Celestial Tradition: A Study of Ezra Pound's The Cantos* (Waterloo: Wilfrid Laurier University Press, 1992.), p. 27.

③ Ezra Pound, *Social Credit: An Impact* (London: P. Russell, 1951.), p. 1.

④ 张子清《美国现代派诗歌杰作:〈诗章〉》，转引自庞德《庞德诗选·比萨诗章》（黄运特译，桂林：漓江出版社 1998 年版"序言"），第 5 页。

⑤ Ezra Pound, Preface to *Selected Cantos* (Chicago, 1912) (in William Cookson, *A Guide to The Cantos of Ezra Pound*. New York: Persea Books, 1985.), p. xxx.

⑥ Ezra Pound, "Letter to New English Weekly, 11 May, 1933" (in William Cookson. *A Guide to The Cantos of Ezra Pound*. New York: Persea Books, 1985.), p. xxiii.

也有表现手法的，如图标、数字、曲谱，以及 16 种语言。求真并不容易，有以假为真的危险，需要勇于献身的精神。庞德没有为真理献身，但以假为真的误判却不少。庆幸的是，他没有以假乱真，即便那些致命的误判，在其心目中也依旧是真理，是其普世价值体系的组成部分。在这个意义上，《诗章》是庞德献给世人的一部现代启示录。

《诗章》的又一主题是美。庞德集叛逆与创新于一身，是现代主义诗歌的先驱之一。[1]但这往往给人一种误解，以为现代是对古典的反叛。事实上，表现手法的现代性与审美思想的古典性并不矛盾。1912 年，庞德曾致信《诗刊》主编门罗（H. Monroe），称他所推荐的诗都是"用意象派的简洁语言写成的，纵然主题是古典的"。[2]这与英国诗人托马斯·休姆（Thomas E. Hulme）的主张可谓一脉相承。[3]庞德的手法是现代的，但其审美观却是古典的，与贺拉斯（Horace）以降所奉行的合式原则非常接近。具体到《诗章》，其表现之一是"以真为美"，因为"真自有其风格"[4]，故而，过与不及都是不真，也是不美，于是便有了《诗章》中那些大量的类似白描的诗行，连众多的意象塑造也不例外。表现之二是"以善为美"，所以庞德推崇孔子，讴歌儒家的仁、义、礼、智、信，将其视为美的最高典范，纳入意欲建构的人间天堂；而与之对应的不仁、不义、不礼、不智、不信，则为不善，因而也就不美。表现之三是"以美为美"，荷马、但丁、布朗宁等都是《诗章》所欲模仿的对象，也都体现着庞德对传统美的继承与突破。结合庞德对赋格结构模式的阐释可以发现，以真为美与"C. B.历史的重复"、以善为美与"A. A.活着的人进入死者的世界"、以美为美与"B. C.魔法时刻"存在大致的对应关系。尽管这些对应只是大致的，却依然能给人以很多启发，其中最为主要的是：美是以善为基础的，而美的主题本身旨在揭示"永恒的神界"。

《诗章》的基本主题显示，庞德的艺术形式是现代的，但其主题思想是传统的，正如庞德自己在《诗章》末尾所动情地写下的那样：

33

---

① 根据袁可嘉，现代主义文学是"象征主义、未来主义、意象主义、表现主义、意识流和超现实主义文学六个流派的总称"。见袁可嘉《西方现代文学流派概论》（桂林：广西师范大学出版社，2003 年），第 5 页。所有这一切在《诗章》中都是有迹可循的。

② Ezra Pound, *The Letters of Ezra Pound*, (Ed. D. G. Paige. New York: Harcourt, Brace and Company, 1950.), p. 11.

③ 休姆于 1908 年就组织了诗人俱乐部，并预言"一个干练而坚实的古典诗歌时代即将来临"。见董洪川《一个干练、坚实的古典主义诗歌时代即将来临——T. E. 休姆与英美现代主义诗歌运动》（载《外国文学研究》2007 年第 2 期），第 103-109 页。

④ Ezra Pound, *The Letters of Ezra Pound* (Ed. D. G. Paige. New York: Harcourt, Brace and Company, 1950.), p. 263.

我的小女孩，

把传统延续下去

可以有一颗诚实的心

而没有出奇的才干。

（第 80 章）①

《诗章》与其他史诗的最大区别，在于借赋格结构模式实现意象的交替与并置，促成主题的包容与互动；而非沿袭传统模式，着眼一个具有仲裁身份的叙述者，讲述一段感人肺腑的故事。《诗章》呈现的是恒与变的关系，是处于这种关系中的人性，如第 4 章所暗示的：人无法战胜命运，也无法掌控情感，甚至无法抵御利益的诱惑，但依然活着，依然在创造、在努力、在爱。碎片与整体、毁灭与重生、邪恶与善良、真理与荒谬、光明与黑暗，所有的一切，犹如赋格中的音符，此消彼长、循环往复，一贯而终。一切似乎都在改变，而其本质似乎又都依然如故。在这一意义上，赋格是音符的交响诗，《诗章》是文字的奏鸣曲。

值得注意的是，《诗章》的真善美并不是哲学层面的概念，而是文学层面的概念，因此具有较强的主观性，涉及知而识之的问题。1937 年，庞德翻译的《论语》在米兰出版。《论语·为政》有"知之为知之，不知为不知，是知也"。《诗章》第 29 章也有"我所知道的，我已经知道，/知道怎么会停止知道呢？"②孔子强调虚怀若谷的态度，庞德则显出一意孤行的傲慢。以这样的傲慢去重组的知识，难免鱼目混珠、良莠皆存，甚至篡改、捏造皆有可能。比如，对马拉泰斯塔的赞美与对犹太人的痛恨，二者都是借重组手段对历史的刻意颠覆。如果说前者是一种修正，是可以接受的；那么后者则是一种谬论，是不能接受的，正如伯恩斯坦（Bernstein）所指出的，庞德把犹太人"作为虚伪的化身，试图歪曲、窜改、掩蔽语言"。③伯恩斯坦还针对庞德的傲慢与意识形态取向，进一步指出，《诗章》"不是现代主义的名作，而是启蒙理性主义的残骸：在神圣、邪恶与平庸之间的一场斗争之后留下的伤痕累累的遗体——一个因其损伤而美丽、因其标榜

---

① 庞德《庞德诗选·比萨诗章》（黄运特译，桂林：漓江出版社，1998 年），第 155 页。

② Ezra Pound, *A Draft of XXX Cantos* (New York: A New Directions Publishing Corporation, 1997.), p. 142.

③ 查尔斯·伯恩斯坦《痛击法西斯主义》（黄运特译，收入蒋洪新、李春长选编《庞德研究文集》，南京：译林出版社，2014 年），第 83 页。

真知而丑恶的文本。"①

　　是否赞成这样的评价另当别论，但就《诗章》本身而言，其知识既然经过了重组，就势必要从重组的角度加以认识，而这种认识的第一步便是将《诗章》作为诗来看待。于是便可发现：《诗章》那包罗万象的知识，都是庞德对事物的感性知觉，是对这种知觉的诗化再现。《诗章》的魅力在于它的多元艺术；而艺术的多元，又冲淡了它的统一性，能将整部作品连成一体的唯有语言。当语言也变得多元，并呈现为无数的碎片时，各种意象也随之丧失了它们的确定性，成为被肢解的建构材料。非中心、非系统、不确定、拼贴式，既是《诗章》的最大特点，也是真善美的组成部分。

第四节　赋格结构模式下的人物形象塑造

　　以赋格结构模式去关注《诗章》，则其中的人物形象就不再只是一些零散的碎片，而是有着内在关联的一系列思想情感的载体。庞德曾说过，"唯有情感才能持久"②；而最能体现情感的就是人。《诗章》究竟写了多少人，恐怕难以计数。仅以《三十章草》中的女性为例就存在如下变数：一是同一个人可能以不同的名字在不同的章节出现，如"伊索塔"就有伊索塔（Isotta）与伊克索塔（Ixotta）两种拼写；二是同一个名字可能指称不同的人，如第 2 章的"埃莉诺"既指阿基坦的埃莉诺（Eleanor of Aquitaine），也指特洛伊的海伦；三是很多人压根就没有给出名字，如第 7 章的"舞者"（the dancer）和第 9 章的"德国—勃艮第女人"（German-Burgundian female）。如果说前两种情况还可能通过仔细辨别而得出较为确切的数据的话，那么第三种情况则即便反复核对也不一定能够确定，如第 2 章的"舍尼的女儿们"（Schoeney's daughters）和第 26 章的"希腊女孩"（Greek girls）。

　　不仅如此，有时一个名字很可能根本就不是指人，如第 19 章的"克利俄"（Clio）就只是一个表示感叹的呼语；第 27 章的"克拉拉·戴勒布斯"（Clara d'Ellebeuse）虽出现了三次，却代表一种风格，用来形容其他女人。还有一种情况，如第 15 章

---

　　① 查尔斯·伯恩斯坦《痛击法西斯主义》（黄运特译，收入蒋洪新、李春长选编《庞德研究文集》，南京：译林出版社，2014 年），第 85 页。

　　② Ezra Pound, *Literary Essays of Ezra Pound* (Ed. T. S. Eliot. New York: New Directions Publishing Corporation, 1935.), p. 14.

的"女高尔夫球手"（lady golfers）和第 29 章的"少女"（virgins），虽然是复数，代表的却是同一类型的整体，而不是具体的个体。与此相对的情况是，表面看似很多个体，而实际上则是一个具体的人物形象，如"海伦"、埃琳娜（Elena）和"泰达丽达"（Tyndarida）都是指"特洛伊的海伦"（Helen of Troy）；同样的，"阿佛洛狄忒"、"涅柔娅"（Nerea）、"西忒拉"（Cithera）和"维纳斯"（Venus）也都是阿佛洛狄忒。

此外，《诗章》的创作时间跨度长达半个世纪，起初以"连载"的形式陆续发表，而非整部作品创作完成之后一齐面世。[①] 甚至，《诗章》至今都还不是一部完结的作品。[②] 而现在，我们所认识的庞德《诗章》与那些流水式发表的篇章是完全不同的。首先，早期《诗章》的内容经过了多次修改，包括庞德本人对其内容的大肆删除、补充、更正和重组，已与之前大相径庭。其次，随着庞德人生经历的丰富及认知的深入，其前后作品的风格必然存在巨大的差异，再加上漫长的创作出版的过程，更使得其各章节相对独立，这不仅体现了《诗章》的开放性特点，同时还让庞德学者能够对某一章或者某些章进行单独的研究，而不至于破坏它的完整性。此外还有前面提到的《三十章草》的四个特征，以及由此而来的文本确定性。所有这一切都为我们借助赋格结构模式对其中的人物形象加以研究提供了可能。

表面看，《诗章》人物众多、事件纷繁、时空交错、逻辑跳跃，宛如一盘散落的珍珠。但从赋格结构模式的角度则不难发现，他们基本都是在两条主线上呈现的，一是横向的时间主线，二是纵向的空间主线。前者与庞德所说《诗章》是"历史的诗"相吻合，呈现的是一系列历史人物；后者则与《诗章》恢弘的文化因素密切联系，是"唯有情感才能持久"的保障，也是庞德的审美观、价值观、人生观的最为直接的载体。一方面，每条主线都各有自己的主题、答题和对题；另一方面，两条主线并不是彼此对立的，而是相互交叉、相互包容的，作品的多声部特征也因此而更加突出，内容也更加丰富。

---

① 前三章最早于 1917 年 6 月、7 月、8 月在《诗刊》（Poetry）上分别发表，题为《三首诗章之一》《三首诗章之二》和《三首诗章之三》，同年 10 月这三章以 The Lustra Cantos 再次出版，而次年又以 Future Cantos 第三次出版。随后的章节也在接下来的 8 年内相继问世，包括 The Fourth Canto（1919）、Canto IV（1919）、Eighth Canto（1922）、Malatesta Cantos（1923）、A Draft of XVI Cantos of Ezra Pound（1925）等。见 Ronald Bush, The Genesis of Ezra Pound's Cantos (Princeton, NJ: Princeton University Press, 1976.), pp. xiii-xv.

② 从《埃兹拉·庞德的诗章》来看，相对完整的《诗章》内容只有 109 章。现存的第 110-117 章是草稿和一些还未完成的片段。见 Ezra Pound, The Cantos of Ezra Pound (New York: New Directions Publishing Corporation, 1995.), pp. 795-824.

这种丰富性具体表现在人物形象的塑造上，就是男性与女性的多重互动关系，以及由此而来的一系列冲突与张力。总体上，《诗章》的基调是男性的而非女性的，这也就决定了男性的话语、行为、思想等在整部《诗章》中的支配地位。从这个意义上说，包括《三十章草》在内的几乎所有男性，都是作品着意刻画的主题；而女性则不过是他们的对立面，属于作品的对题；相应的，二者之间的互动关系则为作品的答题。这是《诗章》女性形象研究必须牢记的一个基本原则，否则就有可能走上两条错误的道路：或者过于强调男性人物而全然忽视女性形象，或者过于突出女性形象而降低男性人物的地位。无论哪一种都是对作品丰富性的背叛。与此同时，我们也会发现，尽管很多女性在《诗章》中都是被动的，是某个事件的受害者；但也有很多女性具有超乎男性的地位和作用，甚至成为男性人物的命运主宰，抑或成为某些章节的基调，如第 17 章。这又意味着，原本处于对题位置的女性有可能对处于主题地位的男性具有强大的能动作用，她们虽在历史主线上是配角，但在文化理念上则是主角。这是《诗章》女性形象研究应该注意的另一基本原则。第三条基本原则是，无论男性还是女性，都是以片段的形式出现的，这既是庞德表意手法的具体实践，也是《诗章》主题思想的传递方式，具有很强的意象性。正是这种意象性，为我们从类型角度进行研究提供了文本保障。

以上分析表明：第一，《诗章》中的女性形象，如同其中的男性形象一样，是整部作品的有机组成部分。如果说《诗章》是一部由无数珍珠般的片段构成的，那么她们就是这些珍珠的眼，将这些珠眼串联起来，我们就可以把诗的内容串联起来。第二，据笔者初步统计，《三十章草》中的女性形象有 150 个之多，如果去掉这些女性形象，《诗章》的结构就会发生很大的变化，内容也不会像现在这样充实，思想也不会如此深刻。第三，在尝试对《三十章草》中的人物形象进行归类时，最为保险的做法（尽管是否科学可以商榷）或许是按照庞德有关赋格结构模式的论述，从历史和文化两条主线分别加以把握，其中也包括对《诗章》的女性形象的归类研究。

于是便可发现，一方面，两条主线都各有自己的一系列人物形象，也都各有自己的主题和对题；另一方面，两条主线又不是截然分开的，而是交汇包容的，最终也都是交汇于人的。所谓相互包容，即历史人物的塑造包含价值概念、价值概念的呈现也包含历史人物；而所谓交汇于人则指两条主线彼此穿插成一个坐标，而这个坐标的中心是人，特别是人的生命和价值。从这个意义上说，《诗章》就是一曲生命之歌，其基本音符就是厚重的历史与文化；而众多的女性形象既是这些音符本身，也是庞德借以书写历史、重建文化、传承生命的载体。

37

第二章 作为历史书写的女性

> 当你上了年纪，
> 记住，我可爱的女儿，
> 我曾记住
> 并传达传统，
> 那里有真诚的思想
> 即便没有卓越的才华。
> ——庞德《诗章》①

　　1913 年，庞德在给他父亲的一封家书中说，"史诗是一部包含历史的诗"，后来又在多部散文著述中一再重复同样的话，使之成了庞德研究者的一个座右铭。对于其具体所指，肯纳是这样说的：在庞德时代，历史似乎正在呼唤一首不一样的诗，能进入人的心灵生态，能给历史带来改变；由于心灵就在历史中，所以包含历史的诗就是一个生态系统，其中的任何一个细节都是表征性的，都与任何其他的细节同时发生。②根据约翰·诺尔德（John Nolde）的阐释，肯纳的意思是，庞德旨在用诗的形式写一部西方文明史，用以反映历史的教训，看看哪些做得对，哪些做得不对；因为《凡尔赛和约》没能带来改变，政治家或政客也没能带来改变，所以只有寄希望于诗人。③诺尔德还以《中国诗章》为例，以《大学》等儒家经典为核心，以马可·波罗时代的中国为背景，阐释了诗人何以能带来改变的原因，是中国的灿烂文化使这个古老的东方大国避免了衰落。④

　　从肯纳和诺尔德的论述，当然也包括很多其他人的论述中，我们可以明显地感觉到：《诗章》中的历史是一种诗化的历史，借里昂·苏勒特（Leon Surette）的

---

① Ezra Pound, *The Cantos of Ezra Pound* (New York: New Directions Publishing Corporation, 1995.), p. 526.

② Hugh Kenner, *The Pound Era* (Berkeley, Los Angeles: University of California Press, 1971.), p. 362.

③ John J. Nolde, "Ezra Pound and Chinese History" (*Ezra Pound and History*. Ed. Marianne Korn. Orono, Maine: National Poetry Foundation, 1985.), p. 104.

④ John J. Nolde, "Ezra Pound and Chinese History" (*Ezra Pound and History*. Ed. Marianne Korn. Orono, Maine: National Poetry Foundation, 1985.), pp. 99-118.

话说即"庞德对历史的真实性没有兴趣，他关心的仅仅是历史的工具性"。[①]正是这种带有工具性质的诗化表达，使《诗章》中的历史既可能是真实的，也可能是虚构的，用庞德自己的话说即"历史的重复"。这意味着，《诗章》中的历史女性，如同其中的男性人物一样，都是庞德用以诗化地书写历史的素材，是他为现实提供的一面镜子。经由这面镜子，可以看到政治、经济、思想、文化等的发展与演变。那么，《三十章草》中的女性形象在庞德的笔下究竟是如何呈现"历史的重复"的呢？

第一节　政治生态中的女性

"历史的重复"这一思想，在史诗的开头就已非常明显。《诗章》第1章的材料来自荷马的《奥德修纪》，但具体出处却不是荷马的希腊语版本，而是安德里阿斯·狄乌斯（Andreas Divus）的拉丁语译本：

> 安静地躺着吧狄乌斯。我是说，那是安德里阿斯·狄乌斯，
> 在维激里的工作室，1538，出自荷马。
> 然后他出海，途经塞壬岛并从那里全身而退
> 又驶向喀耳刻。
> （第1章）[②]

庞德精通古典语言，早在他还在汉密尔顿学院当学生时，他就选修了11门纯语言类课程，希腊语便位列其中。不用荷马的希腊语原文而用狄乌斯的拉丁语译文，再将其转述为《诗章》的英语，这样的做法本身就具有多种暗示。第一，它传递出一种"再生"的理念，即历史故事可以通过一再反复而获得重生，犹如狄乌斯让荷马在拉丁语中重生，庞德让狄乌斯在英语中重生一样。第二，它传递着"阐释"的概念，即狄乌斯的译文是对荷马的翻译，庞德的译文是对狄乌斯的翻译，因为翻译即阐释，所以二者都是对《奥德修纪》的阐释。第三，它显示着"并置"的风格，这是因为任何一种阐释都是转述，而将两种不同的转述放在一起，

① Leon Surette, *A Light from Eleusis: A Study of Ezra Pound's Cantos* (Oxford: Clarendon Press, 1979.), p. 111.
② Ezra Pound, *A Draft of XXX Cantos* (New York: New Directions Publishing Corporation, 1997.), p. 5.

就是把两种不同的语言及其所蕴含的意义并置在一起。第四，它具有意象的"碎片性"，所以虽然这里的引语只有 4 行，却包含了狄乌斯的翻译、维澈里（Wecheli）的版画工作室、塞壬的歌声、奥德修斯的冥府之行、喀耳刻的魔法等多个意象。第五，它彰显着"我者"的此在性，尽管都属奥德修斯的故事，但真正的声音却并不属于荷马，也不属于狄乌斯，而属于庞德，所以奥德修斯就是庞德，庞德就是奥德修斯。

庞德将上述暗示集于一体，意在通过他自己的奥德修斯式的人生之旅，把过去的历史阐释为当代的话语，从而在《诗章》的世界中演绎"历史的重复"。这种演绎的最为显著的特征，是把历史放在肯纳所说的"生态系统"之中，并在这样的系统中去复活各色各样的历史人物。具体到《诗章》中的历史女性，她们赖以生存的社会背景，也是她们展现自我的大舞台，这就是政治生态。

汉语中的政治是"政"与"治"的合称。"政"指领导，体现方向与主体；"治"指管理，体现手段和方法。英语中的 politic 源自中古法语的 politique，其源头是希腊语 πολιτικός（politikos）的拉丁语形式 politicus，意为 governance，即处理与公民和城邦相关的各种事务的权力。在相当大的程度上，《诗章》的历史就是一部权力史，处于主体地位、掌握治权的是男性，而女性则处于被主导、被管理的从属地位。换言之，男性是历史的主题，女性是历史的对题，二者之间的关系则是历史的答题。主题与对题是不言而喻的，答题则彰显着政治生态中的女性的实际地位及人生境遇。

总体地说，《三十章草》中的很多历史女性，在庞德所给定的政治生态中，往往都是非常不幸的，她们或与家人分隔，或成为权力交易的筹码，更或是政治斗争的牺牲品。例如，庞德在第 25 章中就给出了一个这样的"草案"：

> 特此颁布：
> 对于索安提亚·索兰佐小姐她来参加
> 升天日圣餐趁夜在一艘隐蔽的船上而后
> 在宫殿的路堤下船，而当看见第一次
> 基督血的时候立刻走进宫殿就可以
> 在宫里待八天看望总督她的
> 父亲而不在那期间离开宫殿，也不
> 走下宫殿的梯子而当她下梯子

就得趁夜乘船返回以同样的方式

被掩护。按议会的意愿可撤回。

议会中 5 人赞成

（第 25 章）^①

这是一个怎样的草案呢？索安提亚·索兰佐（Sorantia Soranzo）又是谁？根据特雷尔的《埃兹拉·庞德〈诗章〉手册》，索安提亚为威尼斯总督乔瓦尼·索兰佐（Giovanni Soranzo）的女儿，尼科洛·奎里尼（Niccolo Querini）的妻子。^②关于她的父亲乔瓦尼的史料本就稀少，用阿兰·斯塔尔（Alan Stahl）的话说，这位第 51 任总督对威尼斯长达 16 年的统治（1312—1328 年），只能通过一把把威尼斯古钱币来表现。^③而关于索安提亚本人的史料记载就更少了，且内容也极为简要。克劳福德（F. Crawford）在《威尼斯历史集》第 1 卷中，在记录乔瓦尼·索兰佐时，顺便提及了她的女儿，但也是以"乔瓦尼的女儿"或"尼科洛的妻子"来称呼她，连她的名字都没有提。^④就是这样一位几乎被淹没在历史潮流中的女人，庞德为什么要用如此的篇幅来写她呢？历史上的索安提亚是怎样的一个人？她有着怎样的经历？庞德所描写的内容究竟是否和历史一致？庞德的意图是什么？从她的故事中能够反映出怎样的社会意识和庞德自己的观念？

从《威尼斯历史集》中我们得知，尼科洛·奎里尼因主导并参与推翻当权统治而被驱逐出威尼斯，索安提亚也一同被列入了流放名单。流亡 4 年之后，由于她思乡急切，遂向威尼斯当局申请回国，但并没有得到准许。直到她的父亲成为总督后，她才得以回到威尼斯。但她回国不久就被逮捕，并被监禁在一间偏远的修道院里。在那里，她过着几乎与世隔绝的生活，甚至被禁止出席任何典礼，只有她的父亲乔瓦尼时常会悄悄地来探望她。

在威尼斯的行政结构上，为了抑制总督的权力而诞生的十人议会，拥有总督之上的权力。在《诗章》第 25 章中，庞德正是用威尼斯十人议会的法案的书写形

---

① Ezra Pound, *A Draft of XXX Cantos* (New York: New Directions Publishing Corporation, 1997.), pp. 116-117.

② Carroll F. Terrell, *A Companion to The Cantos of Ezra Pound* (Berkeley, Los Angeles and London: University of California Press, 1993.) , p. 101.

③ Alan M. Zecca Stahl, *The Mint of Venice in the Middle Ages* (Baltimore: Johns Hopkins University Press, 2001.), p. 393.

④ Francis Crawford, *Salve Venetia: Gleanings from Venetian History* Vol.1. (New York: Macmillan, 1905.), pp. 242-245.

式，给出了威尼斯政府关于索安提亚回威尼斯总督府探亲的草案。但这个草案的内容完全是庞德自己的杜撰。历史上，索安提亚被禁止参加任何典礼，而在庞德杜撰的"草案"中，她却获准在耶稣（Jesus）的升天日（Ascension）回总督府参加升天宴会。威尼斯总督府的南面是威尼斯潟湖，一上了路堤就能进入总督府执政宫。有趣的是，庞德的草案明文规定，索安提亚不能光明正大地进入宫殿，只能选择在晚上隐藏在一艘被遮住的秘密船只上等待，直到看见"基督血"（Christblood）的时候才能进入执政宫。草案不仅规定了她回威尼斯的日子和方式，还规定了她的停留时间与活动范围。她能在威尼斯待上 8 天，参加升天日圣餐，与父亲团聚。然而在这 8 天的时间里，她的活动范围被限定在总督的宫殿之内。而她的这一年一度的探亲随时会依照议会的意思来执行或是被驳回。

庞德不仅想让索安提亚参加升天宴会，还将软禁她的地点由原本的修道院改为了总督府，将被父亲探望的女儿变成了去探望父亲的女儿。但庞德改写的历史，似乎并没有与真实的历史相冲突。因为这样一个草案最终是否真的推行，庞德并没有说明，我们也就不得而知，一句"议会中 5 人赞成"使得这个草案的结果扑朔迷离，究竟是否真的颁布只能猜测。那么庞德为什么要杜撰这段历史呢？答案很可能是：这是庞德心中的历史。首先，我们从中可以看出庞德对索安提亚的同情，希望她能回到祖国、能与自己的亲人团聚、能参加盛大的宗教典礼。其次，也是更为重要的在于，耶稣的升天与索安提亚的进入宫殿具有某种关联，象征着一种内在呼应（尽管庞德反对象征主义诗歌）：对索安提亚来说，进入总督府就好比进入了人间天堂，这是她想要的。通过重构索安提亚的故事，庞德寄托了自己对其祖国——美国的某种思念与牵挂。也就是说，在这个片段中，主题是索安提亚回归总督府的心愿，对题是她必须面对的禁忌，答题则是 5∶5 的"草案"讨论结果。这样的结果是庞德精心设计的，一方面并未改变历史原貌，另一方面也揭示了女性在社会生活中的从属地位，更重要的则是表现了现代社会的模糊性，特别是这种模糊性带给现代人的一种困惑感，让人感到生命的难以把握。

如果说，索安提亚实现探望父亲的心愿还有一线希望的话，那么另一个女性，即诗中的德国-勃艮第女人，则因为权力的原因而只能任由摆布。《诗章》第 8～11 章也叫《马拉泰斯塔诗章》，其原型是中世纪的西吉斯蒙德·马拉泰斯塔（Sigismundo Malatesta）。这是整部作品中专门以历史人物为题的最长的篇章，因而无论从历史的角度，还是从谋篇布局的角度，都具有特殊的意义。德国-勃艮第女人就是其中的女性人物之一。

　　然后有一场关于那个德国-勃艮第女人的争吵

　　而且是在他的救世主之年，夺城者，

　　　　　但他有太多心思

　　然后威尼斯人不愿给他六个月的假期。

　　（第9章）[1]

　　"夺城者"原文为 Poliorcetes，指的是西吉斯蒙德·马拉泰斯塔，"太多心思"原文为 POLUMETIS，指西吉斯蒙德在其政治生涯中的种种矛盾与内心纠结。西吉斯蒙德被其老对手、教皇庇护二世（Pius Ⅱ）指控杀死了一个德国-勃艮第女人。尽管意大利史学家穆拉托里（L. A. Muratori）在《意大利年鉴》中曾指出，威尼斯人进行了细致调查，却查不出杀人犯是谁，所以并不能确定西吉斯蒙德就是罪人。[2]庇护二世却在他的《法律释义》（Commentaries）中重塑了整个事件的原委：离维罗纳（Verona）不远的地方，西吉斯蒙德遇到一位贵妇人。她从德国来，要到罗马去。西吉斯蒙德见她长得漂亮便强暴了她，当她反抗时，他杀害了她。[2]这个不知名的女人，不管她真正的死因是什么，也不管凶手是谁，她已然成了政治斗争的工具，成了西吉斯蒙德与庇护二世之间彼此较量的牺牲品。

　　索安提亚·索兰佐也好，德国-勃艮第女人也罢，她们被无辜地牵扯进政治斗争的漩涡。虽然出生于名门望族，却也逃不脱政治生态这个大舞台，并最终在男性主导的政治生态中，无缘无故地成了政治斗争的牺牲品。

　　在这样的政治生态中，女性甚至不能决定自己的婚姻。尤其是处于权力圈中的贵族女性，她们肩负着一定的国家使命，承担着参与领土统治的历史职责，她们会通过牺牲自己来达到某种政治目的。常用的牺牲手段便是作为政治交易的筹码进行政治联姻，以此寻求权力的扩张或者换取金钱的支持。在《三十章草》中，庞德塑造了一系列历史女性形象，如玛加丽塔（Margarita）、帕里西娜（Parisinae）、阿利克斯（Alix）、卢克雷齐娅（Lucrezia）等。在国家层面上，她们都依附男权，是政治角力的工具；在个人层面上，她们都被迫出嫁，是政治婚姻的受害者。

　　在第24章中，庞德完整地复制了米歇尔·德·马格纳布西斯（Michaeli de

43

---

① Ezra Pound, *A Draft of XXX Cantos* (New York: A New Directions Publishing Corporation, 1997.), p. 36.

② Carroll F. Terrell, *A Companion to The Cantos of Ezra Pound* (Berkeley, Los Angeles and London: University of California Press, 1993.) , p. 45.

Magnabucis）写给尼科莱克·圭杜乔利·德·阿里米诺（Nicolaeque Guiduccioli de Arimino）的密信：

> （11 月 27 日 1427）
> 以父亲的名义代理，里奥纳多·埃斯特
> （安排他妹妹玛加丽塔的嫁妆，嫁给
> 里米尼的罗伯托·马拉泰斯塔）
> 玛加丽塔的双亲是上述
> 杰出的埃斯特家族的尼古拉侯爵及夫人：
> 瓜尔多的塔楼
> （第 24 章）①

　　这封夹杂大量拉丁语的密信，其内容为玛加丽塔的婚事。玛加丽塔被她的哥哥莱奥内洛（Leonello）以她父亲的名义许配给罗伯托（Roberto）。诗中除了有她的哥哥外，还列述了她的双亲，以此表明无论是作为妹妹，还是作为女儿，她的命运都是被安排的，完全没有主动权，无法选择自己的爱情和婚姻。在这封密函中，莱奥内洛声称妹妹玛加丽塔和她的嫁妆瓜尔多塔楼一道，都将完全属于马拉泰斯塔家族。历史上的玛加丽塔十分爱自己的丈夫罗伯托。尽管他们的婚姻只有短暂的 5 年，罗伯托在 21 岁英年早逝后，玛加丽塔没有再嫁，而是为丈夫守寡 40 年，并希望自己死后能埋葬在爱人的身边。②

　　但从《诗章》第 24 章关于玛加丽塔的婚姻和嫁妆的描写中，却丝毫看不出她的性格及对这段婚姻的态度。尽管玛加丽塔的名字重复了两次，但她没有任何存在感，正如她无法自主决定自己的婚姻一样。所以，玛加丽塔在《诗章》中的没有态度，正是她在政治生态中无发言权的弱势的体现，而其实质则是庞德对强权政治的否定。这封密函还指出了玛加丽塔的嫁妆正是她的父亲通过婚姻交易而得来的好处：

---

　　① Ezra Pound, *A Draft of XXX Cantos* (New York: New Directions Publishing Corporation, 1997.), pp. 110-111. 诗中的"埃斯特家族的尼古拉侯爵及夫人"，原文为 Nicolai Marchionis Esten. et Sponsae，根据特雷尔，是 Nicolo, Marquis of Este, and his wife。参见 Carroll F. Terrell, *A Companion to The Cantos of Ezra Pound* (Berkeley, Los Angeles and London: University of California Press, 1993.) , p. 96. 换言之，尼古拉就是尼科洛·埃斯特（Niccolo d'Este）。

　　② http://en.wikipedia.org/wiki/Galeotto_Roberto_Malatesta.

> 这座塔楼，瓜尔多的财产已被杰出的
>
> 埃斯特家族的尼古劳斯侯爵所接收从上述的
>
> 先生卡洛（马拉泰斯塔）那里
>
> 作为嫁妆
>
> 杰出的帕里西娜侯爵夫人。"
>
> （第 24 章）[1]

　　斯特家族的尼古劳斯侯爵（Nicolaus Marquis of Este）与尼古拉侯爵（Nicolai Marchionis Eaten）虽拼写不同，但实际上都指向同一个人，也就是尼科洛·埃斯特（Niccolo d'Este）。帕里西娜与玛加丽塔一样，也是被自己的父亲卡洛（Don Carlo）作为政治筹码嫁给尼科洛的。不仅如此，帕里西娜与玛加丽塔还有着相同的嫁妆，即瓜尔多塔楼。《诗章》正是用这座塔楼将她们的命运联系到了一起。瓜尔多塔楼是帕里西娜政治婚姻的附属物，她嫁给尼科洛之后，塔楼便归尼科洛所有，也就是从原本归马拉泰斯塔家族所有变成了归埃斯特家族所有。而当尼科洛的女儿玛加丽塔嫁给罗伯托·马拉泰斯塔后，瓜尔多塔楼又作为政治婚姻的附属物，再度回归马拉泰斯塔家族。[2]

　　这座塔楼，连同两个女人，都是政治交易的标的物。一方面，瓜尔多塔楼是这两个女人的嫁妆，是她们政治婚姻的附属物；另一方面，她们同样也成了这座塔楼的附属物。她们都是塔中的女人，代表着不能掌控自己人生的女性。类似的例子在《三十章草》中还有很多。庞德之所以要一再地复活她们的悲剧，一个重要原因在于：《诗章》的基调是男性的而非女性的。作为男性这一主题的对题，女性不过是赋格结构模式中呈示部之后的展开部，是为主题服务的。但不断的复活势必使她们自身得以前景化，并进而转化成一个具有主题性质的话题。

　　正是由于这样的原因，所以在《三十章草》中，我们也能直接感受到庞德对这类强权安排的婚姻的嗤之以鼻，比如把将女儿作为筹码的斯福尔扎（Sforza）骂为禽兽一般的皮瘤鼻：

---

① Ezra Pound, *A Draft of XXX Cantos* (New York: New Directions Publishing Corporation, 1997.), p. 111.

② 封建制的本质是调整人的社会地位和阶层体系，而在"封建法调整对象中，最核心的是财产，最重要的财产则是土地"。见陈灵海、柴松霞主编《法律文明史·第 6 卷·中世纪欧洲世俗法》，北京：商务印书馆，2014 年，第 338 页。

斯福尔扎·弗朗西斯科，皮瘤鼻，

他让他（西吉斯蒙德）娶他的（弗朗西斯科的）

女儿于九月，

他于十月盗走佩萨罗（正如布罗利奥说"禽兽般地下流"）

（第 8 章）①

　　弗朗西斯科·斯福尔扎（Francesco Sforza）是 15 世纪的米兰公爵。诗文中的"女儿"指的是他的私生女波利塞纳（Polissena）。斯福尔扎将波利塞纳许配给了里米尼的佣兵长西吉斯蒙德。西吉斯蒙德因为要从加莱亚佐（Galeazzo）手里夺回原本属于自己的佩萨罗（Pesaro）之地的统治权，遂与斯福尔扎联盟。波利塞纳作为一个政治筹码，一条西吉斯蒙德与斯福尔扎达成联盟的纽带，成了政治联姻的牺牲品。然而，她只是一颗棋子，随时可能被抛弃。九月份的政治联姻由于其他更好的联姻在一个月后就作废了。加莱亚佐为了让自己的侄女康斯坦扎（Constanza）嫁给斯福尔扎的弟弟亚历山德罗（Alessandro），以两万先令的价格将佩萨罗卖给了斯福尔扎。而这样一来，波利塞纳的这场联姻便失去了价值，结果被她父亲在政治游戏中抛弃，白白成了牺牲品。

　　有趣的是，在《三十章草》中，庞德故意将波利塞纳的父亲的名字和姓氏加以颠倒，即把弗朗西斯科·斯福尔扎写成斯福尔扎·弗朗西斯科，借以表达对他投机取巧、是非不分、颠倒黑白的一种讽刺，也是对他"盗走"佩萨罗的行为的不满，故而便借布罗利奥（Broglio）之口骂他如"禽兽般地下流"，甚至对其外貌也不放过，称他为"皮瘤鼻"。但这并没有改变波利塞纳在这段包办婚姻中的悲惨命运。在历史上，在波利塞纳失去了政治价值之后，便被丈夫抛弃。1449 年，里米尼爆发了瘟疫，她避难到一所修道院，在一天夜里被呛死，之后被连夜匆匆掩埋。②《三十章草》中，波利塞纳的出现只有两次，第一次是作为交易的筹码在九月出嫁，十月就失去了价值，第二次则是宣告她饱受羞辱的死讯，因为她的丈夫正为其情人修建一座神殿（tempio）：

---

① Ezra Pound, *A Draft of XXX Cantos* (New York: New Directions Publishing Corporation, 1997.), p. 32.

② Carroll F. Terrell, *A Companion to The Cantos of Ezra Pound* (Berkeley, Los Angeles and London: University of California Press, 1993.) , p. 44.

　　然后他开始建造神殿，

　　　　然后波利塞纳，他的第二任妻子，死了。

　（第 9 章）①

　　庞德没有描述她死亡的任何场景，简单的"死了"一个词便了结了她的一生，正如她在丈夫西吉斯蒙德心里没有丝毫重量一样。她死的时候，她的丈夫西吉斯蒙德正在为其情人建造神殿。这更是显得作为他第二任妻子的波利塞纳无足轻重，她死得凄凉。

　　波利塞纳并不是唯一被斯福尔扎当作政治工具的女儿，他的另一个私生女德鲁夏娜（Drusiana）也被推进了相似的命运齿轮中：

　　而那天科斯莫笑了，

　　就是，那天他们说：

　　　　"德鲁夏娜就将嫁给贾科莫伯爵……"

　　（皮奇尼诺）一个恶意的微笑。

　　德鲁夏娜，弗朗科·斯福尔扎的另一个；

　　至少会把纷争挡在托斯卡纳城外。

　（第 10 章）②

　　为了自己的政治利益，斯福尔扎将德鲁夏娜（Drusiana）许配给贾科莫（Count Giacomo）伯爵，庞德在文中补充到，他就是皮奇尼诺（Piccinino）。皮奇尼诺是当时强大的佣兵队长，对周边的几个势力来说都是一个很大的威胁。德鲁夏娜嫁给皮奇尼诺之后，佛罗伦萨的统治者科西莫·德·美第奇（Cosimo de Medici）很高兴，因为这样一来，皮奇尼诺与斯福尔扎就形成了同盟，对佛罗伦萨的威胁就变小了。所以科斯莫笑了。但对庞德而言，这却是"一个恶意的微笑"，正如这场恶意的婚姻。

　　在庞德的笔下，由于男权统治，女人的弱势地位和随之而来的生活，都是悲剧性的错误，不但她们的婚姻、生活如此，甚至她们自身的存在也都如此，所以才有下列的诗行：

47

---

① Ezra Pound, *A Draft of XXX Cantos* (New York: New Directions Publishing Corporation, 1997.), p. 35.

② Ezra Pound, *A Draft of XXX Cantos* (New York: New Directions Publishing Corporation, 1997.), p. 43.

> 没必要娶阿利克斯……在名义上
>
> 三位一体圣神不可分……理查德我们的兄弟
>
> 没必要娶阿利克斯那个曾被他父亲监护……
>
> 但无论他选择谁……给阿利克斯，诸如此类……
>
> （第6章）[①]

　　这是英法两国为了土地的统治权而商量政治联姻的片段。这段婚姻的主角，从上面的引文看，是阿利克斯（Alix）和理查德（Richard），但这显然是荒唐的一笔，因为阿利克斯与理查德是同母异父的血亲关系，根本不可能有什么联姻之说。根据卡罗尔·特雷尔，阿利克斯是埃莉诺与第一任丈夫法国国王路易七世的女儿，而理查德是埃莉诺与第二任丈夫英国国王亨利二世的儿子。特雷尔因此认为庞德的材料有误[②]，把路易七世与第二任妻子所生的女儿阿德莱德（Adelaide）错写成了阿利克斯，他还一并指出"是阿德莱德被指婚给理查德，她八岁时便被送到英国由亨利二世监护，后来亨利让她怀了孩子"。[②]曾经由理查德的父亲监护的并不是阿利克斯，而是阿德莱德，所以从诗句"没必要娶阿利克斯那个曾被他父亲监护……"可以看出，庞德确实是把阿德莱德替换成了阿利克斯。然而这似乎并非庞德的材料错误所致，而是庞德独具匠心的一种安排。

　　从"理查德我们的兄弟"可以看出，庞德清楚地知道理查德与阿利克斯的关系：理查德是阿利克斯的兄弟。从"无论他选择谁……给阿利克斯"同样可以看出，庞德清楚地知道亨利二世与阿德莱德的乱伦，还暗示了是亨利二世选择自己成为阿德莱德的男人，并让她怀了孕。更重要的是，诗中的"三位一体圣神不可分"正暗示了阿德莱德的三重身份：理查德是她的兄弟、亨利二世的被监护人、亨利二世的情妇。

　　阿利克斯的名字在短短四行诗句中就出现了三次。从表面上看写的是阿利克斯，实际上写的是阿德莱德的故事。表面上看写的是阿利克斯与理查德，实际上写的却是阿德莱德与亨利二世。诗句中并没有出现亨利二世的名字或头衔，只用理查德的父亲来指代。这样一来，这段诗中就只出现两个人的名字：阿利克斯及

[①] Ezra Pound, *A Draft of XXX Cantos* (New York: New Directions Publishing Corporation, 1997.), p. 22.

[②] Correl F. Terrell, *A Companion to The Cantos of Ezra Pound* (Berkeley, Los Angeles and London: University of California Press, 1993.), p. 25.

理查德。从名义上看，阿利克斯和理查德是根本不可能谈婚论嫁的，因为他们是两个有血缘关系的人。而庞德却在婚嫁的事情上，只提他们两人的名字，以此赤裸裸地讽刺亨利二世与阿德莱德的乱伦行径。所以，这荒唐的一笔，实际上反映的则是荒唐的事件。

庞德以他惯用的"拼贴"方式，把两桩性质迥异的故事并置在一起，以婚姻作主题，鞭挞的则是作为对题的乱伦关系。在这种关系中，阿利克斯本身就代表着错误；而错误的实质则是监护制度，因为在这种制度下，"守护人有权为他或她选择合适的配偶"。①错误的婚姻，错误的人生。对庞德来说，上述女性被安排的婚姻都是与幸福背道而驰的。真正幸福的婚姻应该是孔子所倡导的，就像在第13章中所说的那样：

> 孔子将他的女儿嫁给公冶长
> 　　即使公冶长坐过牢。
> 他将他的侄女嫁给南容
> 　　即使南容不为官。
> （第13章）②

庞德的这段诗句中的情节来自《论语·公冶长篇第五》。不像上述例子中的只为利益而利用女人的那些父母和兄弟，孔子作为父亲，却不为自己的利益，而是看人的内心和品质，旨在为女儿和侄女挑选好的夫婿。孔子把自己的女儿和侄女分别许配给坐过牢的公冶长和于国家无道时不在朝为官的南容。在《论语》的原文中有孔子指婚的理由，把女儿嫁给公冶长，因为"虽在缧绁之中，非其罪也！"③意思是，虽然他曾坐过牢，但不是他的错。孔子把侄女嫁给南容，因为"邦有道，不废；邦无道，免于刑戮"。③意思是，国家安定的时候，他不会被闲置；国家混乱的时候，他也不会受到刑罚。在中国传统的文化中，坐过牢的人都是一生抬不起头的人。在传统的婚姻习俗中，这种有案底的人更是避之不及的对象。不被朝廷重用，因为改朝换代而不在朝为官之人，很有可能遭受排挤或者被冤枉

---

① 陈灵海、柴松霞主编《法律文明史·第6卷·中世纪欧洲世俗法》(北京：商务印书馆，2014年)，第337页。

② Ezra Pound, *A Draft of XXX Cantos* (New York: New Directions Publishing Corporation, 1997.), p. 59.

③ 孔子《论语》(鲍思陶译，武汉：崇文书局，2009年)，第34页。

成为罪人。孔子并不在乎公冶长和南容是否有钱，也不在乎他们能为自己带来多少利益，而是关注他们的为人和才干。孔子选婿的例子更加突出了卢克雷齐娅的父亲和哥哥、阿利克斯的父母、斯福尔扎等人利用女人交换赢取利益的卑鄙。庞德把孔子的婚姻观作为主题，把阿德莱德作为对题，正是为了揭示婚姻中的伦理思想。

换言之，在《三十章草》中，孔子的婚姻观是庞德意欲梳理的主题，而西方历史上那些悲情的女性则是对题，答题则是借这样的主题重构历史。所以，从政治生态的视角来看《三十章草》，其中的女性形象都是庞德重写历史的基本素材，旨在为现实提供一面反面的镜子。他之所以要把阿德莱德转换为阿利克斯，是为了提醒读者思考。从这个意义上说，庞德是在显性写历史，隐性写现实。

这样的历史书写，在埃莉诺的呈现上表现得尤为突出。埃莉诺即阿基坦的埃莉诺，生于 1122 年，是法国国王路易七世之妻、法兰西王后，参加过第二次十字军东征，之后又成为英国国王亨利二世之妻、英格兰王后。[①]埃莉诺不仅是历史最有权势的女性之一，而且也是《诗章》中举足轻重的女性形象之一。前者在于她的显赫生平与历史地位，后者则在于她身份的变迁，以及由此而来的象征意义。《三十章草》对她的集中重现主要在第 6～7 章，其中第 6 章有段文字是这样的：

> 石头在我手里能活，庄稼
> 　　将会在我死那年变厚密…
> 直到路易娶了埃莉诺
> 然后生了（他，纪尧姆）一个儿子必须娶
> 诺尔曼迪亚女公爵而她的女儿
> 是国王亨利的妻子也是年轻国王的母亲……
> 穿越大海直到一天结束（他，路易，跟埃莉诺）
> 终于抵达阿克里。
> （第 6 章）[②]

---

① M.T. Clanchy, *Blackwell Classic Histories of England: England and its Rulers: 1066-1307.* 4th (Ed. Somerset, NJ: John Wiley & Sons, Incorporated, 2014.), p. 185.

② Ezra Pound, *A Draft of XXX Cantos* (New York: New Directions Publishing Corporation, 1997.), p. 21.

这段诗行行文跳跃复杂，由纪尧姆（Guillaume）和诗人共同叙述，涉及四代人、三段婚姻和一段旅行。根据诗的内容，纪尧姆的儿子娶了诺尔曼迪亚女公爵（Duchess of Normandia），她的女儿又嫁给了国王亨利并且是年轻国王的母亲。由此看来，嫁给路易和国王亨利还生了年轻国王的就是埃莉诺，而嫁给纪尧姆的儿子而且把女儿嫁给国王亨利的"诺尔曼迪亚女公爵"指的则是埃莉诺的母亲。为了能从混乱的叙述中更加清晰地理清人物关系，我们不得不画出家庭关系图（图2-1）：

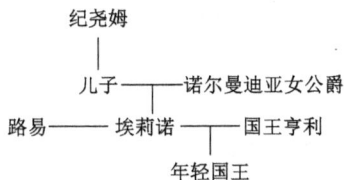

图 2-1　家庭关系图

这其中，纪尧姆即为埃莉诺的祖父阿基坦公爵威廉九世（Duke William IX of Aquitaine），"儿子"是纪尧姆与其第二任妻子菲莉帕（Philippa）所生的阿基坦公爵威廉十世（Duke William X），也正是埃莉诺的父亲。然而，我们发现，诗中叙述的这个人物关系有一个严重的问题——历史上，埃莉诺的母亲并非诺尔曼迪亚女公爵。那么，这个诺尔曼迪亚女公爵是谁？埃莉诺的母亲又是谁？庞德为什么要将她视为《诗章》重要的历史女性人物之一的埃莉诺的母亲？

有趣的是，诺尔曼迪亚女公爵不是别人，正是埃莉诺本人。[1]而埃莉诺的母亲是当热勒斯（Dangereuse）与丈夫艾默里子爵（Viscount Aimery）所生的大女儿埃诺（Aenor）。当热勒斯成为纪尧姆的情妇后，虽然逼走了纪尧姆的妻子菲莉帕，但她终究还是他的情妇，始终没能如愿得到女公爵的头衔。于是，本着"如果她不能成为女公爵，那就让她的女儿代替她得到那个头衔"的目标[2]，埃诺便提出让纪尧姆的大儿子威廉娶埃诺的"绝妙计划"。[2]最终由于她的坚持，纪尧姆同意了这门婚事。1121年，威廉与埃诺成婚，并于次年生下了埃莉诺。[3]

《三十章草》中，儿子的名字没有出现，反倒写了他的妻子的头衔，还写错

---

① 她1152年得到该头衔。M.T. Clanchy, *Blackwell Classic Histories of England: England and its Rulers: 1066-1307* (Somerset, NJ: John Wiley & Sons, Incorporated, 2014.), p. 101.

② Marion Meade, *Eleanor of Aquitaine: A Biography* (New York: Penguin Books, 1977.), p. 16.

③ Marion Meade, *Eleanor of Aquitaine: A Biography* (New York: Penguin Books, 1977.),pp. 7-18.

了，特雷尔因此指出，这是庞德所用的史料的"错误"。[①]但仔细分析便可以发现，这是庞德的有意为之，而并非笔误或史料错误。因为第一个反对这场婚姻的就是新郎威廉本人。威廉十分反感当热勒斯这个给他母亲造成了巨大伤害的女人，为了赶走她还进行了"七年的反抗斗争"[②]，让他和父亲情妇的女儿结婚更是"令他厌恶"。[②]这个微小的情绪没有被庞德忽略，诗句中的"不得不娶"这个细节足以体现诗人的细腻和严肃，更无声地反驳了史料错误的猜测。所以我们更倾向于认为，庞德是故意将埃诺写成"诺尔曼迪亚女公爵"的，原因有二。其一，埃莉诺是以她母亲的名字命名的，叫作阿丽埃诺（Alienor），源自拉丁语 alia Aenor，意为另一个阿丽埃诺，在英语里就成了埃莉诺。从这个意义上讲，埃诺也是另一个埃莉诺。其二，埃诺的母亲一直期盼女儿得到女公爵头衔，庞德在《诗章》中帮她实现了这个愿望。因此，这里的埃莉诺不仅是阿基坦的埃莉诺，更是《诗章》的埃莉诺。

上述所引的短短 8 行，实际上将埃莉诺的几重身份都亮了出来：继承而来的阿基坦女公爵、由婚姻带来的法国皇后、英国皇后，以及英国的皇太后。埃莉诺的现任丈夫路易，祖父纪尧姆，母亲诺尔曼迪亚女公爵，未来的丈夫国王亨利，以及未来与亨利所生的孩子（年轻国王）都被放在了这一个句子里。可以说这一句话贯穿了埃莉诺的过去、现在和将来。路易代表她的现在，纪尧姆和诺尔曼迪亚女公爵代表她的过去，而国王亨利及他们的孩子代表她的将来。

埃莉诺的家庭关系不仅被堆积在一个句子中间，而且将"直到路易娶了埃莉诺穿越大海直到一天结束"断开，不仅表现出她的家庭关系的复杂，也预示了"路易对她和叔叔图卢兹的雷蒙德（Raymond of Toulouse）之间情人关系的怀疑"[③]，还表明了路易和埃莉诺这对夫妇之间存在的巨大隔阂和障碍。

"手指甲，叔叔"这句带着隐晦朦胧的爱意与情愫的意象，以及"因为她骑马去了棕榈林/她的围巾在萨拉丁的头盔里"这个埃莉诺出轨的情节并不是真实的历史，而是《诗章》中的路易的幻想和猜测。于是"在那一年与她离婚，他路易，/从而与阿基坦脱离"。从行文上看，正是埃莉诺的婚外情导致了路易与她离婚。而历史上，即使被戴了"绿帽子"，即使他很愤怒，但他仍不愿意与埃莉诺离婚。反而是埃莉

① Carroll F. Terrell, *A Companion to The Cantos of Ezra Pound* (Berkeley, Los Angeles and London: University of California Press, 1993.) , p. 23.

② Marion Meade, *Eleanor of Aquitaine: A Biography* (New York: Penguin Books, 1977.), p. 17.

③ Marion Meade, *Eleanor of Aquitaine: A Biography* (New York: Penguin Books, 1977.), p. 107.

诺提出了要与路易离婚，因为他不仅对性根本没有兴趣，并且他彻头彻尾就是一个"愚蠢、靠不住的笨蛋"。[1]主动提出离婚，这种举动是与埃莉诺同时代的其他女性无法想象的事情。

上面的分析显示，在政治生态这个宏大的历史背景下，《三十章草》中的女性的人生轨迹，连同她们的婚姻，都是充满了变数的。一方面，她们体现了庞德渊博的历史知识，另一方面，她们又都是《诗章》的构成要素。在前一意义上，她们都是真实的；在后一意义上，她们都是虚构的。她们之于庞德的意义，并不在她们的故事本身，而在于她们本身所承载的变数。她们或悲或喜，或强或弱，总要谈婚论嫁，总要从一个家庭走向另一个家庭，总要在与丈夫、情人、子女等的多重关系中确立自己的最终身份。正是由于女性充满变数，所以，庞德才不厌其烦地幻化出多种多样的女性形象。通过这些充满变数的女性形象，我们可以明显地感觉到，"变"是女性的基本特征，也是历史的基本规律。从这个意义上说，《三十章草》中的女性，无论她们以哪种形象出现，都是庞德用以书写历史的素材。相应地，她们所处的时代，连同当时的政治生态，以及与她们有关的男性人物，也因此而成了《诗章》的素材，属于庞德所说的"历史的重复"。

第二节　激情控制下的女性

庞德有句名言，"唯有激情才是永恒的"。在《庞德〈诗章〉指南》中，库克森曾引詹姆斯·劳克林（James Laughlin）的话说，庞德把《诗章》分为三个层次：一是激情的控制，二是建构的努力，三是仁爱的主导。这意味着，激情在《诗章》中有着特别重要的意义。具体到《三十章草》的女性形象，由于生活于特定的政治生态之中，所以她们的情感基本都是扭曲的。这种扭曲的情感，其表现之一即被动型的任人摆布，成为政治的牺牲品，正如第一节所分析的；其表现之二则是主动型的施事者，但往往因嫉妒、仇恨、报复等而成为激情的牺牲品。

在《三十章草》中，最骇人听闻的报复是第4章。第4章的开篇写道："宫殿在硝烟蒙蒙的光中，/特洛伊城不过是一堆郁郁燃烧的界石，/竖琴之神！奥伦库莱娅！/听我说。金舳的卡德摩斯！"[2]这样的开头显示，第4章的主旨是以史诗的

53

---

① Marion Meade, *Eleanor of Aquitaine: A Biography* (New York: Penguin Books, 1977.), p. 107.

② Ezra Pound, *A Draft of XXX Cantos* (New York: New Directions Publishing Corporation, 1997.), p. 13.

形式讲述激情的故事，因为它包含着传统人文史诗的两大因素：吁请对象和诗的主题。吁请对象是古希腊城邦底比斯的缔造者卡德摩斯（Cadmus）；诗的主题是燃烧的激情（即前3行的内容）。正因为如此，才有一个老人的如下哭诉：

> 挨着那弧形，腿部雕花的长椅，
> 　　　鸟爪和狮头，一位老者坐着
> 嗡声低诉……：
> 　　　　　伊藤！
> 又含泪三声，伊藤，伊藤！
> 然后她走向窗户心情低落，
> 　　　"自始至终，始终，燕子哭喊：
> 伊藤！
> 　　　"餐盘里是卡贝斯唐的心。"
> 　　　"餐盘里的是卡贝斯唐的心？
> 　　　"没别的味道能改变它。"
> 她走向窗户，
> 　　　　　细长的白石条
> 搭成一扇双拱门；
> 坚定匀称的手指抓住坚硬灰白的石头
> 一阵摇荡，
> 　　　　　罗德兹城外的风
> 灌满她的双袖。
> 　　　……燕子哭喊：
> 提斯。提斯。伊提斯！
> （第4章）[1]

这段文字包含两个故事，一是伊藤（Ityn）的故事，二是卡贝斯唐（Cabestan）的故事。伊藤即伊迪斯（Itys），是普罗克涅（Procne）和色雷斯王忒柔斯（Tereus）的儿子。普罗克涅因为思念妹妹菲洛墨拉（Philomela），让丈夫忒柔斯到雅典去把

---

[1] Ezra Pound, *A Draft of XXX Cantos* (New York: New Directions Publishing Corporation, 1997.), pp. 13-14.

菲洛墨拉接到色雷斯来住一段时间。忒柔斯对菲洛墨拉一见倾心。回到色雷斯就将她带到远离宫殿的林子里，欺骗她普罗克涅已经死了，并诱奸了她。为防止她说出真相，他割掉了菲洛墨拉的舌头并把她关了起来。菲洛墨拉想尽办法，终于向姐姐揭开了忒柔斯的暴行。普罗克涅悲愤之至，遂将儿子伊迪斯杀死，做成菜肴给忒柔斯吃。忒柔斯知道伊迪斯被如此残忍地杀害后悲痛欲绝，拔剑向两姐妹扑去。姐妹俩变成飞鸟逃走了。普罗克涅变成了一只燕子，菲洛墨拉变成一只夜莺。卡贝斯唐的故事出自游唱诗人卡贝斯唐的传记。在那本传记中，卡贝斯唐爱上了萨拉曼达（Seremonda）。萨拉曼达的丈夫雷蒙德（Raymond）知道内情后十分愤怒，逐杀了卡贝斯唐，煮了他的心给萨拉曼达吃，萨拉曼达则跳楼而死。

在上述诗行中，庞德将伊迪斯的名字改为了伊藤，一是因为 Ityn 是 Itys 的拉丁语宾格，属于同一个单词；二是 Ityn 在"声诗"的角度上与 eaten（吃）谐音，属双关。此外，由于两个故事具有极强的相似性，所以庞德将它们并置在一起，形成重叠。第一次出现"燕子哭喊"时，燕子正是普罗克涅，哭喊的是她的儿子伊藤："燕子哭喊：/伊藤！"第二次出现"燕子哭喊"时，哭喊的名字却是提斯："燕子哭喊：/提斯。提斯。伊提斯！"（'Tis. 'Tis. Ytis!）从两次"燕子哭喊"的句式看，它们都出自普罗克涅，她不仅"哭喊"，还"走向窗户""手指抓住坚硬灰白的石头"。但与 Ityn 是 Itys 的宾格不同的是，伊藤与提斯并非同一个人，因为提斯（'Tis）是"的确"（It is）的缩写。所以第二次哭喊的并非普罗克涅，而是萨拉曼达；哭喊的对象也不是伊藤，而是卡贝斯唐。

庞德在把普罗克涅杀子的故事和萨拉曼达因失去情人而自杀的故事拼贴在一起，以"燕子哭喊"作为框架，表达了报复后永远无法磨灭的悲痛。尽管幻化成燕子的只是普洛克尼，但由于有了特定的框架，也由于两个故事的相似性，萨拉曼达已然化身为另一只燕子。庞德以这样的方式，将激情控制下的报复变成了一个严肃的主题。虽然没有像普罗克涅亲手杀死儿子那样残忍，但确是自己出轨的爱害死了情人，让他像伊藤那样死去，自己也是罪人，遂选择了自杀。她走向窗户，窗外燕子的叫声映衬着她沮丧的心情。她立马就能辨认出这是爱人的心脏，是爱人的味道。"她走向窗户，/细长的白石条/搭成一扇双拱门；/坚定匀称的手指抓住坚硬灰白的石头/一阵摇荡，/罗德兹城外的风/灌满她的双袖"。

这句诗隐晦地描写了萨拉曼达跳出窗户自杀的场景，写得很美，却很凄凉，似乎她在跳下的瞬间也变成了燕子一般。这是因为，庞德把两个故事并置后，当第二次出现"燕子哭喊"，哭喊的燕子已经具备了双重指向，一是普洛克尼，二是萨拉曼达。相应地，"提斯。提斯。伊提斯"也具有了双重内涵：一是 Ityn 与 Ytis，二是 It is。换句话说，伊藤是主题，卡贝斯唐是对题，萨拉曼达是答题，庞德在答题的层面已经把她变成了燕子。雷蒙德是法国东部安省的一个市镇——罗西永的城堡的主人，那么他和妻子萨拉曼达的居住地应该也是在罗西永。而在她跳出窗户之后，不是罗西永的风，而是罗德兹的风捉了她的满袖。罗德兹位于法国南部，也就是说，她这一跳从东部直接到了南部，进一步强化了她已经变成了燕子。所以，这里哭喊的燕子，也有可能是萨拉曼达，叫着的名字"提斯。提斯。伊提斯！"也是为了表现脆弱的她已充满愤怒和仇恨，是要向雷蒙德复仇的呐喊声。

从报复者和被报复者的角度看，在这两段血腥的复仇中，庞德没有写杀死卡贝斯唐的雷蒙德，但他的震怒却在对待被他杀死的人的方式上获得了一览无余的展现。作为被复仇的忒柔斯和萨拉曼达，二人则被刻画得更显仔细。忒柔斯坐在长椅上。长椅的腿是弯曲的、有雕刻的，彰显着坐在长椅上的人的地位显赫，同时也隐喻着他的老态龙钟。长椅上雕刻的图案为"鸟爪和狮头"①，爪子的细小与狮头的雄大形成对比，表明忒柔斯的身体形态——瘦，反映出他失去爱子饱受精神折磨的状态。另外，爪子的锋利与狮头的霸气，也流露出忒柔斯的愤怒和杀气。忒柔斯坐着，念着儿子的名字，声音低噙。萨拉曼达走向窗户，心情低落，"细长的白石条"和"灰白的石头"一方面隐喻她纤细的身躯经不住失去爱人的痛苦，另一方面也传达出爱人已死，生活再无色彩的失落感和苍凉。"坚定的"手指和"坚硬的"石头表达出萨拉曼达想要追随死去的爱人的决心。

从两个故事中的人物性别来看，男性有三个，分别是忒柔斯、伊迪斯和卡贝斯唐。忒柔斯沉浸在失去爱子的悲伤和无奈之中，伊迪斯和卡贝斯唐都是已经死去的受害者。女性有两个：萨拉曼达和普罗克涅。萨拉曼达痛失爱人，普罗克涅失去理智，为了报复而杀死自己的骨肉。虽然一个是受害者，一个是害人者，但她们都变成了燕子。男性和女性，一个是静止的，一个是运动的。忒柔斯坐在长椅上，卡贝斯唐的心脏躺在盘子里，（伊迪斯在忒柔斯的肚子里），而萨拉曼达变成燕子，与普罗克涅翱翔于罗德兹的上空。从两个故事的人物名字来看，实际上只出现了两个人的名字："伊藤"和"卡贝斯唐"。这两个人都是已经去世的人，活着的人都是没有直接的姓名指称的。庞德用"老者"指代忒柔斯，用"她"指

---

① Ezra Pound, *A Draft of XXX Cantos* (New York: New Directions Publishing Corporation, 1997.), p. 13.

代萨拉曼达，用"燕子"指代普罗克涅。报复没能带来心的宁静，其结果是生命的终结，是爱的丧失，是人性的扭曲。

　　同样的结果，也见于帕里西娜的悲剧人生。帕里西娜是卡洛·马拉泰斯塔（Carlo Malatesta）的女儿，14岁时被父亲许配给了比自己年长20岁的尼科洛·埃斯特。尼科洛有一个跟帕里西娜同岁的私生儿子乌戈（Ugo），因怀疑帕里西娜和乌戈有奸情，便残忍地将妻子帕里西娜和儿子乌戈双双斩首。帕里西娜原本是年轻漂亮、又有经济实力、愿意为埃斯特一家奉献的女人：

> 然后，在埃斯特的屋里，帕里西娜
> 付出
> 为了这个家族一直付出，而这屋子
> 也被称为阿特瑞兹，
> 然后微风仍然有一点儿
> （第8章）[1]

　　"微风仍然有一点儿"让人联想到"没什么风是王的"。[2]风象征着自由，此处风的"有一点儿"则代表了帕里西娜"一直付出"给埃斯特一伙人。那么她付出了哪些东西呢？除了自己的嫁妆被掠夺，变成了玛加丽塔的嫁妆以外，她还为埃斯特家族支付了赛马奖金这样的娱乐开销（第24章），以及种子、梳子、衣物、外债等日常生活开销（第24章），甚至最后还付出了自己年轻的生命：

> 他在舞会那里演奏
> 帕里西娜——祭坛的两只鸽子——在窗前，
> "而侯爵夫人
> 就快要疯了
> 到最后。"那时正值特洛伊败落
> （第20章）[3]

---

① Ezra Pound, *A Draft of XXX Cantos* (New York: New Directions Publishing Corporation, 1997.), p. 32.

② Ezra Pound, *A Draft of XXX Cantos* (New York: New Directions Publishing Corporation, 1997.), p. 16.

③ Ezra Pound, *A Draft of XXX Cantos* (New York: New Directions Publishing Corporation, 1997.), p. 90.

这里的"祭坛的两只鸽子"分别是帕里西娜和乌戈。鸽子是爱情之鸟，是女神依斯塔身边的神鸟。用两只鸽子来比喻帕里西娜和乌戈，象征着他们的爱的圣洁，显示出庞德对他们一定程度的肯定。所以在这段诗中，庞德借他者之口唱出了帕里西娜的处境："而侯爵夫人/就快要疯了/到最后。"这句诗原文为意大利语 E'l Marchese/Stava per divenir pazzo，具有前景化的作用，与"鸽子"的意象正好呼应。

从上下文看，他者，即诗行中"他"，有可能就是尼科洛本人，是他在责备帕里西娜快疯了，竟然爱上了自己的继子。这意味着，一方面，帕里西娜没能理性地把握好她的激情，爱得快要疯了；另一方面，尼科洛也难以抑制自己的激情，愤怒得快要疯了。总之，帕里西娜的悲情结局，不是由于政治生态，而是由于情感生活，是受制于激情的结果。这个结果直接毁了两个年轻的生命，间接毁了两代人的心理。

我们知道，拼贴是《诗章》的一大特色，而拼贴的实质就是互文性，所以上引诗行中的"他"也有可能是诗人拜伦（G. Byron）。拜伦在他的长诗《帕里西娜》中，没有让她跟着爱人乌戈一起死，而是给了她另一种结局：她被带到乌戈被行刑的法场，眼睁睁地看着乌戈死去，那一瞬间，她尖叫着，几乎要疯了。[①]也就是说，庞德以其惯用的拼贴方法，借故事本身的相似性，将历史上的帕里西娜与拜伦诗中的帕里西娜做了无缝连接。

正是这种拼贴艺术及其效果，这一段很自然地让人联想到第 4 章中变成燕子飞走的普罗克涅及自杀的萨拉曼达。普罗克涅最终得到自由，逃离了她那愤怒的丈夫，而帕里西娜却化作鸽子，等待着被她的丈夫尼科洛杀害。同样是在窗边，萨拉曼达平静地选择了跳出窗外，选择与爱人的灵魂相守；而帕里西娜却"快要疯了"，既无法自救，也无法救出情人乌戈，甚至连选择自杀的权利都没有。

庞德的写作手法显得低调而隐晦。他并没有直接写帕里西娜和她的爱人被杀头，甚至也没有描写一丁点儿的流血或是残忍的情节，而只是把他们比作了祭坛上的两只鸽子。对中国读者来说，这很容易让人联想到我国传统经典爱情故事《梁祝》。原本心心相印却又无法在一起的两个人，因为形态的改变，最终超脱了生命，得到了永恒。从这个意义上说，庞德没有把他们写"死"，而是把他们写"活"了。历史上的帕里西娜被处死，是因为她对非正统的男性的爱构成了"对正统的女性

---

① 参见拜伦的《帕里西娜》。

的威胁"。① 而庞德的帕里西娜化身为鸽子，是对权力压迫的一种挣脱。

与这种极端方式不同，另一种复仇手段是背叛。比如《诗章》中那位普瓦思博（Poicebot）的妻子。普瓦思博曾是一个僧人，后来成为萨瓦里克·毛莱翁（Savaric Mauleon）旗下的游吟诗人：

> 然后从毛莱翁那儿，得了新职而神清气爽
> 迷惑地接近雨台，普瓦思博——
> 空气中充满了女人味，
> 　　然后萨瓦里克·毛莱翁
> 给了他土地和骑士的佣金，然后他娶了这女人。
> 他开始渴望游历，漫游；
> 然后英格兰外边一名骑士缓缓抬起眼皮
> 她对他的顺从，使她极具魅力……
> 然后撇下她走了八个月。
> （第5章）②

从诗行中可以看出，普瓦思博是个惯于寻花问柳的人，所以在他眼里，"空气中充满女人味"，虽然他已经有了妻子，但对他来说，妻子就是他的财产，没有名字，也没有称呼，正如庞德将"女人"和他的"土地""骑士的佣金"放在同一行诗中，这个妻子只是他的财产之一，而这份财产叫"女人"。一句"空气中充满女人味"凸显了普瓦思博淫乱的内心。他出远门去猎艳，留妻子独自在家。他认为她和其他财产在家里都很安全妥当，却不料妻子对婚姻也不忠。她被一名英国骑士诱惑，这名骑士"缓缓抬起眼皮"。这个缓慢睁眼的动作，正是对双眼色眯眯的骑士的描写。

> "他开始渴望女色，"
> 普瓦思博，此时在西班牙以北的路上

---

① Eleonora Stoppino, *Genealogies of Fiction: Women Warriors and the Medieval Imagination in the "Orlando Furioso"* (New York: Fordham University Press, 2011.), p. 4.

② Ezra Pound, *A Draft of XXX Cantos* (New York: New Directions Publishing Corporation, 1997.), p. 18.

　　（海水变化，水中一抹灰）
　　　　然后在城镇边缘的小屋里
　　找到个女人，变了样却又熟悉的脸庞；
　　艰难的一晚，早上便离开了。
　　（第 5 章）①

　　当普瓦思博来到西班牙以北时，突然"渴望女色"，在一家妓院中唤来一名妓女，她有一张"变了样却又熟悉的脸"，因为这张脸的主人竟是自己留在家中的"女人"。她跟他一样，也出来寻欢作乐。在普瓦思博结婚时，"女人"用的是 the woman，而在妓院中遇到她时，用的是 a woman，这个细微的差别有着深意。定冠词 the 表示这个女人对普瓦思博来说是专属于他一个人的，是他的财产；而不定冠词 a 则表示此时这个女人并不专属于某人，对他来说，只要是女人就行。由于他们的彼此背叛，所以他们这一晚过得"艰难"，早上便分开了。庞德在讲述普瓦思博的故事时，用的都是过去时和被动态，而在这个故事的结尾处给出了一个主动态的"离开"，原文作 parting，这是对两人分开的主动性的暗示，透露出此时普瓦思博的妻子不再是被丈夫留在家中的物品，她和普瓦思博一样，对自己的人生有了主动权。他的妻子跟他一样也出来寻欢作乐，他们竟在一家妓院中相遇，这或许是作为丈夫的普瓦思博始料未及的。因为在他看来，当一个男人对家感到厌倦的时候，是可以外出解闷的；而"女人必须待在家里，期盼男人的归来"。②

　　在上述所引的诗行中，庞德并没有提到普瓦思博妻子的名字，也没有说到夫妻之间有什么矛盾，但他们的行为都受各种激情的控制却是不言自明的。普瓦思博的妻子是幸运的，她没有因为自己的越轨而受到惩罚。而卢克雷齐娅的故事则显得扑朔迷离。

　　卢克雷齐娅·博尔贾（Lucrezia Borgia）是罗马教皇亚历山大六世（Alexander Ⅵ）与他的情妇万诺扎·德·卡塔内伊（Vannozza dei Cattanei）的私生女。她与伊索塔为西吉斯蒙德所生的私生女安东妮娅（Antonia di Sigismondo Malatesta）具有诸多相似之处。她们都是私生女，后来都被承认为合法的子女；她们都存在品行不端的行为，并也都有着同样的恶名。但安东妮娅以通奸罪被处以极刑，卢克雷齐娅则成了背叛的代名词。卢克雷齐娅在《三十章草》中共出现了两次，以其

---

① Ezra Pound, *A Draft of XXX Cantos* (New York: New Directions Publishing Corporation, 1997.), p. 18.

② Mary R. Lefkowitz, *Women in Greek Myth* (Maryland: The Johns Hopkins University Press, 2007.), p. 49.

名字出现的仅一次。这仅有的一次还并不指卢克雷齐娅本人，而是作为一个代名词，专指对婚姻不忠的女性。

> 那之后，希腊姑娘们在科孚岛，以及
> 淑女们，威尼斯人，她们都在晚上唱歌
> 虽然没有一个在唱，虽然她们没有一个可以，
> 目击者卢奇诺·德尔·坎波。
> （第 24 章）①

在希腊科孚岛（Corfu），姑娘和威尼斯的女人们都是尼科洛在旅行中玩弄的对象。到了晚上，尼科洛都与她们寻欢作乐，歌声不断。当贪恋女色的他离开科孚岛和威尼斯，到了耶路撒冷后，只能回忆被美女簇拥环抱的夜晚，感叹她们的歌声遥远，在耶路撒冷听不到。尼科洛的好色及其诸多艳遇，让他想到了对婚姻不忠的女性，想到了卢克雷齐娅，想到了自己的妻子。他的妻子因激情而出轨，这是他不能忍受的，遂将自己的妻子斩首。

尼科洛不仅将自己的妻子斩杀，还将别人出轨的妻子也杀掉。在他看来，为了不让他的妻子成为唯一受罪的人，应该杀掉其他所有通奸的女人：

> 然后他们杀的人中有个法官的妻子，
> 那是个宫廷的贵族法官，
> 人称拉奥达米娅·罗梅伊夫人，
> 在"正义之殿"被砍头；
> 然后在摩德纳，一位夫人阿涅西纳
> 毒杀了她的丈夫，
> （第 24 章）②

这里提到的拉奥达米娅·罗梅伊夫人（Madonna Laodamia delli Romei）是宫廷法官的妻子，也是一个贵族。她因通奸罪被公开斩首，却并不是被自己的丈夫审判，而是尼科洛。如果法官代表的是法律和公证，那么尼科洛判处罗梅伊死刑

---

① Ezra Pound, *A Draft of XXX Cantos* (New York: New Directions Publishing Corporation, 1997.), p. 112.

② Ezra Pound, *A Draft of XXX Cantos* (New York: New Directions Publishing Corporation, 1997.), pp. 112-113.

61

的举动，则显示了他凌驾于法律之上。与罗梅伊同样结局的还有阿涅西纳夫人（Madoam Agnesina），她们承认了自己的通奸罪行和毒杀丈夫的罪名。

> 然后在摩德纳，一位夫人阿涅西纳毒杀了她的丈夫，
> "所有被视为通奸的女人，
> "他的女人不应该独自受苦。"
> 　　　　　随后令状没了下文。
> 然后在 31 年娶了丽卡达小姐。
> （第 24 章）①

被称作"正义"的判决，实际上是为了满足尼科洛自己的私欲，是他泄愤的一种方式。至于他颁布的杀令中涉及的罪人涵盖了"所有被视为通奸的女人"，如此这般，他的妻子就不会"独自受罪"。实际上，杀了这些女人并不是让她们在地狱一起受苦，而是让他自己不独自受辱的自私的行为。至此，帕里西娜、罗梅伊、阿涅西纳都成为统治者尼科洛用于泄愤的靶子，同时也是他用来保全自己颜面的牺牲品。通过这个故事，庞德一方面对尼科洛的暴行做了揭示，另一方面也对那些受制于激情的女性及其可能的命运做了警示。

第三节　向往自由的女性

帕特里克·亨利（Patrick Henry，1736—1799）是美国深受爱戴的政治家之一，被誉为"弗吉尼亚之父"，也是《独立宣言》的主要执笔者之一。在反英斗争中，他发表过许多著名演说，其中广为传诵的一句话是"不自由，毋宁死"。庞德也是一个追求自由的人，主张诗歌应该充满"自由与能量"。②这种追求的表现之一是创作的自由，包括形式的自由、语言的自由、内容的自由；表现之二是在人物形象的塑造上体现自由的思想。具体到女性形象，前一节所分析的那些复仇女性，特别是普罗克涅，她们的悲情命运首先在于激情的控制，但那种爆发性的激情只是一时的，其背后更为深刻的动力则是自由。她们的故事之所以打动人，在于她

---

① Ezra Pound, *A Draft of XXX Cantos* (New York: New Directions Publishing Corporation, 1997.), p. 113.

② Qtd. in Qian Zhaoming, ed., *Ezra Pound and China* (Ann Arbor: University of Michigan Press, 2003.), p. 97.

们直到生命的尽头也并未获得想要的自由。与此相反，另有一些女性，尽管也生活在给定的政治生态之中，却在某种意义上获得了内心深处所向往的自由。这类女性的典型代表便是库尼扎·达·罗马诺（Cunizza da Romano）。

库尼扎·达·罗马诺是埃泽利诺二世·达·罗马诺（Ezzelino Ⅱ da Romano）的女儿，她的哥哥埃泽利诺三世（Ezzelino Ⅲ）是帝国皇帝腓特烈二世的女婿——维罗纳公爵（Duke Verona），也是意大利历史上最残暴的统治者之一。据说他下令执行的处决就多达五万余场，有时候是整个家族被他集体屠杀。庞德在前 30 章中给了库尼扎不少的篇幅，而且相对比较集中。《三十章草》第 6 章、第 29 章都写到了库尼扎·达·罗马诺的故事。①

> 索尔代洛从曼图瓦来，
> 穷骑士的儿子，西尔·艾斯科特，
> 而歌谣令他身心愉悦
> 然后混于宫人之中
> 又去了理查德·圣·博尼费斯的宫廷
> 并且在那儿爱上了他的妻子
> 　　　　　库尼扎，达·罗马诺，
> （第 6 章）②

庞德从索尔代洛入手，简要地介绍了他的身世、爱好、职业，以及他的供职关系，然后直接引出了这一片段中重要的女性角色库尼扎。库尼扎是一名贵妇，而索尔代洛的出身要低得多，他的父亲西尔·艾斯科特（Sier Escort）是一个穷骑士。他在理查德·圣·博尼费斯（Richard Saint Boniface）的宫廷当宫廷诗人期间被理查德的妻子库尼扎的美貌所征服，爱上了她。他们的这段爱情抛开了门不当户不对，抛开了婚姻的束缚，抛开了一切的政治利益，是自由的。这种自由与卢克雷齐娅的被控制和被利用的婚姻形成鲜明的对比，不但属于自己，还惠及他人，特别是奴隶：

> 库尼扎，达·罗马诺，
> 在一个星期三释放了她的奴隶们

---

① 其中，第 6 章有 20 行诗，比重占到了该章的 1/3；第 29 章有关库尼扎的故事也多达 24 行诗。

② Ezra Pound, *A Draft of XXX Cantos* (New York: A New Directions Publishing Corporation, 1997.), p. 22.

家仆及奴隶，目击者

皮库斯·德法里纳蒂

以及艾力努斯先生和利普斯先生

　　　法里纳托·德法里纳蒂的儿子们

（第6章）[①]

　　庞德并没有一开始就对库尼扎的外貌和语言作描写，而是直接告诉读者她释放奴隶的行为。不但如此，对于此次释放事件，庞德还做了十分清楚的交代，可谓证据确凿：有明确的行为主体——库尼扎·达·罗马诺，有明确的行动时间——星期三[②]，有明确的行为受益者——家仆及奴隶，还有明确的目击证人——3位即皮库斯·德·法里纳蒂（Picus de Farinatis），以及法里纳托·德·法里纳蒂（Farinato de'Farinati）的两个儿子艾力努斯（Elinus）和利普斯（Lipus）。对库尼扎的这个行为，庞德就给出了高度评论：

　　"人身自由，意志自由

　　"自由购买、见证、贩卖、留遗嘱。"

（第6章）[③]

　　"人身自由"指的是奴隶被释放，进一步得到"意志自由"。意志的自由除了奴隶得到之外，库尼扎也得到了。她不被财产所禁锢，从思想上也被解放了。从物质层面的身体自由到精神层面的意志自由，是一种质的升华。自由地进行"购买、见证、贩卖、留遗嘱"均属社会行为。可以说，库尼扎释放奴隶的行为具有多方面的影响，而且这种影响已从个人层面的自由升华到了社会层面的自由。

　　在《三十章草》中，库尼扎的形象异常突出，因为她的一个举动，奴隶得到了自由，从身体到心灵的完全自由。她自己也获得了思想解放。在与索尔代洛坠入爱河后，她选择离开丈夫，与索尔代洛私奔，再一次从身体到意志都获得了全面的自由：

---

　　① Ezra Pound, *A Draft of XXX Cantos* (New York: A New Directions Publishing Corporation, 1997.), p. 22.

　　② 史料记载，在她的哥哥 Ezzelino III 死了 6 年之后的 1265 年 4 月 1 日，库尼扎释放了哥哥的奴隶。查询万年历的结果，公元 1265 年 4 月 1 日确实是星期三，庞德所说的时间是准确的。

　　③ Ezra Pound, *A Draft of XXX Cantos* (New York: New Directions Publishing Corporation, 1997.), p. 23.

将她从丈夫身边带走……

　　据说是索尔代洛的情妇：
　　"冬天与夏天我歌唱她的优雅，
　　如同玫瑰是美丽的，她的脸庞同样美丽，
　　夏天和冬天我都在歌唱她，
　　雪让我铭记她。"

（第6章）①

　　庞德用"带走"一词突出了私奔的主导者是索尔代洛，一方面呼应了前文中库尼扎释放奴隶，把索尔代洛塑造成释放库尼扎的主角；另一方面在道德上减轻了库尼扎的私奔罪行。但更为重要的，是把库尼扎写成一个既有权势，也有柔情的女人。

　　通过索尔代洛写给库尼扎的一首四行诗，赞美了她的优雅和美丽。"冬天和夏天"他都在歌唱库尼扎的优雅，她拥有玫瑰般美丽的脸庞。然而再次重复"冬天和夏天都在歌唱她"之后，一个"铭记"暗示了他们终究要分开。索尔代洛离开了库尼扎。

　　库尼扎还被塑造为一个虔诚的女人。对此，只要我们追问她的动机就会明白，而庞德也不失时机地写了库尼扎释放奴隶的原因：

库尼扎为了上帝的爱，为了宽恕她父亲的灵魂
——愿地狱带走芝诺的叛徒们。
而第五个生了他阿尔贝里克
而第六个库尼扎夫人。
（第29章）②

　　为了"上帝的爱"与"宽恕她父亲的灵魂"，庞德的语气十分肯定。库尼扎的父亲是埃泽利诺二世，在库尼扎释放奴隶的时候，她的父亲早在30年前就已经死了。为什么要宽恕她父亲的灵魂？

　　阿尔贝里克（Alberic）是库尼扎的哥哥，芝诺（Zeno）指的是阿尔贝里克的

---

① Ezra Pound, *A Draft of XXX Cantos* (New York: New Directions Publishing Corporation, 1997.), p.23.

② Ezra Pound, *A Draft of XXX Cantos* (New York: New Directions Publishing Corporation, 1997.), p. 141.

城堡，芝诺的叛徒们指杀害了阿尔贝里克的人们。在阿尔贝里克的哥哥埃泽利诺三世死后，阿尔贝里克成了城堡的主宰，但不久之后，他的城堡遭到周边城市的围攻，城堡中的芝诺人也背叛了他。被饥饿所迫，阿尔贝里克无条件投降，他的家人惨遭毒害，而他本人也受虐致死。"第五个""第六个"指的是他们在埃泽利诺二世的子女中的排行。阿尔贝里克是第五个孩子，而库尼扎是第六个孩子。接着插进来一段库尼扎释放奴隶的事迹。这一段是对第 6 章中的释放奴隶事件的补充，更加详细地说明了该事件发生的年份是 1265 年，那一年库尼扎住在卡瓦尔坎蒂（Cavalcanti）的家中：

> 在卡瓦尔坎蒂家里
> 　　　　在 1265 年：
> 自由了他们所有人因为完全的解放
> 埃切林我的父亲达·罗马诺的所有农奴
> 救了与阿尔贝里克在圣芝诺城堡的那些人
> 然后放走他们还有
> 他们体内地狱的恶鬼。
> （第 29 章）[1]

不仅如此，庞德还以库尼扎本人的口吻，交代了这些奴隶的身份和所属。这些奴隶中有她父亲埃切林·达·罗马诺（Eccelin da Romano）的农奴，也有那些她哥哥阿尔贝里克在圣芝诺城堡（Castra San Zeno）的奴隶。这些奴隶正是上文中杀害阿尔贝里克的"芝诺的叛徒们"。她给了他们自由，也包括他们体内的"地狱的恶鬼"。好的和坏的，无辜的和有罪的奴隶都获得了自由，正因如此，这才称得上是场"完全的解放"。

> 而第六个库尼扎夫人
> 她先被给了理查德·圣·博尼法斯
> 然后索尔代洛带她离开了那个丈夫
> 然后在特雷维索睡了她

---

[1] Ezra Pound, *A Draft of XXX Cantos* (New York: New Directions Publishing Corporation, 1997.), p. 142.

直到他被赶出特雷维索

然后她跟一个名叫波纽斯的士兵离开了

特别迷恋她

然后从一个地方去另一个

"这颗星的光征服了我"

极大地享受她自己

然后过量的账单飙升。

然后这个波纽斯在一个星期日被杀了

而接着她有了一个布拉甘萨来的勋爵

再后来一所维罗纳的房子。

（第 29 章）[1]

这里的"第六个库尼扎夫人"与原书第 141 页重复，是连接上文中同一句诗句的标志。这一段从库尼扎的婚姻和爱情的角度，大致描述了她的一生及她生命中的五段感情生活。她的第一任丈夫是理查德，"被给"（原文作 given），显示了这段婚姻是被安排的，理查德并不是她自主选择的爱人，她就像一个物品一样被分配、被利用。索尔代洛的出现和爱情帮助她打开了婚姻的牢笼，而他们的私奔是库尼扎获得新的自由的人生的起点。特雷维索是意大利北部的一个城市，这个城市曾是库尼扎的哥哥埃泽利诺三世的住处。索尔代洛和库尼扎私奔去了特雷维索，谋求哥哥的保护。

有种说法是埃泽利诺三世因为政治因素，派索尔代洛去诱拐库尼扎。[2]诗文"在特雷维索睡了她"有意强调特雷维索这个地点，而库尼扎是离开丈夫理查德之后与索尔代洛去了特雷维索，也就是说他们"睡"是在私奔之后发生的。这个先后顺序很重要，直接定义了库尼扎的婚姻观和爱情观。如果是在"睡"之后私奔，那么库尼扎就犯了通奸罪。而她为了爱情离开了丈夫，离开了这段被安排的无爱的婚姻之后，再与心上人"睡"，就是为了爱情的自由，解放了自己。所以，庞德强调了特雷维索这个地点，也就明确了私奔与同寝的顺序，进而显示了库尼扎纯

---

① Ezra Pound, *A Draft of XXX Cantos* (New York: New Directions Publishing Corporation, 1997.), p. 142.

② Carroll F. Terrell, *A Companion to The Cantos of Ezra Pound* (Berkeley, Los Angeles and London: University of California Press, 1993.) , p. 116.

粹的追求自由的情愫。

在索尔代洛离开库尼扎，逃离特雷维索之后，库尼扎与一名叫波纽斯（Bonius）的骑士也离开了特雷维索。他们去了很多地方，库尼扎感受到了极大的快乐。不管她走到哪里，库尼扎说"这颗星的光征服了我"。"这颗星"指的就是爱神，所以爱情的光芒一直笼罩着她，她对波纽斯的爱，让她得到了满足。波纽斯在帮助库尼扎的哥哥阿尔贝里克的时候被杀死，之后她嫁给了一位布拉干萨的勋爵。这位勋爵死后，库尼扎又嫁到了维罗纳渡过余生。

从诗歌语言上看，库尼扎在理查德和索尔代洛的两段情感中都是被动的状态。她"被给"了理查德，而索尔代洛把她带离（原文作 substracted），"睡了她"（原文作 lay with her），库尼扎都是作为动作的承受者。这与她在之后的几段感情中的位置截然相反，与波纽斯行走天涯时，庞德用的是主动态"她离开"（原文作 she left）、"她去"（原文作 she went），在波纽斯死后，她遇到了布拉干萨的勋爵，同样也是主动态"她有"（原文作 she had）。这就表明，库尼扎从婚姻到爱情、从被动到主动、从接受到寻找的变化过程。

库尼扎对波纽斯的感情，原文中用的是拉丁语 nimium amorata in eum，意思是"特别迷恋他"。庞德的这句拉丁语诗行，可以被看作一条分隔线，一边是库尼扎的前两个男人——理查德和索尔代洛，另一边是后来出现在她人生旅途中的其他男人。如果把库尼扎和理查德的婚姻看作一座牢笼，那么索尔代洛就是带她离开牢笼、使她得到身体上的自由的人。而与波纽斯的感情则代表了库尼扎精神上的自由，借用庞德的话说，就是"意志自由"。

在向往自由的女性中，写得特别感人的或许是旺塔杜尔夫人（Lady of Ventadour）。旺塔杜尔夫人是旺塔杜尔的埃布里斯三世的妻子，却被她的丈夫埃布里斯关在地牢中。庞德把那个地牢比喻为马勒莫尔（Malemort），即科雷塞河对岸的马勒莫尔城堡。该城堡于 1177 年被一些自由骑兵和他们的家人占据，后又被利穆赞王（Limousin）和主教联合袭击，城堡里存活下来的人皆被俘虏和屠杀，这座城堡从此被称为马勒莫尔，意为"恶毒的死亡"。[①] 关押旺塔杜尔夫人的地牢，就好比这座马勒莫尔。

① Carroll F. Terrell, *A Companion to The Cantos of Ezra Pound* (Berkeley, Los Angeles and London: University of California Press, 1993.), p. 26.

埃莉诺，闪亮的淑女，理查德的母亲，

即将三十岁（本该多年前）

河流-沼地旁，有长廊的教堂门廊边，

马勒莫尔，科雷塞河，对那人说：

　　　"我的旺塔杜尔夫人

　"被埃布里斯监禁

　"不再行猎和狩猎

　　　　也不让她自由在外

　"无法观看鱼上钩

　"不能欣赏翅膀闪亮的苍蝇落在溪畔

　"除非我没在，夫人。……"

（第 6 章）①

　　这段诗行描写了旺塔杜尔夫人被关押的悲惨情形。鱼、苍蝇、溪水等，无一不是室外的意象，全都代表着自由自在、无拘无束，然而这些都是在地牢的她所无法看到的。在地牢中，甚至连要一丝光都是一种奢侈。而这些意象象征着完全的自由，与被关押的旺塔杜尔夫人的完全不自由形成了鲜明的对比。

　　旺塔杜尔夫人的故事可以说非常煽情，让人不觉心生怜悯。整个故事都在引号之中，而讲述者正是埃莉诺。埃莉诺 30 岁的时候返回普罗旺斯。埃莉诺有着和旺塔杜尔夫人相似的经历。她曾经被丈夫法国国王路易八世软禁，庞德让她来叙述旺塔杜尔夫人的遭遇，同时也是讲述的她自己的心情。就好像埃莉诺是通过旺塔杜尔夫人来表达自己内心对自由的渴望，以及对必将得到自由的希望和信心：

　　　'当云雀窜动时'

　"我请你捎句话给埃布里斯

　　　　你已见过那作曲

　"和寻曲之人在如此遥远的地方

　"他也许会将她释放，

　　　　让这光亮流淌在空中。"

（第 6 章）②

① Ezra Pound, *A Draft of XXX Cantos* (New York: New Directions Publishing Corporation, 1997.), p. 22.

② Ezra Pound, *A Draft of XXX Cantos* (New York: New Directions Publishing Corporation, 1997.), p. 128.

这些诗行显示，在埃莉诺的讲述中，旺塔杜尔夫人眼中的路易八世就像埃布里斯一样，并希望"窜动的云雀"会带话给他，告诉他，他无法永远将她禁锢。如果说"作曲和寻曲之人"是埃莉诺，那么她就是想来解救她的人，重新给予她自由和光明。

寻曲人的意象使人联想到坎纳比希小姐（Miss Cannabich）与达那厄（Danae）。坎纳比希是莫扎特的学生。莫扎特是大名鼎鼎的作曲家，因对待遇不满，曾给萨尔茨堡主教写过辞职信。1777 年，在征得主教同意后，莫扎特离开了萨尔茨堡，来到德国曼海姆，并受到曼海姆乐派的影响。莫扎特的辞职意味着脱离宫廷的束缚，是对自由音乐的追求，对自由的追求：

> "正如奏鸣曲，也如坎纳比希小姐。"
> （第 26 章）①

这里的"奏鸣曲"指的是莫扎特于 1777 年创作的 C 大调 KV309，节奏舒缓、清新可爱，属于"通俗风格的作品"。② "坎纳比希小姐"是德国曼海姆乐团的代表人物克里斯迪安的大女儿罗莎·坎纳比希（Rosa Cannabich），这支奏鸣曲 KV309 是莫扎特为她创作的。1777 年底，莫扎特曾在写给父亲的书信中说，要让 KV309 与罗莎的性格相匹配。③脱离了宫廷音乐束缚的莫扎特，创作曲风从华丽复杂到清新简单，创作的对象从宫廷、宗教到普通个人——为一个普通女孩写奏鸣曲，并且曲风还要与女孩的性格一致，这正是自由作曲的实践。从这个层面上讲，"坎纳比希小姐"代表的就是自由的创作源泉。

庞德把这个故事写入《诗章》，旨在借此表达自己的创作理念，同时也旨在强调诗歌创作与音乐创作一样，必须具有"声诗"的效果。而这也是他借音乐赋格作为整部《诗章》的结构框架的原因之一。如前所述，借助于赋格结构模式，宏大的《诗章》就可以具有无限的包容性，使得声诗、形诗、理诗的理念能够得以彰显。这在达那厄的故事中，有着很好的体现。达那厄是阿尔格斯国王阿克里西耳斯（Acrisius）的女儿。阿克里西耳斯得到神谕，说他将被自己女儿所生的儿子

---

① Ezra Pound, *A Draft of XXX Cantos* (New York: New Directions Publishing Corporation, 1997.), p. 128.

② John Irving, "Mozart's Words, Mozart's Music: Untangling an Encounter with a Fortepiano and Its Remarkable Consequences" (in *Austrian Studies*. Vol. 17, Words and Music 2009.), p. 29.

③ Ezra Pound, *A Draft of XXX Cantos* (New York: New Directions Publishing Corporation, 1997.), p. 109.

杀死，于是他将达那厄关在塔楼之内，使她隔绝于世。宙斯（Zeus）看到了美丽的达那厄，化作一线金雨与她交配，他们生下了帕修斯（Perseus）。

达那厄的故事，其原型本身就包含了声诗、形诗、理诗的全部要素，庞德自然不会弃之不顾。但他并不急于和盘托出，而是在自由主题下慢慢展开的。在《三十章草》中，达那厄的故事是这样开始的：

> 骆驼客们坐在楼梯的转角，
> 　　　俯视埃克巴坦那井然的街道，
> "达那厄！达那厄！
> 　　哪股风是王的？"
> （第4章）①

骆驼客们"俯视"着街道，这个自上而下的观察角度，正切合了达那厄从塔上俯视世界的角度。而"楼梯的转角"代表的是一种隐秘、独立的地方，也暗自切合达那厄孤独的情景。达那厄被父亲囚禁，已然成了失去自由的女性的代表：

> "达那厄！达那厄！
> 哪股风是王的？"
> （第4章）①

这两行诗是在双引号内的，从这段诗来看，说话者正是骆驼客们。骆驼客们穿梭于广阔的大漠，是自由的象征。在沙漠中，风也是自由的，不属于任何人。沙漠的旅者更了解这一点。骆驼客们与达那厄可以说是极端对立的两个意象。庞德用骆驼客们的自由来衬托达那厄的束缚，更加突出了达那厄渴望自由却无法摆脱囚禁的孤独和酸楚。至于"哪股风是王的？"这个问句也是不需要回答的。庞德已在同页前一段中给出了明确的答案：

> 没什么风是王的风。
> 　　　让每头母牛都护好其犊子。

---

① Ezra Pound, *A Draft of XXX Cantos* (New York: New Directions Publishing Corporation, 1997.), p. 16.

　　"这风就围在纱帘中……"

　　　　"没什么风是王的……"

　　（第4章）①

这个结论重复了两次。在已有答案的情况下，再次提出了这个问题，并且提问时还两次重复了"达那厄"的名字，表达了作者对达那厄被软禁而失去自由的抗议，也暗示了达那厄最终会得到自由的命运。所以，在提出了这个不必回答的问题之后，庞德笔锋一转，大量地描写了自然景色。烟雾、梨树、水流、浅滩、声音、空地等一系列自然意象，无不代表着自由和随心所欲，既与旺塔杜尔夫人的故事彼此呼应，也与达那厄无自由的囚禁生活形成了强烈的反差。

　　比达尔，或埃克巴坦那，在埃克巴坦城的镀金塔楼上

　　躺着神的新娘，一直躺着，等待着金雨。

　　加仑河边。"万岁！"

　　加仑河厚得像油漆，

　　队列，——"万岁，万岁，万岁啊王后！"——

　　像爬虫蠕动，在人群中。

　　阿迪杰河，影像稀薄，

　　阿迪杰河对岸，斯特凡诺创作的，小花园中的圣母玛利亚，

　　恰如卡瓦尔坎蒂所见到的她。

　　（第4章）①

　　埃克巴坦那和"塔楼"与上文中的呼应，"神"和"金雨"指的是宙斯，所以此处的"新娘"指的正是达那厄。达那厄本被关在塔楼之中，而此处庞德把塔楼换成了"镀金的塔"，"镀金"一词可谓十分准确，"镀金"而非"真金"，表明塔被金包裹了一层，被注入了神气，暗含了宙斯的到来。

　　这里描写的是达那厄与宙斯结合之前的情景。可是并没有达那厄的名字，而是称呼她为"新娘"，金雨从天上降下来，代表着天与地的结合，是天与地的婚礼。庞德把宙斯化作的金雨与达那厄的结合看作一场隆重的婚礼。似乎是在彰显婚姻

---

① Ezra Pound, *A Draft of XXX Cantos* (New York: New Directions Publishing Corporation, 1997.), p. 16.

才是解救达那厄的关键所在。她所等待的金雨就是开启塔楼的钥匙，是她走向自由之路的开始。

"等待"一词在诗句中有两层含义。一方面显示了达那厄的被动，她无法自救，只能等待他救的无助；另一方面则暗含了达那厄的主动，她已有与宙斯结合的觉悟，做好准备迎接金雨的到来。庞德在第 5 章中也同样重复了达那厄作为"新娘"等待金雨的情景：

> 巨大的体积，庞大的数量，宝藏；
>
> 埃克巴坦，时钟嘀嗒消逝
>
> 新娘等待着神的触摸；埃克巴坦，
>
> 城市井井有条的街道；景象再现：
>
> 深入这些街道，穿着托加袍的一群人，手持武器，
>
> 人流涌动，
>
> （第 5 章）[①]

埃克巴坦（Ecbatan）是西亚古城，曾是米底王国（Medes）的首都。达那厄的故事发生在希腊城市阿尔格斯，那么庞德为什么要把地点从阿尔格斯搬到埃克巴坦呢？相传，米底王国的国王阿斯提阿格斯（Astyages）把女儿嫁给了波斯部落的冈比西斯一世（Cambyses I of Ansan），他们生的儿子居鲁士（Cyrus II of Persia）带兵攻打米底，最终打败了自己的外公，建立了阿契美尼德（Achaemenid）帝国。[②]如此相似的情节也许是庞德选择埃克巴坦那的原因。

埃克巴坦，今称哈马丹市（Hamadan），位于伊朗西北部。而加仑河（Garonne）则位于法国西南部，自南向北汇入坎塔布连海，最终汇入北大西洋。庞德前两句还在写达那厄待在埃克巴坦的塔顶等待着与神结合，突然又写到了加仑河，地域上从伊朗瞬间跨越到法国，看似突兀、毫无关联，实际上是庞德的精心安排。达那厄的父亲阿克里西耳斯听说女儿生下了一个儿子，便命人将他们关在一个箱子里，投入大海之中。宙斯保护着箱子穿过风浪，最终漂到塞浦路斯岛，母子俩因而获救。所以诗句中的"加仑河"指的正是装着达那厄和儿子帕修斯的箱子穿越过大海之后即将着陆的场景。加仑河边，有队伍喊"万岁！"像是在河边等待欢迎

[①] Ezra Pound, *A Draft of XXX Cantos* (New York: New Directions Publishing Corporation, 1997.), p. 17.

[②] http://zh.wikipedia.org/wiki/%E7%B1%B3%E5%BA%95%E7%8E%8B%E5%9B%BD.

73

达那厄。可以说，加仑河本身就代表获救、获得自由。从埃克巴坦跳跃到加仑河，庞德把"新娘"达那厄等待着与金雨结合之后的复杂情景全都省略了，没有描写达那厄如何秘密怀胎十月生下帕修斯，也没有描写他们如何被残忍地钉在箱子里，更没有描写他们如何在神的庇佑下在大海的风浪中存活下来，而是直接跳到了内陆河加仑河。这样就更加直接地突出了只要金雨降下，达那厄就会重获自由的必然性。

达那厄是没有自由的女性的代表。庞德也并没有给她真正的自由。她从被父亲的束缚中解脱出来之后，得到了短暂的自由，但接着便陷入了另一段束缚之中。"万岁，万岁，万岁啊王后！"原文用的是拉丁语，表示他们已来到了另一个国家。"皇后"一词表明，达那厄在被救之后，其命运发生了根本改变，已经不再是一个受困于塔楼之中的阶下囚，而是成了众人敬仰、深受欢迎的要人。而使她的命运如此斗转星移的原因，既有外来的因素，也有内在的因素。外来因素包括宙斯与塞浦路斯国王。宙斯让她获得自由，塞浦路斯国王波吕得克忒斯（Polydectes）则不但收留了她和她的儿子，还娶她为妻，使她成为一国之君的妻子。内在因素则是她对自由的向往与坚守，没有这样的向往与坚守，后来的一切都是难以想象的。在这个意义上，达那厄的形象很好地诠释了自由之于人的重要性，诠释了从内到外、从苦难到幸福的人生历程。

犹如"从此过上美好的生活"那句古老的童话故事中的结束语，庞德并没有续写达那厄的皇后生活，而是笔锋一转，改写另一条河——阿迪杰河（Adige）。阿迪杰河是意大利第二大河，源自阿尔卑斯山，汇入亚得里亚海。达那厄的儿子帕修斯杀了美杜莎（Medusa），带着她的头颅回到塞浦路斯，把波吕得克忒斯变成了石头，达那厄再一次被拯救。从这里可以看出，达那厄的皇后生活并不好过，但《诗章》却没有加以再现，表明庞德"历史的重复"是一种具有目的性的历史重建。帕修斯与母亲及妻子回到故乡，希望与祖父和解。阿迪杰河指的是他们一行人离开了塞浦路斯，来到了意大利。达那厄的一生旅程从这三个地点得到了很好的展现。她的一生就是一次航行。特别值得一提的是下列诗行：

> 阿迪杰河对岸，斯特凡诺创作的，小花园中的圣母玛利亚，
> 恰如卡瓦尔坎蒂所见到的她。
> （第 4 章）[①]

---

① Ezra Pound, *A Draft of XXX Cantos* (New York: New Directions Publishing Corporation, 1997.), p. 16.

　　这里的斯特凡诺指的是 14 世纪意大利维罗纳画家斯特凡诺（Stefano），而"小花园中的圣母玛利亚"指的是斯特凡诺的一幅画作。在《诗章》原文中，该画作名庞德用的是意大利语 Madonna in hortulo，而实际上此幅画的名字原本为 Madonna del Roseto，意思是"玫瑰园里的圣母玛利亚"。庞德用的意大利语画名就更加直接地突出了自己所做的改动。他把"玫瑰园"换成了"小花园"，实际上是更改了花园的类别，把具体的意象"玫瑰"去掉了。而当这幅画里没有了玫瑰，其暗含的意思就太引人深思了。

　　《玫瑰园里的圣母玛利亚》是属于哥特风格的油画，几乎整幅画都密布着玫瑰，没有多余的空间，显得尤其繁复紧凑。画中有三个人：圣母玛利亚怀抱着一个男婴坐在油画中间偏上的位置，而中间偏右下的地方坐着头戴王冠的亚历山大的圣凯瑟琳（St. Catherine of Alexandria）。[①] 此三人正切合了帕修斯与母亲达那厄、妻子安卓洛美达一起返回阿尔格斯。根据希腊神话，他们在阿尔格斯并没有找到祖父阿克里西耳斯，他为了逃避神谕中的命运，已经离开了故乡，逃亡到佩拉斯高斯。帕修斯经过这里时，参加了掷铁饼比赛，意外地将观众席上的祖父打死，应验了神谕。所以，他们三人在《诗章》中的旅行到达意大利的时候，达那厄却无法满足与父亲修好的愿望，从而此处的场景显得苍凉，花园里没有了玫瑰，由景色衬托出人物内心的悲楚。但与此同时，《诗章》也改变了原本就有的神谕，似乎在说，时代已经变了，神与人的关系也变了。这与他的历史书写，应该有着或多或少的联系。

　　卡瓦尔坎蒂是 13 世纪意大利游吟诗人，也是但丁的好朋友。他曾在《十四行诗第 35 首》（Sonnet 35）中阐述道："《奥尔托的圣米凯莱夫人》（Madonna of San Michele in Orto）这幅油画的奇妙之处，就在于画家将她的脸换成了自己的爱人。"[②]也就是说，卡瓦尔坎蒂看到的她，并不是画像里的圣母玛利亚的脸，而是达那厄的面容。

　　特雷尔在《埃兹拉·庞德〈诗章〉手册》中指出，Madonna in hortulo 应该是庞德的一个笔误，是庞德"混淆"了画家斯特凡诺的油画 Madonna del roseto 和诗人卡瓦尔坎蒂的诗句中所描写的油画 Madonna of San Michele in Orto。[②]关于这一

75

① http://en.wikipedia.org/wiki/Madonna_of_the_Rose_Garden.

② Carroll F. Terrell, *A Companion to The Cantos of Ezra Pound* (Berkeley, Los Angeles and London: University of California Press, 1993.), p. 15.

点，也许值得商榷，因为就《诗章》的文本而言，庞德似乎并没有混淆两幅作品。"恰如卡瓦尔坎蒂所见过的她"显示，庞德应该清楚地知道二者的区别，所以特意使用了"恰如"一词，以示卡瓦尔坎蒂所看到的并不是原作中的圣母玛利亚，而是这段诗的主人公达那厄，并且庞德还结合达那厄的命运和情感，巧妙地将画作里的玫瑰也去掉了。至此，庞德有深意地将画作的名字、画作的背景基调及画作中的人物都换掉了。这样的改动，显示出手法的高明，足见庞德心思细腻，知识渊博，融会贯通。

相较于其他女性形象，达那厄最为突出的特点，在于她对自由的向往由对人的期盼转变为对天的期盼。这是一种质的转变，显示着人生的目标不仅仅只在世俗幸福，更在于心存信仰，从而把自由、幸福等概念与信仰结合起来。换言之，从达那厄身上，我们看到了历史已经由单纯的世俗时间的演进，转化为由世俗时间与价值观相结合的全新的历史观。而这或许是庞德之所以把《诗章》定位为"包含历史的诗"的一个重要原因。

上文的分析显示：从索安提亚到玛加丽塔，从帕里西娜到德鲁夏娜，从埃莉诺到库尼扎，从普罗克涅到萨拉曼达，从普瓦思博的妻子到旺塔杜尔夫人，直到达那厄，她们的故事既是各不相同的，也是完全相同的。不同的是她们的经历，如我们已经看到的那样；相同的则是她们的内心，即她们都有着强烈的对自由的渴望。渴望自由，是因为没有自由；没有自由，则是因为特定的政治生态。前者源自历史，后者则指向现实。所以她们的人生经历之于庞德所目睹的生活现实具有主题、对题、答题的关联。主题即自由，对题即奴役，答题则是她们的故事对现代社会的启示，正如庞德所说，"自由的丧失是惊人的，不可否认的，恰如1900年的情形一样，是不可否认的。我们看到的是效率的积累，是各种暴政因素"。[①]庞德把达那厄对自由的向往从人间转到天上，既是对历史的一种重建，也是对社会改良的一种期盼，更是显性写历史、隐性写现实的一种彰显。

---

① Ezra Pound. "Ezra Pound: An Interview by Donald Hall", in Peter Makin, p. 256.

第三章　作为文化传承的女性

> 用克里特的习语，头戴金桂，阿佛洛狄忒，
>
> 统治塞普利斯高地，欢快，铜色，系着金色，
>
> 腰带和束胸，你黑色的眼睑
>
> 手持阿基斯达的金枝，由是：
>
> ——庞德《诗章》①

　　1960 年，庞德在接受《巴黎评论》的专访时，对霍尔说："我所写的东西就是在批驳这样一种观点，即欧洲与文明正走向地狱。如果我非得讲出一个思想，一个能将成堆的乱麻前后连贯起来的思想，那么或许可以这样说：欧洲文化还会继续存在，以某种普适性（universality），与其他任何文化一道存在。"②这是《三十章草》出版 30 年后，庞德对其《诗章》的一个基本评价。从中可以看出，文化是其创作《诗章》的重要动因。

　　从《三十章草》的内容看，所谓的欧洲文化，更多的是古典文化，是以希腊神话为载体的传统文化，而希伯来文化与东方文化所占篇幅相对较少，这是《三十章草》与后来的其他诗章的一个重大区别。而所谓"普适性"则更多地属于传统文化所承载的价值与意义，是庞德立足当下，对包括通俗文化在内的一切文化现象的一种主观评价。基于这样的认识，本章将以《三十章草》中的女性形象为对象，重点分析庞德在她们身上所承载的文化基因，特别是古典神话、心中天堂、人间地狱这三个具有"普适性"意义的类型。

第一节　古典神话的复活

　　前面说过，《诗章》的基本结构模式是赋格，包括微观结构和宏观结构两个

---

① Ezra Pound, *A Draft of XXX Cantos* (New York: New Directions Publishing Corporation, 1997.), p. 5.

② Donald Hall, "Ezra Pound: An Interview" (*Ezra Pound's Cantos: Casebook*. Ed. Peter Makin. Oxford and New York: Oxford University Press, 2006.), p. 258.

层面，其中宏观结构是从但丁《神曲》演变而来的传统模式，即"始于'黑暗的森林'、穿越人类过失的炼狱、终于光"。这本身就极具古典神话的味道，而更为重要的是，在开篇第1章中，尽管其主角是奥德修斯（或庞德），但女性却占据着数量的优势，其中的三个形象还有着极为重要的意义。一方面，她们与奥德修斯的旅行构成并置，凸显着主题与对题的有机结合；另一方面，她们又给几乎所有女性打上特有的性别标志。她们就是同时出现在第1章中的喀耳刻、珀耳塞福涅（Perserphone）和阿佛洛狄忒，是具有原型意义的三位一体，代表着女巫、女儿和恋人三种身份。

喀耳刻是希腊神话中著名的女巫，拥有强大的黑魔法、变形术和幻术。在荷马的《奥德修纪》中，喀耳刻毒死自己的丈夫萨尔玛提亚国王后，到艾尤岛隐居起来。特洛伊战争结束后，奥德修斯一行途经艾尤岛时，其船员被喀耳刻变成了猪。奥德修斯听从赫尔墨斯（Hermes）的建议，用草药抵御住喀耳刻的魔法。喀耳刻则因此爱上了奥德修斯，真诚地与他在一起生活了一年，之后又同意并帮他返回家乡。赫西俄德还在《神谱》中记载说，喀耳刻钟情于意志坚定的奥德修斯，为他生下了两个儿子。

庞德《诗章》第1章的基本故事来自荷马的《奥德修纪》，其开篇的前18行基本就是《奥德修纪》第11卷前22行的翻版。之后的诗行，连同对话体的使用，也都大同小异，只是具体内容做了较大的压缩与选择。这是庞德的拼贴手法在《诗章》中的第一次亮相。《诗章》第1章与《奥德修纪》第11卷中出现的第一个有名有姓的艺术形象就是喀耳刻，这也进一步彰显了《诗章》的拼贴特征。但更为重要的则是喀耳刻的女巫身份。表面上，女巫给人的印象是手握魔杖、衣着怪异、会施魔法、变幻莫测，似乎喀耳刻本身就体现着女性的善变特征；实际上，喀耳刻还是奥德修斯的整个旅程的指引者与圈定者。这在《诗章》的开篇就已经给出了暗示：

> 然后便下到船去，
>
> 调龙骨对巨浪，出发在神样的大海，然后
>
> 我们架起桅杆扬帆在那乌黑的船上，
>
> 运羊到船上，而我们的身体也
>
> 沉重凄泪，风来自船尾
>
> 载我们出发前行与鼓胀的船帆一道，

喀耳刻的这条船，那扎头巾的女神。

于是我们坐在船中央，风拧着舵把，

如此展开船帆，我们飘过大海直到白昼的尽头。

（第1章）①

　　"然后"的原文为 And then，是典型的连词。连词是用来承上启下的，用作全诗的开篇则显得异常突兀，与人们的阅读预期可谓格格不入。然而也正是因为如此，这小小的连词才充满了巨大的能量，迫使读者不得不停下来思考：为什么是连词？前面是什么？史诗还能这样来写？对这些问题的回答可以是风格的，也可以是内容的。在风格层面，《诗章》第1章以特殊的语言形式复活了奥德修斯的故事，并将神话传统和现实考量结合在一起，上承古老文化，下启当代思考。为此，庞德还使用了古英语的头韵，特别是/s/、/b/、/w/的反复，栩栩如生地再现了在风浪中的航行过程，俨然就是庞德所追求的"声诗"：

> We set up mast and sail on that swart ship,
> Bore sheep aboard her, and our bodies also
> Heavy with weeping, and winds from sternward
> Bore us out onward with bellying canvas,
> Circe's this craft, the trim-coifed goddess.

在内容层面，《诗章》第1章所呈现给读者的，虽直接来自《奥德修纪》第11章，却是在第10章就已经全都指明的。在那里，喀耳刻明确地告诉奥德修斯：你可以返回你的故乡，

> 但你先得完成另一次远航
> 抵达哈迪斯和可畏的珀耳塞福涅的住处，
> 咨询忒拜人提瑞西阿斯的灵魂，

她还告知了这次远行的方法是搭乘乌黑的海船，而且

---

① Ezra Pound, *A Draft of XXX Cantos* (New York: New Directions Publishing Corporation, 1997.), p. 3.

只需竖起桅杆，展开白帆，

坐下，让劲吹的北风带你而去。

她同时告诉奥德修斯，当抵达哈迪斯（Hades）和珀耳塞福涅的住处时，

要挖个坑，每边一个肘尺的宽度，

倒满饮用祭品，给所有的死者

……

亡者的灵魂会来把你围住，

你要鼓起同伴的勇气，让他们捡起

躺在旁边的祭羊，已用无情的青铜屠宰，

剥皮焚祀，并向神灵祈求，

向强大的哈迪斯和可畏的珀耳塞福涅求助

同时你自己要拔出胯边的利剑，

蹲守原地，不让亡者无力的头

接近血，直到你问过提瑞西阿斯。①

　　可见，奥德修斯所做的就是喀耳刻所说的。亦即说，喀耳刻是奥德修斯的冥府之行的指引者。在《奥德修纪》中，第 10 卷与第 11 卷之间存在细节上的前后一致或彼此呼应，那是荷马的特色。在《诗章》第 1 章中，原本可能出现的一系列呼应都被压缩进一个表示连接的词语中，这是庞德的特色，也是 And then 之所以蕴藏巨大能量的原因。

　　查尔斯·奥尔森（Charles Olson）曾指出："庞德是我们这个时代的一个光彩照人的语言创造者。"②在《诗章》中，庞德这位"语言创造者"，除了 And then 之类的旧词新用，还采用复合、派生、借用、新造、替换等多种手段，新创了许

---

① 上述三段诗行见 The Odyssey of Homer (Trans. and Intro., Richmond Lattimore. New York, Hagerstown, San Francisco and London: Harper & Row Publishers, 1967.), pp. 165-166. 中文翻译参考了荷马《奥德赛》（陈忠梅译注，南京：译林出版社，2012 年），第 266-268 页。对于奥德修斯的故事，本书涉及三个版本，为了识别，荷马的英文版一律作《奥德修纪》，狄乌斯的拉丁文版一律作《奥德修斯记》，汉语版则按汉语书名作《奥德赛》。特此说明。

② Qtd. in Ira B. Nadel, ed., The Cambridge Companion to Ezra Pound (New York: Cambridge University Press, 1999.), p. 19.

多特殊词汇，塑造了一个又一个的特有意象。比如，当奥德修斯一行遵循喀耳刻的指引来到冥府，准备行祭祀礼之时，奥德修斯的自述中有这么两行：

> And drawing sword from my hip
> I dug the ell-square pitkin.
> （第 1 章）①

根据卡罗尔·特雷尔，pitkin 是庞德发明的众多词汇之一，由 pit 和 kin 两个单词组合而成，意为"小坑"。②可英语中表示"小坑"的词语很多，比如 pit、hole、tunnel、mudhole、dent 等，庞德为什么还要额外新造一个呢？答案很可能旨在强调"血"的所指。我们知道，kin 含"亲戚"之义，而亲戚是由血缘关系定义的。奥德修斯等人的冥府之行，按照喀耳刻的明示，旨在从提瑞西阿斯（Tiresias）的口中获知未来之事；但冥界只是逝者的灵魂之地，而非肉身之所。根据亚里士多德，灵与肉是分离的，灵魂需要肉身才有能量，肉身需要灵魂才有生命。要让灵魂说话，就得让他们获得能量，而获得能量的方式就是"血祭"③，这也说明了何以用 the 而不是 an 的原因。所以这两行诗的大意是：

> 我从胯边抽出宝剑
> 挖了那方形的血槽。④

这一"方形的血槽"就是喀耳刻所说的"每边一个肘尺的宽度"的坑。通过这一血槽，过去与未来、无言与有言、虚构与真实，以及上与下、生与死、光与暗等，全都实现了沟通。因此我们发现，《诗章》第 1 章提及血的地方很多，并且都与血槽直接相关，如"黑血流入壕沟""屠更多的牛羊""血红的奠液""充血强

---

① Ezra Pound, *A Draft of XXX Cantos* (New York: New Directions Publishing Corporation, 1997.), p. 3.

② Carroll F. Terrell, *A Companion to The Cantos of Ezra Pound* (Berkeley, Los Angeles and London: University of California Press, 1993.), p. 11.

③ 希腊人"认为灵魂离开人的躯壳以后会丧失一切意识，丧失对尘世生活和欢乐的任何记忆。灵魂只有享用了动物血以后才能恢复对从前生活的意识"。见曹乃云"译者前言"（《希腊古典神话》，南京：译林出版社，1999年），第 7 页。

④ 叶维廉将这两行译作"我从腰间拔出我的剑/挖掘出一个方形的小洞"，显然没有译出 kin 的含义。见叶维廉译《众树唱歌：欧美现代诗 100 首》（北京：人民文学出版社，2009 年），第 41 页。

壮"等。肯纳指出："给灵魂提供的血用来比喻翻译：他让灵魂饮血液，它们就能用自己的声音重新说话，与此相应，翻译正是本章的模式。借助于文艺复兴时期的注释本，荷马的希腊获得了庞德的英文血液。"[①]庞德是意象派和漩涡主义的旗手，主张诗的基本元素是意象，而"意象不是一个思想，而是一个闪亮的射点或射丛，我只能而且必须称之为漩涡，一切思想都经过它而不断地冲进冲出"[②]，所以，"漩涡是力之极点"。[③]

　　pitkin 就是一个这样的漩涡，它从"庞德的英文血液"中获得能量，传递出"众多思想"。一是致敬。《诗章》中的奥德修斯之旅，连同基本形象的塑造，甚至词语的选择，都源自《奥德修纪》；庞德用这样的方式表达了对荷马的敬意、对传统的传承、对历史的尊重。二是遣词。表示"血"这一概念的，除 pitkin 之外，还有古英语的 dreory 和现代英语的 bloody，庞德将三者同时用在第 1 章，使之构成内在呼应，借以显示过去与现在的重叠，体现"包含历史"的主张。三是语料。不用荷马原著，而用狄乌斯的译本，虽是庞德当时所用的本子，但也传递着文化复苏、译著入诗、以史为鉴的主旨。四是寓意。提瑞西阿斯的预言已经揭示了奥德修斯的未来，章末的阿佛洛狄忒也已预示了人间天堂的莅临，而整部《诗章》却刚刚开始。五是策略。多元化、碎片式、跳跃性的呈现方式，不但为第 2 章的变形主题，而且为以后各章的展开，都做了坚实的铺垫。所有这一切，都是经由 pitkin 而实现的，所以 pitkin 这一意象所形成的漩涡，其"极力之点"既是第 1 章的，也是整部《诗章》的。

　　但这一切都是因为喀耳刻才出现的。对此，庞德十分清楚，所以用 And then 作为提示，把喀耳刻视为行动的推手，将奥德修斯的冥府之行化作整部《诗章》的开篇，借以实现"始于黑暗的森林"的创作初衷。庞德的奥德修斯之旅于是就这样起航了："架起桅杆扬帆在那乌黑的船上"，而最初的航向正是象征"黑暗的森林"的冥府，亦即喀耳刻所说的地方：

> 我们这才来到海水的最深处，
> 来到西米里人的土地，熙熙攘攘的城镇

---

① 休·肯纳《破碎的镜片与记忆之镜》（李春长、张娴译，收入蒋洪新、李春长选编《庞德研究文集》，南京：译林出版社，2014 年），第 299 页。

② Ezra Pound, *Gaudier-Brzeska* (New York: New Directions Publishing Corporation, 1970.), p. 92.

③ 庞德《漩涡》，收入庞德《庞德诗选·比萨诗章》（黄运特译，桂林：漓江出版社，1988 年），第 217 页。

笼罩在细网般的迷雾中，从未透进

一丝一缕的阳光

也没有群星的伸展，或来自天庭的回眸

漆黑的夜幕笼罩那儿的可怜人。

大海回退，我们之后的所到

就是喀耳刻所说之地。

（第 1 章）[①]

在荷马的《奥德修纪》中，喀耳刻曾让"意志坚定"的奥德修斯乐不思蜀，后来同意他返回故土，并告诉他需要下到冥府，从提瑞西阿斯口中获得神谕。在庞德的《诗章》中，为了让奥德修斯能顺利抵达冥府得到神谕，庞德还让喀耳刻提前为奥德修斯一行做好了准备，让她施展魔法，以强劲的顺风助他们远航（即诗中所说的"喀耳刻的这条船"）。即便经过"血祭"，从提瑞西阿斯口中得到了神谕，也是喀耳刻在艾尤岛所就已经预先告知奥德修斯的：穿越可怕的大海，遇上塞壬海妖，同伴殒命，最后回归家园。

《诗章》充满了碎片感与跳跃性，但第 1 章则不然。它叙事线条清晰、主人公身份明确、情节推进稳定。然而，从倒数第 9 行开始，整个叙事在瞬间发生了突变。表现之一是在原本流畅的叙事中，猛然插入了狄乌斯。仔细分析，则这不仅仅是一种插叙，也是一种并置，其目的也不仅仅是技巧的创新，而是如前文所说，通过这样的并置手段，在整部《诗章》中让传统文化得以复活，特别是古典神话的复活。

正是古典神话的复活，使狄乌斯的《奥德修斯记》重新回归读者的视野，也使一系列女神重新得到诠释。正是由于这样的原因，我们发现，喀耳刻这位著名的女巫，到《诗章》中变成了"扎头巾的女神"，宛若一名朝气蓬勃、乐于助人、楚楚动人的仙女。她使奥德修斯一行能坦然地出航、避开塞壬海妖的歌声一路向前。还是由于这样的原因，庞德在《三十章草》中说到喀耳刻的地方多达 8 处，仅第 1 章就有 5 处。较于荷马的《奥德修纪》，庞德虽然没有使用诸如"可爱的""友善的""高贵的""美丽的""恐怖的""致命的"这些字眼[②]，而仅用"扎头巾

---

① Ezra Pound, *A Draft of XXX Cantos* (New York: New Directions Publishing Corporation, 1997.), p. 3.

② 参见 Homer, *Odyssey* (Trans. E. V. Rieu. London: Penguin Classics, 1952.), pp. 151-220.

的"来描绘喀耳刻，但恰恰是这对衣着的描述，说明了喀耳刻在与奥德修斯离别时曾精心打扮自己，表达了对将"远远离开"的奥德修斯的祝福与爱。

这种爱在第 1 章表现为一系列的实际行动，包括使用魔法来制造北风、借以送奥德修斯一行前往冥府，也包括为他们指引方位和情况，为他们提供栖所，为他们提供丰盛的食物、红酒，以及安慰等。这一切使"远远离开"之后的"又驶向喀耳刻"有了无限的解读可能。其中最为突出的是结构与生命，前者与《诗章》第 20 章的"他们也没有喀耳刻当床伴，喀耳刻·泰坦妮亚"构成话题的重复，既强化了喀耳刻与奥德修斯的暧昧关系，也显示着《三十诗章》的前后关联；后者则直接引出了珀耳塞福涅的故事，因为喀耳刻让奥德修斯去的地方正是珀耳塞福涅的住处。

珀耳塞福涅是宙斯与地母神得墨忒耳（Demeter）的女儿。在《荷马史诗》中，她与雅典娜和阿佛洛狄忒在一起采摘鲜花时，不经意间远离了朋友，被冥王哈迪斯绑架而成了冥后。庞德在叙述奥德修斯的血祭时，写到众多亡灵向他讨要更多的血，其中有两行是这样的：

> 倒油膏，向神明哭求
> 致强大的普路托，又赞颂普洛塞尔皮娜；
> （第 1 章）[①]

这里的普洛塞尔皮娜（Proserpine）就是珀耳塞福涅的拉丁语名字。庞德在此引入珀耳塞福涅，可谓高明之极。一方面，她作为冥后，享受亡灵的歌颂显得理所当然，避免了唐突之感；另一方面，她也是再生的代名词，体现着古典神话的复活这一贯穿整部《诗章》的主题。根据神话传说，她被哈迪斯绑架后，她的母亲悲痛欲绝，离开奥林匹斯山四处找寻她的下落，万物也因此而停止了生长。由于宙斯的干预，她才得以每年有一半的时间回到母亲身边。当她重返母亲身边时，万物复苏，大地一派欣欣向荣的景象；当她不得不回到冥府时，万物再度枯竭，大地显得一片荒凉。年年如此，周而复始。珀耳塞福涅既是女儿的代名词，也是复活的象征。庞德正是借用这样的寓意，进一步强化了喀耳刻所体现的再生思想。

更进一步的强化是珀耳塞福涅的名称。除了上面引文中的普洛塞尔皮娜之外，

[①] Ezra Pound, *A Draft of XXX Cantos* (New York: New Directions Publishing Corporation, 1997.), p. 4.

珀耳塞福涅的另一称谓是科瑞（Kore），即"少女"的意思。而科瑞也正是庞德在《诗章》第 2 章和第 3 章中对她的称呼。比如下列诗行：

> 然后照亮的十字梁，那年，在莫罗西尼，
> 然后孔雀在科瑞的家里，或那里可能有过。
> （第 3 章）①

不再用普洛塞尔皮娜，转而使用科瑞，表明她不再与哈迪斯待在冥府，而是与母亲在一起享受她在人间的另外半年时间。为此，庞德还明确指出了她所在的地点是莫罗西尼，表明此时的空间已从第 1 章的地狱转换到了人间。换个名字称呼她，表示她的身份也随之发生了变化，从一个冥后变成了一个女儿。她的屋子就在莫罗西尼，里面养着或曾经养过孔雀，而孔雀则是天后赫拉的象征。改称科瑞，可能还另有一层意思。在希腊的绘画艺术中，珀耳塞福涅一般有两个截然不同的形象：在大地上时，她身穿长袍，面带微笑，抱着收割的稻穗或麦穗，是一个可爱的美少女；但在冥府时，她却是一位铁石心肠的女王，所以奥德修斯一行在冥府时是不敢直呼其名的。为了与之对应，现在也没有直呼其名，而是用科瑞称呼她，犹如在冥府中用普洛塞尔皮娜称呼她一样。由此也可看出庞德对于遣词的小心与准确。这还可以从第 17 章中看出来，比如：

> 科瑞穿过明亮的草地，
> 　　　　草中带有绿灰色的尘埃：
> "在这个时辰，喀耳刻的兄弟。"
> 手臂搭在我肩上，
> 看了三天太阳，太阳暗黄，
> 像一头狮子在沙原上升起。
> （第 17 章）②

当科瑞穿过时，草地是明亮的，有灰尘出现其中。这让人联想到科瑞离开地

---

① Ezra Pound, *A Draft of XXX Cantos* (New York: New Directions Publishing Corporation, 1997.), p. 11.

② Ezra Pound, *A Draft of XXX Cantos* (New York: New Directions Publishing Corporation, 1997.), pp. 78-79.

狱返回人间的场景。地下的泥土随着她的升起而附着到明亮的草上，留下灰绿色的痕迹，代表着科瑞的复活。当她被掳去地狱之后，她的母亲收回了大地上一切植物的生命；而当她回到人间，生命随她而来，草地变得明亮，大地又重新现出盎然生机。珀耳塞福涅和科瑞两个名字，分别代表了她的两个身份：位居冥府的冥后和重回人间的女儿。而在此处，"这个时辰"指的是两行之后的日出时分。根据《世界神话与传说百科全书》，上升的太阳代表的就是科瑞。[①]"我"指的就是庞德本人，他让科瑞从人间升入了他的天堂，她的手臂搭在诗人的肩上，传达的是一种亲密无间的关系。有科瑞陪伴，庞德看了三天太阳。太阳就是光，是天堂，是幸福。借科瑞在冥府与人间的不同身份，庞德将地狱、人间、天堂三者有机地汇集在同一个女性形象的身上。

有趣的是，庞德并没有脱离具体语境来呈现这一形象，而是在描写奥德修斯一行驶向"喀耳刻所说之地"时，天衣无缝地加以再现。一方面是强化了变化，因为变化是珀耳塞福涅与喀耳刻之间的共同特征；另一方面也因为这样的共同特征引出了阿佛洛狄忒，因为在第1章中，当奥德修斯从冥府返回"驶向喀耳刻"时，接踵而至的便是对阿佛洛狄忒的描述：

> 然后他出海，途经塞壬岛并从那里全身而退
> 又驶向喀耳刻。
> 　　至尊至敬，
> 用克里特岛的习语，头戴金冠，阿佛洛狄忒，
> 统治塞普利高地，欢快，铜色，系着金色
> 腰带和束胸，你黑色的眼睑
> 手持阿基斯达的金枝。由是：
> （第1章）[②]

这里的"他"指奥德修斯；阿佛洛狄忒即希腊神话中的爱与美之女神。其余诗行都是对她的描述，其中"至尊致敬"原文为 venerandam；"统治赛普利"原

---

① Anthony S. Mercatante, *Encyclopedia of World Mythology and Legend* (New York and Oxford: Facts On File, 1988.), p. 522.

② Ezra Pound, *A Draft of XXX Cantos* (New York: New Directions Publishing Corporation, 1997.), p. 5.

文作 cypri munimenta sortita est，意为"塞浦路斯城是她的保护国"，即她是塞浦路斯的守护神；"铜色"的原文为 oricachi。这一系列用词都是拉丁语，表明庞德所用的材料来自狄乌斯的《奥德修斯记》，而不是荷马的《奥德修纪》。而这样的处理方式，如前文所说，乃是庞德用以复活神话的一种手段。

关于阿佛洛狄忒出生的传说，通常有两个不同的版本。在希腊神话中，她是十二位奥林匹亚主神之一，是宙斯与提坦女神戴奥尼（Dione）的女儿。而在罗马神话中，阿佛洛狄忒并不是宙斯之女，她的出生甚至要早于宙斯，罗马人把她叫作 Ourania，意为"天堂般的"[①]，并认为她是由乌拉诺斯（Ouranos）的阴茎生变而成的，比如赫西俄德就曾在《神谱》中对阿佛洛狄忒的出生有过如下的描写：

> 他用燧石镰刀把生殖器一割下来，
> 就将它们从陆地扔进翻腾的海里；
> 它们在海里漂流了很长时间，白色
> 泡沫从不朽的肉块中升起；当中一位少女
> 在生长，起初她来到神圣的库忒拉，
> 随后她来到被浪花冲刷的塞浦路斯。
> 一位庄重美丽的女神现身了，
> 她的玉足下芳草萋萋。阿佛洛狄忒
> （赫西俄德《神谱》）[②]

庞德在《诗章》第 4 章中描写的阿佛洛狄忒出生的场景，与赫西俄德在《神谱》中的上述描写颇为相似。赫西俄德说阿佛洛狄忒来到"海浪冲刷中的塞浦路斯"，庞德把阿佛洛狄忒视为塞浦路斯的保护神，指的都是人们口中的塞浦路斯的阿佛洛狄忒。赫西俄德特别描写了大海中的"泡沫"与阿佛洛狄忒的"脚"，庞德也在描写阿佛洛狄忒的出生时，特意选择了这两个完全相同的意象——"泡沫"和"脚"：

---

① Cristine Kondoleon and Phoebe C. Segal., ed., *Aphrodite and the The Gods of Love* (Boston: MFA Publications, 2011.), p. 29.

② Hesiod, *Hesiod's Theogony* (Trans. with Introduction, Commentary, and Interpretive Essay. Richard S. Caldwell. Cambridge: Focus Information Group, 1987.), pp. 40-41.

> 黎明，随我们醒来，飘荡在绿冷光中；
>
> 迷露茫茫，草丛中，苍白的脚踝在移行。
>
> 哔，哔，呼，嗒，柔软的草皮上
>
>   苹果树下，
>
> 宁芙们的合唱，羊蹄，与苍白的脚踝相交替；
>
> 泛蓝水里的新月，在浅滩上绿金色，
>
> 一只黑公鸡在大海的泡沫中啼鸣；
>
> （第4章）①

对比赫西俄德和庞德的两段诗可以看出，赫西俄德描写了阿佛洛狄忒首先成形于海的泡沫中，随后从大海来到陆地。而庞德则剪掉了阿佛洛狄忒生在海中的部分，用简单的一句"飘荡在绿冷光中"，十分隐晦、模糊地把乌拉诺斯的阴茎在海中漂流的景象一掠而过，将阿佛洛狄忒出生的重点放在了她上岸之后的部分。"苍白的脚踝"指的就是女神阿佛洛狄忒，她行走在柔软的草地上，她的脚步和羊蹄的步子交替着，发出"哔，哔，呼，嗒"的声音。"哔，哔"之声节奏一致且轻快，是羊蹄踏在草地上发出的声音；而"呼，嗒"之声则给人以节奏缓慢的感觉，还有一种脚抬得不高，拖在地上行走的暗示，与新生的阿佛洛狄忒那"苍白的脚踝"相印证。两种"声诗"效果，体现着主题与答题的对应关系。

使用"羊蹄"这一意象，乍看之下有些意外，不免让人生出这样的疑问：它有什么来历吗？有什么特殊含义吗？与阿佛洛狄忒又是什么关系？这些问题的回答应该不止一种，但在希腊神话中则与很可能与宙斯有关。宙斯在出生后，被母亲藏在伊达山的山洞中，由梅丽萨（Meilissa）和西娜苏拉（Cynosura）两位仙女照顾。她们曾用山羊阿玛尔忒亚（Amalthea）的羊奶喂养宙斯。此外，根据赫西俄德的《神谱》，阿佛洛狄忒的丈夫赫菲斯托斯（Hephaistos）为宙斯制造了盾牌（aigis），一个羊皮的象征物，正因为它，宙斯才有了"执盾的宙斯"（Aigiochos）的绰号，通常被英译为"手执盾牌"（aegis-bearing）。②对刚出生的阿佛洛狄忒来

---

① Ezra Pound, *A Draft of XXX Cantos* (New York: New Directions Publishing Corporation, 1997.), p. 13.

② 在赫西俄德的《神谱》中，阿佛洛狄忒也叫"金色的阿佛洛狄忒"（golden Aphrodite），有关羊皮与宙斯执盾的描写，其原文是这样的：Zeu's descriptive epithet 'Aigiochos' is usually translated 'aegis-bearing' and thought to refer to the aigis, a goat-skin emblem made by Aphrodite's husband Hephaistos for Zeus. 见 Hesiod *Hesiod's Theogony* (Trans. with Introduction, Commentary, and Interpretive Essay. Richard S. Caldwell. Cambridge: Focus Information Group, 1987.), p. 30. n. 11.

说，似乎"羊"就代表了哺育，又似乎羊皮代表了保护。从这个意义上说，与阿佛洛狄忒同行的羊与宙斯有着密切联系，代表了来自宙斯的哺育和保护。

关于阿佛洛狄忒出生的版本，显而易见的是，赫西俄德的版本否定了阿佛洛狄忒是宙斯的女儿的说法，他明确地指出阿佛洛狄忒是由乌拉诺斯的阴茎生成的。而庞德在此处的描写却是间接的。在《诗章》第 4 章中，从"草皮""泡沫""脚"等关键意象中，我们能够捕捉到《神谱》中阿佛洛狄忒出生的场面，但庞德并没有直接提及乌拉诺斯的阴茎。

在《神谱》中，阿佛洛狄忒从泡沫中升起来；而在《诗章》第 4 章中，当阿佛洛狄忒从大海到达岸边，在草地上行走时，却有一只"黑公鸡"站在大海的泡沫中啼叫。为什么公鸡会站在泡沫中？公鸡啼叫是否代表向世界宣告生命的诞生？还有没有特别的意思呢？为什么是黑公鸡呢？

"公鸡"是一个性意象，是男性生殖器的象征。可以说，泡沫中的公鸡非常隐晦地象征了乌拉诺斯的阴茎。在中国文化中，有一个时间术语叫"鸡鸣"，指的是 12 个时辰中的第二个时辰丑时，也就是凌晨 1～3 时。《素问·金匮真言论》中有"合夜至鸡鸣，天之阴，阴中之阴也"。按此，阿佛洛狄忒出生的时间正是晚上最黑的时候。这样，一方面，解释了公鸡的黑色，呼应了前一句诗中的"新月"，另一方面，与海岸上的绿金形成色彩上的对比。

根据上述分析，庞德并没有否定阿佛洛狄忒与乌拉诺斯的阴茎的关系，只是让象征乌拉诺斯阴茎的黑公鸡在泡沫里啼叫；庞德也没有否定阿佛洛狄忒与宙斯的关系，还让阿佛洛狄忒在出生之后与代表宙斯的哺育者和保护者的山羊走在一起。这意味着，在《诗章》中，庞德将阿佛洛狄忒的两种出生版本融合到一起，从而创造出了一个自己的新版本。

在庞德的新版本中，在代表女神出生的泡沫中放一只雄性的鸡，这样的意象不仅用在阿佛洛狄忒的身上，还用在了其他男性的身上。比如，在第 16 章中，有一个男人从水中升起的场景，就与阿佛洛狄忒从海中升起几乎一模一样：

平原，距离，以及泉池里
　　那水中的宁芙
上升，挥洒着她们的花环，
　　用树枝编织着她们的水芦苇，
一片寂静，

> 而现在一个男人从喷泉中升起
> 又离开进入平原。
> （第 16 章）[1]

此时水中的宁芙对应了第 4 章中阿佛洛狄忒出生时在岸上歌唱的宁芙团。尽管对宁芙的描述多了许多，但庞德依然没有描写宁芙美丽的外貌、可爱的性情，也没有描写她们摇摆的头发，而是着重描写她们的动作。也就是说，这段诗是动态的，而非静态的。花环、水芦苇、大树枝这些植物系的装饰，给此处的场景添加了欢快的"庆祝"的气氛，可在宁芙的"上""挥洒""编织"这三个连续的动作之后，却是一切都戛然而止的"一片寂静"。而后一个男人从喷泉中升起，消失在平原中。

这个场景与阿佛洛狄忒出生的场景太像了。以至于如果从水中出来的不是一个男人，恐怕读者都要将其与阿佛洛狄忒出生的场面相混淆了。对于这个男人的身份，诗中并没有交代，因为最重要的并不在于这个男人是谁，而在于他拥有了阿佛洛狄忒的出生方式。本应该为女性的阿佛洛狄忒从水中升起，现在却成了一个不知名的男人。正如第 4 章中泡沫中的本应该是阿佛洛狄忒，诗中却是一只黑公鸡。而象征男性的阴茎被扔进海中，孕育出的却是女性的阿佛洛狄忒。这个男性形象的出生方式，看似是对阿佛洛狄忒的出生方式的重复，实际上却在这种重复中，把那种方式强化为一种模式。在这种模式中，阿佛洛狄忒的出生同时也是乌拉诺斯的再生。换言之，再生是男性与女性的连接点，男性与女性在再生中实现交融和互换。

正是因为它成了一种模式，所以我们发现，当庞德在第 20 章写海伦的出生时，同样的描写再次得到重复。在第 20 章中，庞德非常细致地刻画了海伦出生的场景，把传统意义中的定义海伦的"死亡""厄运""毁灭"等观念统统抛开，重新赋予了她"生命"的象征意义：

> HO BIOS,
>
>   cosi Elena vedi,
> （第 20 章）[2]

---

[1] Ezra Pound, *A Draft of XXX Cantos* (New York: New Directions Publishing Corporation, 1997.), p. 69-70.

[2] Ezra Pound, *A Draft of XXX Cantos* (New York: New Directions Publishing Corporation, 1997.), p. 92.

这两行诗是希腊语，意思是"生命，/于是我看见海伦"。接下来的诗行与阿佛洛狄忒出生的场面很相像。这意味着，当海伦以生命的形式，而不是其他形式呈现在我们眼前时，阿佛洛狄忒也因为同样的模式而成为生命的象征。换句话说，在庞德的新版本中，众神的出生都是以各种神话版本为基础的，那些女神本来就存在过，但是随着时代的变迁，她们渐渐淡出了人们的视野，成了被遗忘的传统。现在，庞德以自己的方式，让她们重新回到人们的视野中，这给传统注入新的生命。从这个意义上说，众神在《诗章》中的出生，就是一种诗化的艺术再生。

但丁的《神曲》在叙述阿佛洛狄忒出生时，就有"厄罗斯和美貌的愿望女神与之为伴"①之说。在意大利文艺复兴画家桑德罗·博蒂切利（Sandro Botticelli）1482年的画作《维纳斯的诞生》中，维纳斯（Venus）全身赤裸，一手遮胸，一手遮阴部，站在泛着珠光的半片打开的贝壳上，贝壳漂浮在海面，海里全是泡沫。维纳斯的右边是一男一女两个互相扣抱的风神，他们口里吐着微风，把贝壳和维纳斯缓缓吹向岸边。岸边站着衣着华贵的女神波摩娜（Pomona），她双手张开印花的红色织巾，迎向维纳斯，准备将赤裸的维纳斯包裹起来。维纳斯是罗马文中的爱与美之女神，也就是希腊文中的阿佛洛狄忒，所以在庞德笔下，她们的出世是一样的。

在《诗章》第4章中，阿佛洛狄忒有风神助她上岸。在第20章中，海伦也有风神的帮助，还有佐伊（Zoe）、马罗齐亚（Marozia）、佐莎（Zothar）的迎接。佐伊即佐伊·波尔菲罗格尼塔（Zoe Porphyrogenita），是拜赞庭佐伊一世女皇。她爱上了英俊潇洒的大臣米歇尔，有传言称她因此谋杀了自己的丈夫罗曼努斯三世（Romanus Ⅲ）。马罗齐亚是罗马贵族阿尔贝里克一世（Alberic Ⅰ）的妻子，也是教皇塞尔吉乌斯三世（Pope Sergius Ⅲ）的情人。这二人的遭遇与海伦一样，违背了自己的婚姻，与另外的男子有了私情。至于佐莎，我们没有找到对应的神话或文化中的人物，但庞德在第17章中描写了她跳舞的场景：

> 佐莎和她的象群，金腰裙
> 拨浪祭鼓，摇啊，摇啊，
> 　　　一群她的舞者。
> （第17章）②

---

① 赫西俄德《工作与时日、神谱》（张竹明、蒋平译，北京：商务印书馆，2015年），第34页。

② Ezra Pound, *A Draft of XXX Cantos* (New York: New Directions Publishing Corporation, 1997.), p. 78.

据此，我们猜测她很可能是一名舞者。在这里所引的诗行中，"拨浪祭鼓"的原文是拉丁语 sistrum，那是埃及古神话中专门祭祀生命女神伊西斯（Isis）的器具。所以，佐莎虽以舞者的形象出现，却另有"一群她的舞者"。这意味着她本身就具有生命的指向性，其舞蹈也因此而打上了祭祀的烙印。由于 Zoe 在希腊语中原本就有"生命"的意思，所以 Zoe 与大写的 HO BIOS 一道，彼此印证，互为强化，映射着"生命"的内涵，透露出勃勃生机，不断地加强生命的力度。

然而，回到《诗章》第 1 章中的阿佛洛狄忒，最让人感到怪异的是她的眼睛，而最让人惊奇的则是她竟然出现在奥德修斯的冥府之旅中。虽然在罗马神话中她被称为维纳斯，但她依旧是司管人间一切爱的女神。阿佛洛狄忒有着古希腊女性完美的身材和容貌，白瓷般的肌肤，金发碧眼，被认为是女性美的最高典范，但却无法代表女性贞洁。[①]庞德以她来衔接喀耳刻，特别是将金发碧眼改为"黑色的眼睑"，同样具有无限的解读可能。

不论是在各种传说中，还是在其他的文学作品中，抑或是在人们的意识中，阿佛洛狄忒都是美丽的、自豪的、欢乐的、优雅的爱与美之女神。庞德自己也称之为"至尊至敬"，还较为全面地描写了她的头饰、地位、精神状态、着装和行为。整个画面几乎都被金色包围：她头戴金色王冠、身穿金色腰带和束胸、手持阿吉思斯达的金枝。然而这个"金色的阿佛洛狄忒"[②]，却有着令人诧异的"黑色的眼睑"。黑色与金色形成鲜明的对照，金色突出了黑色，使得眼睑的黑色越发引人注意。王冠、腰带和束胸都是身体外部的装饰，而眼睑反映的则是内心。眼睑是眼睛上下方的皮肤，而通常骷髅和死神的形象中才有黑色的眼睑，眼窝深陷的视觉感透着死亡的威胁，这是一种危险的气息。尽管庞德不断地描述她光鲜亮丽的外表和至高无上的地位，但金色的光环却终究难以掩饰她所发出的死亡信息。

这种信息因阿基斯达（Argicida）一词而得到增强。Argicida 为拉丁语，意为"希腊人的杀戮者"，是赫尔墨斯的称号。赫尔墨斯常伴冥后珀耳塞福涅出入人间和冥界，曾经引领赫拉克勒斯（Hercules）进入冥界，也曾让地狱的三头狗刻耳柏

---

① 有关阿佛洛狄忒的恋爱传说很多，其中包括对其丈夫赫准斯托斯的不忠。古希腊、古罗马雕刻艺术中，她往往被塑造为绝色美人，最著名的是"米洛斯的阿佛洛狄忒"。从古希腊到今天，阿佛洛狄忒都是艺术家钟爱的主题，雕刻作品自不必说，文学作品也不例外。1896 年，法国象征主义唯美派作家皮埃尔·路易出版的第一部小说是一部类似于《金瓶梅》性质的作品，其书名就叫《阿佛洛狄忒》。

② 参见 Hesiod, *Hesiod's Theogony* (Trans. with Introduction, Commentary, and Interpretive Essay. Richard S. Caldwell. Cambridge: Focus Information Group, 1987.)第 822、962、975、980、1005 和 1014 行。

洛斯（Cerberus）到人间。他是旅行者的保护神，尤其是穿越边界的旅者的冥土神。赫尔墨斯在特洛伊战争之后也曾帮助过奥德修斯战胜喀耳刻及摆脱卡吕普索（Calypso）。在《诗章》第 1 章中，奥德修斯出入冥界，若在这里安排赫尔墨斯庇护奥德修斯也是符合逻辑的。

根据特雷尔，"手持阿基斯达的金枝"取材自乔治·达尔同（Georgius Dartona）的《阿佛洛狄忒颂》第一首。①在达尔同的诗中，持有金枝的是古希腊城邦阿格斯的杀戮者阿基斯达，而在这里却成了阿佛洛狄忒。达尔同诗中的阿基斯达曾经诱拐阿佛洛狄忒，而庞德却把金枝交到被诱拐者阿佛洛狄忒手中。这一角色主被动关系的互换，暗示奥德修斯没有了阿基斯达的庇护，而落到了散发着死亡之气的阿佛洛狄忒手里。但金枝也是开启地狱之门的穿越之匙，奥德修斯一行人要离开冥界，必须依靠这个金枝，所以金枝也是生命的象征。生命与杀戮就这样在庞德笔下实现了合一。

正是这种合一，使奥德修斯的人生之旅显得异乎寻常。在荷马的《奥德修纪》中，奥德修斯的旅行始于人间；而在庞德的《诗章》中，奥德修斯的旅行则始于冥府。前文说过，《三十章草》的结构模式是赋格；而基本的故事架构则是庞德的奥德修斯式的人生旅行，并在其中把过去的历史阐释为当代的话语。这样的构思不但体现在奥德修斯/庞德身上，也体现在《诗章》的所有人物形象身上。所以达那厄的一生，如前所述，也是一次生命之旅。另外，也正是由于这样的构思，达那厄的人生之旅也是庞德的奥德修斯式的人生之旅的一种丰富。事实上，《三十章草》中的所有艺术形象，无论男性还是女性，都是基于旅行这一母题的，也都是诗化的，彰显着庞德对传统文化的浓厚兴趣。与此同时，由于男性与女性在政治生态、历史作用、价值目标等方面毕竟有所区别，所以男性与女性的人生之旅有各自的特殊之处。具体到《三十章草》中的女性形象，她们的人生之旅大都打上了爱恨情仇的烙印，就连女神也不例外。

这是一种创作的预设，整部《诗章》就是在这样的预设下开始的，其起点是我们一再提到的地狱，而其最终目的地则是回归幸福的家园，所以是包含生与死的具有悖论性质的人生之旅。阿佛洛狄忒的"黑色的眼睑"指向死，而她

① Carroll F. Terrell, *A Companion to The Cantos of Ezra Pound* (Berkeley, Los Angeles and London: University of California Press, 1993.) , p. 3.

浑身的金色及手中的金枝则指向生。前者以冥府为终极意象，后者则以爱为终极意象，所以阿佛洛狄忒这个美与爱之女神，在《诗章》中更多的是以爱神的身份出现在我们面前的。用美丽光鲜的爱神来收尾《诗章》第1章的地狱之旅，看似情节跳跃，与上文的阴暗恐怖格格不入，实际上却起到了内容和情感的承上启下的关键作用。与喀耳刻一样，阿佛洛狄忒也具有框架的意义。而且，从《三十章草》的文本看，阿佛洛狄忒所体现的框架意义，甚至比喀耳刻更为重要，因为在全部30个诗章中，10个都有她的身影，而且是从头到尾的：第1章、第4～5章、第17章、第23～25章、第27章、第29～30章。阿佛洛狄忒的这种框架功能，进一步彰显了生与死的悖论性。从结构模式上说，这种悖论就是主题与对题的关系，因而也越发彰显了整部《诗章》由女性形象体现的爱恨情仇，丰富了作品的内涵。

不仅如此，《诗章》还对读者提出了参与其中的要求。第1章的开篇就是一派扬帆起航的场景："下到船""调龙骨""架起桅杆""扬帆"这四个连续的、顺畅的步骤开启了航行的序幕。而这一系列动作的发出者，却以"我们"这样一个相对模糊的人称代词在诗的第3行出现。"我们"是谁呢？纵观整个第1章不难发现，里面有非常多的第一人称代词，其中复数形式"我们"共出现了8次，单数形式的"我"更多达11次。[①]在与提瑞西阿斯的对话中，"我"就是"奥德修斯"。但这并非荷马的奥德修斯，也非狄乌斯的奥德修斯，而是庞德的奥德修斯，对此，前文已有分析。这里需要特别提醒的是，在语言层面，奥德修斯/庞德毕竟只是单数。而"我们"则是复数，所以叙述者不止一人，除了奥德修斯/庞德，应该还有奥德修斯的船员。在奥德修斯/庞德的层面，叙述者"我"既是奥德修斯，也是庞德自己，在船员的层面，"我们"应该是奥德修斯和他的船员。然而，由于作品要求读者的参与，所以"我们"还可以是读者。从这个意义上说，"我们"就是由故事人物、作者、读者所构成的集合体。在拿起《诗章》读第1行诗的时候，读者不再被视为单纯的局外人，而成了《诗章》旅行的参与者，跟随作者庞德上了船，同奥德修斯等人一道踏上了回家的旅程。这是主题、对题、答题的合一，也是传统文化与现实生活的合一。

---

① 其中主格的 we 有 7 次，I 有 8 次，宾格的 us 有 1 次，me 有 3 次；这些都是第 1 章的叙述者所用的，不包括奥德修斯的死去的船员 Elpenor 的话语中的 4 个 I 和一个 me。

第二节　重建心中的天堂

　　《诗章》虽然支离破碎，但大致轮廓还是比较清晰的。第 1～17 章为神话部分，包括奥德修斯的冥府之旅、海伦引发的特洛伊战争、现代社会的堕落，以及对马拉泰斯塔的赞美、对资本主义经济的抨击、对孔子思想的肯定、对高利贷和战争分子的评判等。第 18～30 章比较现代社会的贪婪和文艺复兴时期的激情快乐，第 31～51 章称颂庞德心目中的杰出人物，抨击资本主义经济制度；第 52～61 章为讨论从古代到雍正皇帝的《中国诗章》；第 62～71 章为记叙和赞美美国亚当斯总统的《亚当斯诗章》；第 74～84 章为自我反省的《比萨诗章》；第 85～95 章为重新解读美国历史与中国历史、深化自我反思的《凿石篇》；第 96～109 章为研究基督教帝国、比较中国的务实行为与欧洲的光明梦想的《御座篇》；第 110～117 章为诗人的自我近况与对诗章的反思；最后是几个残片。①在《诗章》的这些部分中，第 96～109 章，也就是《御座篇》，其标题就来自但丁的《神曲·天堂篇》。

　　在《依洛西斯之光》中，里昂·苏勒特写道："在完成亚当斯部分后，庞德说他希望转到信仰问题，并在 1944 年把《诗章》描述成'始于黑暗的森林，穿越人类失误的炼狱，终于光'的诗。显然他是在让读者做准备，他将以但丁的《神曲》为范式创作《诗章》结尾的天堂部分"。②然而，有关天堂的描写，却在 1930 年出版的《三十章草》中就已经出现，并在第 17 章有集中的表现。

　　第 17 章也叫《乐园诗章》，其基调是宁静、欢乐与幸福，这在整部《诗章》中是极其罕见的。庞德把这一章称作 a sort of paradiso terrestre，叶维廉和蒋洪新都将其译作"一种地上的乐园"③，库克森则用现代英语将其转述为 an earthly paradise（人间天堂），并给出了高度评价，称之为"英语中最伟大的幻想诗之一，自柯尔律治的《忽必烈汗》以降，没有任何作品能够与之媲美"。④的确，从描写的细节到内容的走向，柯尔律治的《忽必烈汗》与庞德的《诗章》第 17 章都有很多相似之处。但二者的区别也是显著的，风格不同，地点也不同。前者描绘的是

---

　　① 参见蒋洪新《庞德研究》（上海：上海教育出版社，2014 年），第 204-266 页。

　　② Leon Surette, *A Light from Eleusis: A Study of Ezra Pound's Cantos* (Oxford: Clarendon Press, 1979.), p. 235.

　　③ 叶维廉《众树唱歌：欧美现代诗 100 首》（北京：人民文学出版社，2009 年），第 67 页；蒋洪新《庞德研究》（上海：上海教育出版社，2014 年），第 246 页。

　　④ William Cookson, *A Guide to The Cantos of Ezra Pound* (New York: Persea Books, 1985.), p. 29.

中国的"上都",后者呈现的则是酒神的世界:

> 由是藤蔓从我的指间迸发,
> 而蜜蜂满载花粉
> 笨重地移动活动在藤蔓嫩芽间:
> 　　唧-唧-唧喀——一声呜呜,
> 而鸟儿们在枝丫间昏昏欲睡。
> 　　扎格柔斯!扎格柔斯万岁!
> (第17章)①

　　"由是"(So that)是第17章的开头,也是第1章的结尾,表明两章是首尾相连的。这在前面的第一章已有论述。但第1章和第17章的风格和内容完全不同。前者是叙述者的冥府之行,阴森沉闷;后者是叙述者的乐园之行,生机盎然。前者是血祭,象征流血与牺牲;后者是春颂,象征欢快、宁静与幸福。叶维廉盛赞第17章的笔法,称之为"光影音乐式的进行"。②所谓"光影音乐式的进行"实际就是"形诗"与"声诗"在赋格结构模式上的展开。叶维廉忽视了第17章的"理诗"成分,亦即扎格柔斯的世界。这个世界与众多有关伊甸园的描写极为相似,不但进一步说明庞德确实是写的天堂,而且也是第17章与第1章截然不同的根本原因。

　　扎格柔斯(Zagreus)即酒神狄奥尼索斯(Dionysus)。根据希腊神话,扎格柔斯是宙斯与珀耳塞福涅之子。新生的扎格柔斯曾爬上宙斯的宝座玩弄雷电,预示着宙斯将要由他继承自己的王位。天后赫拉出于嫉妒而唆使提坦神将他劫走,扎格柔斯遂变换成各种形态逃跑。因被提坦神的镜子所吸引,着迷于观看自己的镜

---

① Ezra Pound, *A Draft of XXX Cantos* (New York: New Directions Publishing Corporation, 1997.), p. 76.

② "关于光影音乐式的行进,指的是,这首诗虽然是文章,但完全利用音乐流动的方式。一般说来,音乐是依循主乐旨、逆乐旨或副乐旨的反复回应、叠变、织合、音声、衍化来推进。我们如果用不同颜色的荧光笔,把一些状态和色彩的字句勾画出来,我们很快就看出其间音乐母题的回应、逆转、衍化的迹线。下面试看一二例:(a)'自寂止''在寂止中''没有水鸟鸣叫,没有浪涌潮声/没有海豚戏水,没有浪涌潮声/没有鸥鸣,没有海豚的溅声'(b)'绿玉髓/水绿亮,水蓝亮''悬崖清灰清灰在远处……绿亮兰亮/岩洞白晶紫'……(c)'现在神异的光,不属于太阳的'和'地像扇形弓开的大贝'分别的重复等等。此外,阳光、水、石的意象的互玩到后来融合为一,都合乎音乐的行进。"见叶维廉《众树歌唱:欧美现代诗100首》(北京:人民文学出版社,2009年),第69页。可见,所谓"光影音乐式的行进"实际上就是"形诗"与"声诗";它们的行进方式实际上就是赋格结构模式。

中之象，扎格柔斯被最终擒获、扼死，还被撕为碎片放在火上煮了吃掉。他的心脏被雅典娜救出交给宙斯，宙斯将其吞下以保存扎格柔斯的心智。后来宙斯恋上凡间美女塞墨勒（Semele），将扎格柔斯的心智放入塞墨勒的腹中孕育。赫拉发现塞墨勒怀着宙斯的儿子，便诱使她请求宙斯现出真身，结果塞墨勒不敌宙斯的光辉而瞬间死去，她腹中的胎儿被宙斯救出缝在自己的大腿里，这便是后来的酒神狄奥尼索斯。所以扎格柔斯就是酒神狄奥尼索斯。庞德不用人们耳熟能详的狄奥尼索斯，转而使用其前生的扎格柔斯，意在营造一个更加古老的故事，把酒神的世界与奥林匹斯的世界并置起来。庞德对这两个世界的态度，也在诗行中有着鲜明的体现：

扎格柔斯！万岁！扎格柔斯！

这两行的原文为 ZAGREUS! IO ZAGREUS! 属典型的前景化表述。正是这一前景化表述及其正面的肯定，所以我们发现，即便在后来的《御座篇》等诗章中，也很难找出对自然山水的描写像第 17 章这么优美的文字，比如：

依着天空初露的微明，
城市坐落在山群之中，
美膝女神
在其间移行，身后橡树林立，
青绿的山坡，雪白的猎犬
　　在她四周跃动；
（第 17 章）[①]

这样的画面，与文艺复兴时期的诗人和画家笔下的伊甸园何其相似！就连"美膝女神"这样的文字，也都让人联想起伊甸园中的夏娃。只是因为"扎格柔斯！万岁！扎格柔斯！"才把我们拽回古典文化之中，不至于在希伯来文化中走得过远。第 17 章从头到尾都是类似的描写，而且也都充满了靓丽的色彩与春天的气息。

而从那里下至溪口，直到夜晚，

---

① Ezra Pound, *A Draft of XXX Cantos* (New York: New Directions Publishing Corporation, 1997.), p. 76.

97

> 我面前平静的溪水，
>
> 　　　树生长在水中，
>
> 大理石树干出自寂静，
>
> 前行通过宫殿，
>
> 　　　　在寂静中，
>
> 此时这光，不属于太阳。
>
> 　　　　绿玉髓，
>
> 水又透绿，又透蓝；
>
> 前行，到琥珀的巨大悬崖。
>
> （第 17 章）[①]

这些诗行，动静相间，情理共存。相比之下，虽然庞德的《七湖诗》也很美，但那些诗显得静态有余而动感不足、理性有余而情感不足。当然，这里所说的情感并非我们所理解的七情六欲，因为在西方传统中，天即光，光即理性，所以第 17 章的情感乃是一种受制于理性控制的秩序，是对这种秩序的偏爱。然而也正是由于这样的原因，所以第 17 章虽然也如第 1 章一样，有着较为清晰的线索，尽管其清晰度却不如第 1 章。第 17 章的清晰度不如第 1 章的另一原因在于它拥有更多的艺术形象，包括神话的，也包括历史的。前者有从第 1 卷的阿基斯达化身而来的赫尔墨斯，有智慧之神雅典娜，有化名为科瑞的冥后珀耳塞福涅，还有其他男神与女神；后者则有博尔索·埃斯特（Borso d'Este），有米兰公爵维斯孔蒂（Visconti）的原部属卡尔马尼奥拉（Carmagnola），有其他历史人物。第 17 章不如第 1 章清晰的第三个原因，恰好就在人物身上。比如上面最后的两段引文，它们本身就是前后相连的。从第一处引文看，"从那里下至溪口"的应该是"美膝女神"，但从第二段引文看，则又不是。那么究竟是谁呢？这样的追问甚至引出另一个问题：这个酒神的世界究竟是怎么来的？

根据库克森的导语，"美膝女神"是阿耳忒弥斯（Artemis），即珀耳塞福涅的母亲，地点则是经过变形的威尼斯。[②]但从《诗章》本身看，由于第 17 章与第 1 章是首尾相连的，所以"美膝女神"似乎更像阿佛洛狄忒。阿佛洛狄忒的第一次

---

① Ezra Pound, *A Draft of XXX Cantos* (New York: New Directions Publishing Corporation, 1997.), p. 76.

② William Cookson, *A Guide to The Cantos of Ezra Pound* (New York: Persea Books, 1985.), p. 30.

出现是在第 1 章的结尾，第二次出现则是在第 4 章的开头部分。关于她出生时的场景，前文已经做了分析，这里不再赘述。值得特别注意的是，就在具体描写她出生的同一诗节里，在描写阿佛洛狄忒的出生场景之前，有这样 6 行诗句：

> 宫殿在硝烟蒙蒙的光中，
> 特洛伊城不过是一堆郁郁燃烧的界石，
> 竖琴之神！奥伦库莱娅！
> 听我说。金舳的卡德摩斯！
> 银镜照到发亮的石头而反光，
> 黎明，随我们醒来，飘荡在绿冷光中；
> （第 4 章）①

　　这 6 行诗句也是第 4 章的开篇。其中的"宫殿"指的是特洛伊王宫，"硝烟蒙蒙"指特洛伊战败之后的残景：经过了残酷的战争之后，特洛伊依旧硝烟弥漫，仅剩下一堆废墟。这与第 23 章中有关阿佛洛狄忒与安喀塞斯（Anchises）和埃涅阿斯（Aeneas）等人乘船离开特洛伊时的意象遥相呼应。此外，"宫殿在硝烟蒙蒙的光中"（PALACE in smoky light）所描写的背景环境，也与维吉尔（Virgil）在《埃涅阿斯纪》第 3 卷中描写埃涅阿斯离开被毁的特洛伊城时所看到的背景相同。②特雷尔指出这两个场景的一致性之外，还补充了另外一部作品中的相同背景，那就是欧里庇特得斯（Euripides）的《特洛伊女人》的开场景：回忆在火海中陨落的特洛伊城。③

　　如果把《诗章》此处对特洛伊废墟的描写与维吉尔的《埃涅阿斯纪》联系起来，那么"一堆郁郁燃烧的界石"就可以被认为是预示了建造罗马城所要用到的材料；而如果将这个场景与欧里庇特得斯的《特洛伊女人》联系起来，则这些石头便可以仅仅指特洛伊城的破碎和坍塌；前者指重建的希望，后者则指毁灭的失

---

① Ezra Pound, *A Draft of XXX Cantos* (New York: New Directions Publishing Corporation, 1997.), p. 13.

② 根据译文版，维吉尔的诗行是这样的：when Troy in her pride/Had fallen, and smoke still arose from all of the site…见维吉尔《伊利亚特》（Virgil. *The Aeneid*. Trans. Michael Oakley. Ware, Hertfordshire: Wordsworth Editions Ltd., 2004.）第 51 页，第 2～3 行。

③ Carroll F. Terrell, *A Companion to The Cantos of Ezra Pound* (Berkeley, Los Angeles and London: University of California Press, 1993.), p. 11.

落。那么这些界石所代表的，究竟是重建的希望呢，还是毁灭的失落呢？抑或是这两种可能都同时存在呢？

"听我说。"这短短的一句，简单却又有力地抛出了一颗烟幕弹，迫使我们至少应该弄清三个问题。谁听？我是谁？内容是什么？"听我说。"的前后分别是两个名字：奥伦库莱娅（Aurunculeia）和卡德摩斯（Cadmus）。按照这里所给的上下文，读者会很自然地猜测奥伦库莱娅是"我"说话的对象，也就是听者；卡德摩斯的故事是所要讲述的内容；而讲述者"我"究竟是谁却不能直接知晓。

根据特雷尔，奥伦库莱娅即维尼亚·奥伦库莱娅（Vinia Arunculeia），是古罗马诗人卡图卢斯在其《祝婚曲》中所赞颂的新娘。[1]可在这节诗里，那位新娘除仅有的一个名字之外，没有任何其他的信息，与这诗节的主要内容更没有任何联系，除非她与阿佛洛狄忒有关，即此处的新娘奥伦库莱娅就是阿佛洛狄忒。也就是说，诗中的"我"就是阿佛洛狄忒本人，"我"所说的内容正是阿佛洛狄忒所自述的出生的故事，而听者便是卡德摩斯。

在希腊神话中，卡德摩斯是腓尼基国王阿革诺耳（Agenor）的儿子，欧罗巴（Europa）的哥哥。他奉父命出海寻找失踪的妹妹，却不知道去哪里能找到她，也就是说，他驶向的是一个未知的方向，找寻的是一个未知的结果。当他来到德尔斐（Delphi）时得到阿波罗的神谕，告诫他应该放弃寻找妹妹的任务，而是要跟着一只腰上有半月形标记的母牛，在它停下的地方建造一座城。跟卡德摩斯一样，埃涅阿斯也担负着建城的使命。尽管卡德摩斯建造的是底比斯（Thebes），埃涅阿斯建造的是罗马，但他们都是城市的缔造者。庞德把这两个故事并置在一起，一方面给《诗章》增添了浓厚的古典文化色彩，另一方面则借以传递了自己的创作意图：特洛伊已经成为过去，它的种种故事也已随之成了传统，带着对过去传统的热情，卡德摩斯缔造了底比斯，埃涅阿斯缔造了罗马，而庞德自己则将缔造自己的城邦——一部恢弘的史诗。卡德摩斯缔造底比斯有神的帮助与自己的使命，埃涅阿斯缔造罗马有神的帮助与自己的使命，庞德所要缔造的现代主义的诗卷，亦即他的《诗章》，如同我们在第1～3章已经看到的，同样也有神的言行与自己的使命。神话与现实、过去与现在、文化与使命、个人与传统，就这样呈递在我们面前。

---

① Carroll F. Terrell, *A Companion to The Cantos of Ezra Pound* (Berkeley, Los Angeles and London: University of California Press, 1993.), p. 11.

"竖琴之神"原文为希腊语 ANAXIFORMINGES，根据卡罗尔·特雷尔，其英译为 Hymns that are lords of the lyre[①]，即"圣歌是里拉琴之王"。Hymns 的本义为赞美歌或圣歌，这里泛指诗歌；lyre（里拉）是古希腊的一种弦乐琴，其汉语翻译为"里拉"，也就是竖琴，这里泛指音乐。所以，"圣歌是里拉琴之王"是在赞扬诗歌和文字的力量。而这句希腊语全是大写字母，在文中十分显眼，从视觉上强化了其给人的力量感。

作为"里拉琴之王"的"竖琴之神"喻指和着里拉琴的音符高唱赞歌。赞歌侧重于诗词，里拉琴则侧重于音律。这一句将赞歌和里拉琴做比较，并给出诗词是君，音律是臣，诗词是主，音律是仆的基调，肯定了诗词的巨大力量，也就是语言的力量。关于古希腊主要城邦底比斯城的建造，有两个著名的神话：一个说的建城者是底比斯的第一任国王卡德摩斯，另一个则是说宙斯的孪生子安菲翁（Amphion）和仄忒斯（Zethus）合力建造了底比斯，城墙随着安菲翁弹奏的里拉琴音升起。"圣歌是里拉琴之王"中的"里拉琴"寓意着安菲翁奏响里拉琴而使散落的石头自动堆砌的魔幻力量；而诗中所唱的"听我说"的内容，即阿佛洛狄忒出生的故事，则是给埃涅阿斯的一种启示，但同时它本身也是一首"圣歌"，不仅起到了与里拉琴声相同的作用，甚至具有更加强大的神力。可以说，阿佛洛狄忒出生的故事就是一种力量，一种重建与再生的力量。

显然，特洛伊的毁灭与阿佛洛狄忒有着密不可分的关系。正是她为了得到"第一美人"的称号和金苹果，才帮助帕里斯掳走了斯巴达的王后海伦，从而引发了长达十年的特洛伊之战。在这个意义上，说她是毁灭特洛伊城的原初推手也不算夸张。[①]而庞德却在上述引文中，将她与两个新城的缔造者并置在一起，暗指她也是重建新的城市的原初推手。不仅如此，庞德还在上引诗行中反复使用了"光"字，喻指重建的新城将是一个幸福的家园。在希伯来文化中，"光"就是神，就是天堂。而在《诗章》的上引诗行中，"光"是历经毁灭而重新获得的欢乐（里拉琴）、生殖与爱。这意味着，庞德将以阿佛洛狄忒为最初的原型，在《诗章》中重构一个具有凤凰涅槃性质的、宁静致远的、以爱与美为基石的天堂。

所以我们发现，在第 4 章和第 17 章中，不但"光"，而且"石"也都是特别

101

---

① 根据希腊神话，在人类英雄珀琉斯和海洋女神忒提斯的婚礼上，不和女神厄里斯因没有受到邀请而将一个写有"送给最美的女神"的金苹果呈现给宾客。赫拉、雅典娜、阿佛洛狄忒为这个金苹果纷争不下，帕里斯奉宙斯之命做评判。他再三权衡了赫拉、雅典娜、阿佛洛狄忒的条件后，遂将金苹果给了阿佛洛狄忒，并在阿佛洛狄忒的帮助下掳走了海伦，成为特洛伊之战的导火索。

突出的。以第 17 章为例，有关"石"的描写就占了近乎一半的篇幅。在下面的诗行中，甚至连树林都是石头的，堪比昆明的石林，却是行船过程中的所见：

来了条船，

一个男子握着她的帆，

用拴在船缘上的桨引导她，说：

"　　　那儿，在大理石森林中，

"　　　石树林——出自水中——

"　　　石头的藤架——

"　　　大理石的树叶，覆树叶，

"　　　银白，钢覆钢，

"　　　银喙抬起又交叉，

"　　　使船头对船头，

"　　　石头，一层覆一层，

"　　　那些镀金的横梁映烁着夜晚的光"

（第 17 章）[①]

庞德把酒神的世界放在具有明确的地貌特征的山上，并辅以树林、石头、岩洞和水等一系列其他意象，这是非常耐人寻味的。首先，作为天堂，它与地狱是相对立的，亦即与《诗章》第 1 章中的走向是相反的，一个位于下，一个位于上，而这样的位置关系，与但丁的《神曲》是一脉相承的。在但丁笔下，地狱犹如一个巨大的漏斗，其基本走向是朝下，那是一个苦难之地；而炼狱和天堂的走向则是向上，是净化之地和幸福之地。其次，在古希腊人的观念中，山地既是放牧之地、旅行之地、原料来源地、战争制高点，也是众神所在之地，如奥利匹斯山、艾达山、赫利孔山、皮利翁山、基塞龙山、吕卡翁山等。根据英国文化历史学家理查德·巴克斯顿（Richard Buxton）的阐释，山地之所以成为众神的住所，在于山间往往是众多神庙的所在地；宙斯高居神山之巅意味着他就是一位山巅之神，握有至高无上的权力，但"宙斯也并非在所有山上都是势力最大的天神：赫利俄斯、阿耳忒弥斯、狄奥尼索斯、农业女神德墨忒耳、森林之神潘、阿波罗、赫耳

---

① Ezra Pound, *A Draft of XXX Cantos* (New York: New Directions Publishing Corporation, 1997.), pp. 77-78.

墨斯，以及小亚细亚地区众多以'母亲'命名的女神等都有自己的山间庙宇。"[1]

在《诗章》第 17 章中，其石头并不是冰冷的矿物，而被赋予了生命的意义。这一点非常有趣，它在文本结构上与燃烧的特洛伊界石相互关联，暗示着凤凰涅槃式的再生。所以岩石与再生，连同树木、青草、鸟鸣，也是第 17 章的主要内容。比如第 17 章在叙述"我"于酒神的世界漫步时，来到了"涅柔娅的岩洞"，正是在这个岩洞里，涅柔娅犹如阿佛洛狄忒一样实现了再生：

> 涅柔娅的岩洞，
> 　　她像一只大贝蜷曲着，
> 而船只拖拽没有声响，
> 没有船上作业的气味，
> 没有鸟叫，没有一丝波浪的起伏声，
> 没有海豚的水花飞溅，没有一丝浪潮波浪声，
> 在她的洞里，涅柔娅，
> 　　　她像一只大贝蜷曲着
> 在岩石的温柔里，
> 　　　　远处悬崖青灰，
> 近处，崖门琥珀，
> 而波浪
> 　　　透绿，又透蓝，
> （第 17 章）[2]

这里反复出现的"她像一只大贝蜷曲着"，根据库克森的导读，其喻指维纳斯

---

[1] 理查德·巴克斯顿《想象中的希腊：神话的多重语境》（欧阳旭东译，上海：华东师范大学出版社，2014 年），第 84 页。中文里的"天下名山僧占多"的俗话，概括了名山之于佛教的重要性；而道教对大山的态度，或许可以从因电视连续剧《封神榜》而耳熟能详的所谓"五岳正神"的封禅中看出。在《封神榜》中，东岳泰山、南岳衡山、中岳嵩山、北岳恒山、西岳华山就分别属于天齐仁圣大帝黄飞虎、司天昭圣大帝崇黑虎、中天崇圣大帝闻聘、安天玄圣大帝崔英、金天愿圣大帝蒋雄。政治层面也有封建帝王封禅泰山的场面。即便在今天，依然还有很多民族把家乡的大山视为神山，并以此为荣。这并不是落后的表现，而是一种精神寄托，体现着源远流长的民族气概，否则就无从解释富士山之于日本人的意义，也无从解释位于冈底斯山脉的冈仁波齐峰之于佛教、印度教、耆教和苯教的意义。

[2] Ezra Pound, *A Draft of XXX Cantos* (New York: New Directions Publishing Corporation, 1997.), pp. 76-77.

的诞生,是《诗章》中反复出现的意象之一。^①里昂·苏勒特也把它看作另一版本的阿佛洛狄忒。^②库克森和苏勒特都认为,"再生"是第 17 章的重要思想,他们的区别在于,库克森认为涅柔娅是海神涅柔斯(Nereus)之女,而苏勒特则视之为庞德自创的女神。两人都认可的属于庞德自创的女神是阿莱沙(Aletha):

> 而阿莱沙,在海岸湾,
> 　　她双眼望向大海,
> 　　而她手中的海草
> 盐晶闪亮冒着泡沫。
> (第 17 章)^③

阿莱沙给人最为深刻的印象,在于她的出生。诗行中的"泡沫"是庞德用以表达"出世""出生""再生"的关键意象。这一点,我们在前文已经有过讨论,而这里也正是在这个意义上使用的。阿莱沙的出世与阿佛洛狄忒或维纳斯非常相似,所以她也是一个女神。但在希腊神话中并没有这么一位女神,所以是庞德专为他的人间天堂而创造的。庞德之所以能自创一个海的女神,因为这里是酒神的世界,而酒神也是一个创造之神。根据希腊神话,酒神创造的作品除葡萄酒外,还有音乐歌舞等艺术。在《悲剧的诞生》^④中,尼采(F. W. Nietzsche)就把酒神精神看作日神精神的对立,是赞美生活、接受生命之无常的非造型艺术(如悲剧)的源头。

庞德自创的这个女神意味着,庞德不是隐士,也不想成为隐士。他不愿将他的天堂建在世外桃源。他的天堂中一定会有女性伴侣,正如他在第 22 章用拉丁语所传达的那样:

> 耶稣基督!
> 站在人间天堂里

---

① William Cookson, *A Guide to The Cantos of Ezra Pound* (New York: Persea Books, 1985.), p. 30.

② Leon Surette, *A Light from Eleusis: A Study of Ezra Pound's Cantos* (Oxford: Clarendon Press, 1979.), p. 44.

③ Ezra Pound, *A Draft of XXX Cantos* (New York: New Directions Publishing Corporation, 1997.), p. 78.

④ 尼采《悲剧的诞生》(周国平译,上海:上海人民出版社,2009 年)。

想着给他造一个亚当的伴侣！！

（第22章）①

　　第17章的阿莱沙还让人想起庞德的诗集《熄灭的细烛》。该诗集出版于1908年，即他开始构思《诗章》后的第4年。其中的一首短诗叫《李·贝尔·查斯图尔斯》，里面就有一个"岩石天堂"。而另一短诗则包括如下诗行：

应该等候

以百合作腰带

在群星向拱的高天之门

哭泣着我应该到你身边。

《唐泽拉·贝娅塔》②

　　庞德把唐泽拉·贝娅塔（Donzella Beata）塑造成一个等候在天堂门口的女孩。③她所等候的"我"就是庞德。可以看出，庞德想象中的天堂里有闪亮的星，在天堂的大门处还有一名女子，一直守候期盼着"我"的到来。在天堂等待的不是希腊神话中的神，也不是基督教的上帝，而是一个女子，可见女性在庞德的天堂中占有相当的分量。在《诗章》第3章中也有一个9岁女孩守候在城堡的门口，等待锡德（Cid）的到来。但她不是为了迎接锡德进城，而是为了向锡德念诵放逐令。根据达文·波特，这个9岁的女孩和唐泽拉都有变形与再生的共性，都是科瑞之树的象征。③第17章中，紧随阿莱沙的正是科瑞：

科瑞穿过明亮的草地，

　　　　草中带有绿灰色的尘埃：

（第17章）④

---

① Ezra Pound, *A Draft of XXX Cantos* (New York: New Directions Publishing Corporation, 1997.), p. 102.

② Ezra Pound, "Donzella Beata" (in *A Lume Spento and Other Early Poems*. New York: New Directions. 1965.), p. 41.

③ Guy Davenport, "Persephone's Ezra" (*Ezra Pound's Cantos: A Case book*. Ed. Peter Makin. Oxford and New York: Oxford Univerity Press, 2006.), pp. 47-60.

④ Ezra Pound, *A Draft of XXX Cantos* (New York: New Directions Publishing Corporation, 1997.), p. 78.

在接受霍尔的采访时，庞德曾谈到天堂之难写："当一切表征都显示你应该写启示录的时候，写天堂是十分困难的。显而易见的是，相较于住在天堂甚至炼狱的人，要找到住在地狱的人就容易多了。我试图收集那些反映心灵顶层的东西"。①这些东西究竟是什么，庞德没有明说，但从阿莱沙的形象中，我们似乎能够找到某种答案。

庞德管自己的女神叫阿莱沙。根据库克森，这个字的源头是希腊文 aletheia，意为真理（truth）。②也就是说，阿莱沙就是庞德的"真理女神"。把她与科瑞并置一处，庞德似在暗示真理的再生；让她矗立海湾、手捧海草、放眼大海，又似在借以表达对生命的守护；而让她置身酒神的世界，则彰显了与自然的和谐。从这些意义上说，庞德把她的再生放在酒神世界中的"石头地"，无疑也象征着真理的永恒，近似于汉语中的"海枯石烂"。

此外，用于呈现阿莱沙的诗行虽然不多，但既然把她放在天堂，就势必成为庞德用以"反映心灵顶层"的一个部分。这个部分就是真。由此，我们可以发现，在庞德的天堂中，阿莱沙象征真理、"美膝女神"象征善、阿佛洛狄忒象征爱与美、而卡德摩斯则象征重建。与此同时，所有这些形象，连同上面分析的其他形象，又都出自庞德笔下，所以庞德的天堂，尽管具有明确的地貌特征，却不过是心灵的一种反映。真正的天堂在心里。

而当庞德把代表真善美的阿莱沙、"美膝女神"、阿佛洛狄忒等置放在象征自由、快乐、幸福，甚至任性的酒神世界中时，他留给读者的想象空间就变得异常之大，同时也变得异常之小。因为天堂就在心中，所以当心里有真善美时，它会异常之大；而当心中没有了真善美，它就会异常之小，甚至完全消失殆尽，还可能走向反面。前者是主题，是光亮；后者是对题，是黑暗；前者带来天堂，后者则带来地狱。

第三节　人间地狱的寓意

通常，人们把《诗章》第1～7章和第14～15章称为"地狱诗章"。但本书并

---

① Donald Hall, "Ezra Pound: An Interview" (in Peter Makin,ed, *Ezra Pound's Cantos: A Casebook.* Oxford: Oxford University Press, 2006.), p. 257.

② William Cookson, *A Guide to The Cantos of Ezra Pound* (New York: Persea Books, 1985.), p. 30.

不打算就这些内容做全面或部分的分析，因为那并非本书的主旨；本书基于地狱即苦难这一现象，或地狱即否定这一观念，分析《三十章草》的女性形象，原因有三：第一，《诗章》本身并非宗教作品而是艺术作品，而本书的主旨在于分析其中的女性形象；第二，《诗章》中的所谓地狱既有宗教的所指，也有现实的所指，而且现实的指向性更为重要；第三，地狱也犹如天堂一样，并非一种实体存在，而是一种精神存在。[①]

从《三十章草》的文本看，庞德的地狱大致有两种：一是神话传说或宗教概念中的地狱，二是历史故事或现实生活的苦难。前者以第1~7章为主，后者以第14~15章为主。但在《诗章》的文本层面，它们都是庞德用以创作的素材，而且也都不是截然分开的，而是相互穿插的，借以"探寻自古以来的人类文明的精神家园"。[②]所以，庞德的地狱，更准确地说，是一种人间地狱。这个地狱给人的第一印象就是难以言表的粗鲁，比如：

> 我来到一个黯淡无光之地；
> 发臭的湿炭，政客们
> ……e和……n，他们的手腕绑在
> 　　脚踝上，
> 光屁股站着，
> 脸抹擦他们的屁股蛋子，
> 　　塌屁股上的大眼，
> 灌木挂作胡须，
> 　　用他们的屁眼向众人讲演，
> 对淤泥里的群众讲演，
> 　　蝾螈里，鼻涕虫里，水蛆里，

---

① 基督教《圣经》中的地狱概念主要来自耶稣在《新约》中的叙述和《启示录》的描述，因此是字面的描述。按照普遍基督教的一般说法，地狱是一个黑暗的无底坑，有不死的虫和不灭的火焚烧，是刑罚魔鬼、关押犯罪的天使，以及恶人的"永刑之处"。原教旨主义的犹太教派则不承认有什么地狱，认为其是受异教观念影响而产生的异端概念。最初的犹太教也不相信有天堂和地狱，现今的犹太人认为，人死后没有完全消灭，而是仍然存在一个荒凉、痛苦、阴暗、恐怖之处，那是一个与上帝隔绝，没有光明与喜乐，永远痛苦的地方。佛教中的地狱则有四类十八层之多。

② 蒋洪新《庞德研究》（上海：上海外语教育出版社，2014年），第223页。

和他们一起……r，

　　一张干净的桌布小心翼翼地

卷在他的阴茎底下，

　　而……m

他不喜欢口头用语，

　　浆硬的，却脏污的，衣领

　　　束住他的双腿，

长满粉刺又多毛的皮肤

　　推搡着衣领的边沿，

奸商们喝加屎变甜的血，

他们身后…… f 和金融家们

　　用钢丝抽打他们。

（第 14 章）①

这是庞德《地狱诗章》的开篇第一句，难以言表的粗鲁已经跃然纸上：第 3 行的 e 和 n、第 12 行的 r、第 15 行的 m、第 22 行的 f，它们前面都有省略号，省去的既有人名（如第 3 行、第 15 行和第 22 行），也有物品名（如第 12 行），都是难以言表、或不值言表的人与物。这里把省去的内容分为人和物，仅仅是根据上下文所做的一种推测。即便这样的推测，也还有另一种结论，即省去的或许物与人皆有可能，比如第 12 行的 r 和第 22 行的 f。一方面，就它们所在的诗行及句法关系看，人和物都是说得通的；另一方面，第 9 行的"众人"（crowds）和第 10 行的"群众"（multitudes），它们的后面都没有具体所指，属于指人或指物皆可的量词。事实上，即便真的指人，他们那些无处不在的粗鲁言行，已然表明他们已经令人发指。在这个意义上，他们已经不是难以言表的问题，而是根本就不值言表。

首行的"我来到一个黯淡无光之地"，其原文为拉丁语 Io venni luogo d'ogni luce muto，取自但丁的《神曲·地狱篇》第 5 首第 28 行。②《地狱篇》第 5 首集中于地狱的第二环，由地狱判官弥诺斯（Minos）坐镇。一方面，来到的都是有罪的灵

---

① Ezra Pound, *A Draft of XXX Cantos* (New York: New Directions Publishing Corporation, 1997.), p. 61.

② 但丁《神曲地狱篇》（黄文捷译，南京：译林出版社，2005 年），第 42 页。

魂，弥诺斯则根据其尾巴缠绕在身上的圈数来决定把鬼魂派送到哪层地狱受罪；另一方面，地狱第二环本身就是犯下淫欲罪的鬼魂的惩罚之处。从《诗章》第 14 章的开篇可以看出，庞德基本是按照但丁《地狱篇》来写的，就连"光屁股""手腕绑在脚踝上""喝加屎变甜的血""钢丝"等词语的使用，都隐约可以看到淫欲罪的影子。但庞德的描写却更加恐怖。但丁《地狱篇》第 5 首起码还有具体的人物，如塞米拉密斯（Semiramide）和佛兰切丝卡（Francesca），据说前者曾荒淫无度，后者则与马拉泰斯塔家族直接相关。①庞德《诗章》第 14 章则不但没有提及她们的名字，而且整个场景更加恶心。更为重要的是，但丁的地狱第二环仅仅限于淫欲，而庞德的第 14 章则扩展了奸商和金融家，并用以结束长达 23 行的开篇第一句。我们知道，在英语的句式中有条基本原则叫"首尾重"，即处于句首和句尾的词都是强调。庞德的句式安排给读者以这样的暗示：但丁的地狱由弥诺斯坐镇；而庞德的地狱则由金钱主宰，由高利贷者坐镇。

高利贷压榨毛虱，皮条客向权威，

学园人士，坐在一堆石书上，

用文字学使文本晦涩，

　　把它们藏在他们身下，

空中没有沉默的庇护，

　　虱子漂流，长出牙，

而它上面演说家们夸夸其谈，

　　牧师们屁股喷粪。

　　而嫉妒，

腐败，恶臭，霉菌，

液体的动物，溶解的骨骼，

慢慢腐烂，恶臭燃烧，

　　嚼碎的烟蒂，没尊严，没悲剧，

（第 14 章）②

---

① 参见但丁《神曲地狱篇》（黄文捷译，南京：译林出版社，2005 年），第 47 页注 9、第 49 页注 16。

② Ezra Pound, *A Draft of XXX Cantos* (New York: New Directions Publishing Corporation, 1997.), p. 63.诗行中的"因菲迪亚"原文作 Invidia，喻指嫉妒（envy），属文艺复兴时期诗人笔下常用的寓言手法（Allegor），斯宾塞的《仙后》、班扬的《天路历程》等都有着大量的类似手法。

庞德曾写信告诉朋友说，他的"地狱诗章特指伦敦，1919—1920 年的英国心态"。[①]艾略特在读到庞德的《地狱诗章》后给予了高度评价：

> 这是一个了不起的地狱，"没有尊严，没有悲剧"……地狱整个儿没有尊严意味着天堂也没有尊严……庞德先生，由于他诗中所表现的恐怖，值得让现代完全舒适的人思考，让任何自满的人都忐忑不安：这地狱是留给其他人的，也是我们在报纸上读到的人，而不是为自己和自己的朋友。[②]

这是艾略特于 1934 年所写的评论，三年后的 1937 年，庞德在给朋友的一封信中肯定了艾略特的评价："地狱诗章的确没有任何尊严……地狱不好玩，也不是开玩笑。但当你深入下去，你就会发现个体的人，而不都是抽象的。即便在第 14～15 章也有，只是不值得记录下来。"[③]

确实，深入下去就会发现个体的人，比如仅在第 14 章中就有皮尔斯(Pearse)、麦克唐纳(MacDonagh)、H 船长(Captain H.)、费雷斯(Verres)、亚历山大的圣克莱蒙特(St. Clement of Alexandria)等，但他们都只有名字，没有故事。有故事的是那些任人驱使的雏妓：

> 桑心母亲赶着她们的女儿跟老朽上床，
> 母猪吃着它们的幼崽，
> 而这里的海报 EIKΩN ΓΗΣ，
> 　　这里：人事调动，
> （第 14 章）[④]

---

① 转引自蒋洪新《庞德研究》（上海：上海教育出版社，2014 年），第 241 页。

② T. S. Eliot, *After Strange Gods* (New York: Harcourt, Brace and Co., 1934.), p. 182. 此处的汉语为蒋洪新译，见蒋洪新《庞德研究》（上海：上海教育出版社，2014 年），第 245 页。

③ Ezra Pound, *The Letters of Ezra Pound 1907-1941* (Ed. D. D. Paige. New York: Harcourt, Brace and Company, 1950.), p. 293.

④ Ezra Pound, *A Draft of XXX Cantos* (New York: New Directions Publishing Corporation, 1997.), p. 62.

ΕΙΚΩΝ ΓΗΣ 即 Eikōn Gēs，意为 image of the earth，即"人间之图"，以希腊语的形式入诗，体现着庞德的"形诗"理论。"驱赶"一词表明女儿并不情愿与老朽上床，这一切都是母亲的安排与强迫。庞德对此也明确地表示了自己的评价与态度："母猪吃着它们的幼崽"。海报上画着人世间的情景，上面的宣传语为大写的"人事调动"（PERSONNEL CHANGES）。所以，这些母亲驱赶自己的女儿去跟老朽上床的原因正是"人事调动"。"人间之图"一词，庞德没有用英语，而是用希腊语，旨在以前景化的方式突出其重要性。第 14 章是《地狱诗章》，所以相较于地狱，"人间之图"就成了另一个世界，一个更高级的世界，遥不可及的世界，渴求的世界。人间所用的语言也是另一种语言。似乎有了"人事调动"，她们就有了去人世工作的机会，就能离开地狱。又似乎为了这样一个渺茫的机会，这些母亲对自己的女儿的不珍惜、不爱护、不负责，甚至她们对待女儿的粗鲁，也都是情有可原的。然而，这并不是阴阳两隔的人间与地狱，而是一个活地狱，它"特指伦敦，1919—1920 年的英国心态"。

111

为了呈现这种心态，庞德使用了形容词 sadic。犹如 pitkin 一样，sadic 并不是英语中的现成词汇，而是庞德自创的一个新词，由词根 sad（悲伤）加后缀-ic 派生而成，用以一方面表现她们的心口不一、假装悲伤，另一方面揭示她们的可悲、无知、可恨。这些母亲迫使女儿卖身，她们却并不悲伤，只是假装悲伤，甚至是一种挂着悲伤的犯罪（因为到了地狱第二环的灵魂都是有罪的）。所以庞德没有用 sad 或 sadly，而是新造了一个 sadic。相应地，汉语似可译为"桑心的"，一则可以求得谐音之效，二则因为更近似于"丧心的"而非"伤心的"，所以也可暗示虚假甚至犯罪之义。

1959 年，庞德在接受英国广播公司（BBC）采访时，曾对布利德森（Bridson）说，"如果人们知道'高利贷'这个术语，就会对《尤苏拉诗章》有更好的理解"。[①]"高利贷"正是本节上述第二段引文中的关键词，也是第 14 章的关键词，是庞德的地狱的坐镇者。"桑心母亲"之所以具有那种扭曲的心态，其根本原因就在于此。而到第 15 章，庞德更进一步，以寓言的手法把高利贷变成了一个百腿怪兽，并赋予它一个特殊的名号"尤苏拉"：

---

① D. G. Bridson, "An Interview with Ezra Pound" (*Ezra Pound's Cantos: A Casebook*. Ed. Peter Makin. Oxford: Oxford University Press, 2006.), p. 248.

> 勇敢的暴徒
>
> 　　他们用乱刀砍自己，
>
> 胆小的暴力煽动者
>
> ……n 和……h 被象鼻虫吃掉，
>
> ……像一个肿大的胎儿，
>
> 　　长着一百条腿的怪物，**尤苏拉**
>
> （第 15 章）[①]

　　在但丁的地狱中，弥诺斯之所以坐镇地狱第二环，能决定鬼魂的去处，是因为他公正严明。而在庞德的地狱中，尤苏拉之所以成为人间地狱的判官，则在于它所体现的否定性。它像一个"肿大的胎儿"、一个"百腿怪物"，它的自我戕害实际上就是一种自我否定，所以它比弥诺斯更加可怕。它既能否定自身，也能否定他人，甚至还能否定语言。仅以上面所引诗行为例，它们之所以充满省略，除了已经提到的无须言表、不值言表之外，还在于无法言表，因为尤苏拉已经使一切发生了形变，连语言也是变态的：

> 语言的背叛者
>
> 　　……n 与出版社的一伙人
>
> 以及那些因受雇而扯谎的人；
>
> 败类，语言的败坏者，
>
> 　　败类，他们对钱的贪欲
>
> 胜过享受理智；
>
> （第 14 章）[②]

　　语言的败坏意味着概念的败坏，都是异化的表现。而"对钱的贪欲胜过享受理智"则对尤苏拉对人性的扭曲做了最好的诠释。这种诠释的注解之一是那些"桑心母亲"，注解之二则是卢克雷齐娅的故事。换句话说，庞德的地狱观念，在他的

---

① Ezra Pound, *A Draft of XXX Cantos* (New York: New Directions Publishing Corporation, 1997.), p. 64. "尤苏拉"一词在原文中为全大写 USURIA，表示强调。

② Ezra Pound, *A Draft of XXX Cantos* (New York: New Directions Publishing Corporation, 1997.), p. 61.

历史观上也有反映。

卢克雷齐娅即卢克雷齐娅·博尔贾，当她最先出现在《诗章》第 9 章时，有关她的信息似乎很正面：

> "先生：
>
> "伊索塔夫人让我今天写信……卢克雷齐娅
> "女士可能已经，或应该已经，给你写了信，我
> "估计那封信你这会儿收到了。每个人都想
> "向你问好。……"
> （第 9 章）[1]

这是一封书信的一部分。根据第 9 章的内容，这封书信是伊索塔夫人指派 D. de M.于 1454 年 12 月 21 日写给西吉斯蒙德·马拉泰斯塔的。这是一封汇报信，主要是告诉西吉斯蒙德，伊索塔夫人造访了一个他勾引过的女孩，顺便告知孩子们安好、大家都很思念他，以及卢克雷齐娅给他寄去了一封信。至于卢克雷齐娅的信中的内容，因为《诗章》没有提及，所以我们也不得而知。而对于他是否已经收到该信，我们则只能猜测，唯一能肯定的是卢克雷齐娅的信比这封汇报信更早寄出，对此，伊索塔夫人也是非常了解的。卢克雷齐娅的信是跟在"孩子们全都很好"之后[1]，按照逻辑推理，卢克雷齐娅应为孩子们的其中一个，她与西吉斯蒙德的关系应该是父女。根据特雷尔，卢克雷齐娅是 1454 年西吉斯蒙德还在世的七个孩子之一[2]，但历史上的西吉斯蒙德并没有一个叫卢克雷齐娅的女儿。[3]

卢克雷齐娅·博尔贾是罗马教皇亚历山大六世与他的情妇万诺扎的私生女。从出生时间上看，卢克雷齐娅也不可能是西吉斯蒙德的孩子。西吉斯蒙德 1468 年

---

① Ezra Pound, *A Draft of XXX Cantos* (New York: New Directions Publishing Corporation, 1997.), p. 38.

② Carroll F. Terrell, A *Companion to The Cantos of Ezra Pound* (Berkeley, Los Angeles and London: University of California Press, 1993.), p. 38.

③ 西吉斯蒙德有三段婚姻，情人也很多，子女也不少。他与第二任妻子生下儿子加莱奥托（Galeotto）和女儿焦瓦纳（Giovanna，Duchess of Camerino），与情人万内塔（Vannetta）生下儿子罗伯托（Roberto），与情人也是后来的第三任妻子伊索塔生下乔瓦尼（Giovanni）、女儿玛格丽塔（Margherita）、儿子萨鲁斯提俄（Sallustio）和女儿安东妮娅（Antonia）。其中与第三任妻子伊索塔所生的两个女儿，玛格丽塔嫁给了卡洛·佛尔特布拉奇奥（Carlo di Fortebraccio），安东妮娅嫁给了鲁道夫·贡萨加（Rodolfo Gonzaga）。

就死了，而卢克雷齐娅 1480 年才出生。[①]

　　伊索塔夫人一直都是西吉斯蒙德的情妇，直到他的第二任妻子死后，在 1456 年她才正式成为他的第三任妻子。[②]1455 年，伊索塔为西吉斯蒙德生下私生女安东妮娅。[③]安东妮娅 26 岁时嫁给了鲁道夫·贡萨加（Rodolfo Gonzaga），却在短短两年后以通奸罪被处以极刑。若要细数卢克雷齐娅与安东妮娅的共同点，一是她们都是私生女，二是她们后来都被承认为合法的子女，三是她们都存在品行不端的行为，从通奸的层面看，安东妮娅与卢克雷齐娅有着同样的恶名。若是庞德把安东妮娅称呼为卢克雷齐娅，则预示了此时不到 2 岁的安东妮娅将会走上通奸的不轨罪行，这是根本不可能的。所以这个卢克雷齐娅不管其身世如何，她在这里的形象是正面的，至少是正常的。

　　她第二次出现在《诗章》中时却发生了巨大变化，成了另一个卢克雷齐娅。她的故事也就成了另一个故事。为了政治需要，她被迫嫁给了费拉拉公爵。她已然成了婚姻的受害者，并以受害者的角色出场，这一次庞德并没有用"卢克雷齐娅"这个名字，而是直接将她称作"木头夫人"：

　　　　木头夫人来了
　　　　身披神坛光
　　　　与烛火钱。
　　　　"荣誉？荣誉你个蛋！
　　　　拿两百万去吞掉。"
　　　　　　　　阿方索先生是来了
　　　　又坐船离开去了费拉拉
　　　　连路过这儿都没说句"哦。"
　　　　（第 30 章）[④]

　　① http://baike.baidu.com/link?url=HmTNpFx3xztB70fbiwUs60LWkfnKhLPr5tioeCd6CPiE8cD5I-2Toe7M99qWEciML0zUiIau33UkBHPwUKCkta.

　　② http://en.wikipedia.org/wiki/Isotta_degli_Atti.

　　③ P. J. Jones, The Malatesta of Rimini and Papal State, Cambridge, 1974. Retreaved Oct.12, 2015 from http://www2.warwick.ac.uk/fac/arts/ren/projects/italianelites/lettere/ma/.

　　④ Ezra Pound, *A Draft of XXX Cantos* (New York: New Directions Publishing Corporation, 1997.), p. 148.

这一段讲述了卢克雷齐娅被安排了第三段婚姻。她的父亲和哥哥把她当作了谋取政治利益的工具，为了让她嫁给费拉拉公爵阿方索一世（Alfonso I d'Este, Duke of Ferrara），她的哥哥凯撒·博尔贾（Gaesar Borgia）密谋杀害了她第二任丈夫。"木头夫人"原文为希腊文 ΥΛΗ，表示她是一件物品，而非人。她原是教皇的女儿，所以披着神坛的光，可她出嫁时的嫁妆，教皇也把这笔费用算进神坛上摆放的蜡烛的价格中。庞德极大地讽刺了教皇把女儿的婚姻当作政治筹码，女儿如蜡烛一般。她的婆家戴斯特家族想从这次政治婚姻中获利，于是借口卢克雷齐娅的名声不好，为了戴斯特家族的荣誉，高额的嫁妆是不能少的。面对这样的要求，教皇方面的回应是："荣誉？荣誉个蛋！/拿两百万去吞掉。"

这段诗中还提到了同是当事人的卢克雷齐娅的第三任丈夫阿方索。他在新娘乘船前往费拉拉之前就去悄悄地察看她，没有跟任何人说一句话。从这段诗来看，对卢克雷齐娅没有任何描写，没有写她的外貌，没有写她的心情，更没有写她的动作。像一个"木头"般的没有生气，真就似一件物品，任人摆布。卢克雷齐娅不是英国人，所以她的故事不在第 14~15 章，但她的人生同样"没尊严"，也"没悲剧"，甚至连那些"塌屁股上的大眼"的人都不如。可见庞德的地狱，其地盘除了"特指伦敦"，还泛指别处；而其影响则除了当下时段，还包括过往历史，而其实质则是对人生的摧残或对人性的扭曲。

与"木头夫人"完全相反的一个形象，是塞尔沃的妻子西奥多拉（Theodora），但在她的身上，我们同样能够看出人性的扭曲，只是具体表现由木头转向了奢侈。比如描写西奥多拉的用餐工具的下列诗行：

> 然后塞尔沃来到这儿，总督，
> 　　第一个马赛克的圣马可，
> 而他的妻子接触食物只用叉子，
> 只用金色叉子，就是
> 　　　用金色小叉子
> 带来，如此，奢侈的恶习；
> （第 26 章）[1]

---

[1] Ezra Pound, *A Draft of XXX Cantos* (New York: New Directions Publishing Corporation, 1997.), p. 122.

塞尔沃指的是威尼斯第 31 任总督多梅尼格·塞尔沃（Domenigo Selvo）。他的妻子是康斯坦丁杜卡斯十一世皇帝的女儿西奥多拉。她因铺张浪费而闻名。"金色的叉子"重复了两遍，庞德给出了评价，称之为"奢侈的恶习"。紧接着庞德描写的洛伦佐·提埃坡罗（Lorenzo Tiepolo）上任新总督时奢侈的游行场面，以及费拉拉的尼科洛三世的娶亲前的马赛的巨额花费，都再一次反映出她是威尼斯奢侈之风的罪魁祸首。而下面的诗行则是有目的的交易：

> 然后七月我前往米兰找加莱亚扎公爵
> 给他的婴儿在洗礼中当教父
> 虽然还有其他更富有的人，
> 然后带给他妻子一条坠着颗宝石的金领
> 花费了大约 3000 达克特，由于这件事
> 加莱亚扎·斯福尔扎·维斯孔蒂先生希望我
> 继续给他所有孩子当教父。
> （第 21 章）①

这是洛伦佐去米兰贿赂加莱亚扎·斯福尔扎·维斯孔蒂（Galeaz Sforza Visconti）公爵的片段。他送给公爵夫人昂贵的坠有宝石的金领，换来了与公爵的友好和亲近。此时，公爵夫人成了贿赂的一种途径，给公爵夫人就等同于给公爵。庞德没有给出公爵夫人收到礼物后的任何描写，而只有公爵的回应，希望洛伦佐当他所有孩子的教父。庞德对这样的行为深恶痛绝，认为是金钱败坏了基本道德，反映着尤苏拉对西方社会所广泛认可的普世价值的腐蚀，及其由此而来的人性扭曲。

人性的扭曲在那些心怀鬼胎的人身上显得更加可恶，比如下列诗行中的佩尔内拉（Pernella）：

> 珍珠，巨大的球体，而且中空，
> 迷雾在湖上，充满阳光，
> 情妇佩尔内拉
> 绿色衣袖在她手上射出金色

---

① Ezra Pound, *A Draft of XXX Cantos* (New York: New Directions Publishing Corporation, 1997.), p. 98.

希望着她儿子继承

期盼着较为年长的继承人死在战场

他很勇敢，毒死了他的小兄弟

指责锡耶纳

而她让一个男仆做这事

再一次给皮蒂利亚诺带来战争

然后这个男仆后悔了就将此事告诉

尼科洛（年长的）皮蒂利亚诺

他从他的父亲那里赢回那块石头

"依然宠溺他的情妇佩尔内拉"。

（第 29 章）[①]

珍珠本是实心的，而在此处却是"空心的"，暗含了接下来的情节中关于佩尔内拉没有心肝、只有恶相的故事。庞德曾在《火焰》中写到"你永恒的珍珠，/噢你黑暗的秘密表面微光闪闪"。[②]可佩尔内拉这颗珍珠却是有毒的。她是尼科洛·皮蒂利亚诺（Nicolo Pitigliano）的父亲奥尔多布兰多·奥尔西尼（Aldobrando Orsini）的情妇。诗中描写了她的野心和预谋。由于她只是奥尔西尼的情妇，所以她的儿子是私生子，并没有继承权。然而她希望自己的儿子能成为奥尔西尼的继承者，所以，她预谋杀害奥尔多布兰多的儿子们。"年长的继承人"指尼科洛·皮蒂利亚诺，是奥尔西尼家族皮蒂利亚诺支系的第三代伯爵。[③]佩尔内拉祈祷他战死沙场，这已经犯了罪。而当她命令男仆将尼科洛的"小兄弟"毒死时，她已然成了人神共怒的毒妇。可在男仆道出真相之后，她并没有受到惩罚，而是依然被"宠溺"。

庞德对佩尔内拉的衣着进行了描写，绿袖子上有金色的花纹，一直延伸到她的手。"绿袖子"尤指女性。据说，英国国王亨利八世痴情一位着绿袖子的女子，这位绿袖子女子并不是他的妻子或情人，只是在路上偶然看见的，此后便不能忘怀。回到宫廷后，他下令每个女人都要穿上绿衣裳，并为此女子作《绿袖子》一

---

① Ezra Pound, *A Draft of XXX Cantos* (New York: New Directions Publishing Corporation, 1997.), p. 141.

② Ezra Pound, *Personae: Collected Shorter Poems of Ezra Pound* (London: Faber and Faber, 1984.), p. 64.

③ http://en.wikipedia.org/wiki/Niccol%C3%B2_di_Pitigliano.

诗，以此来缅怀这个只有一面之缘的爱人。这让人想起无名氏的《高文爵士与绿衣骑士》。庞德为佩尔内拉穿上的绿袖子，正是暗含了她极受宠爱，与诗句"依然宠溺他的情妇佩尔内拉"呼应。但高文爵士返回亚瑟王宫之后，人们佩戴绿腰带是为了真诚的纪念；而庞德则并没有要表彰她的意思，这可以从行文中看出。庞德是在揭露她，也在揭露她周围的人，甚至包括我们读者。这种揭露，有时还会以神的形象出现在我们面前，比如：

> "贱货！""婊子！忒露丝和卡利俄佩
> 在月桂树下对骂：
> 那个亚历山德罗是黑鬼。
> （第8章）[1]

在这里，女神卡利俄佩（Calliope）与忒露丝（Truth）的互相辱骂颇为有趣。在希腊神话中，卡利俄佩是掌管雄辩和英雄史诗的缪斯。忒露丝是庞德借寓言手法自创的一个神氏，其原文为 truth，即"真相"。在西方传统中，诗被认为是一种虚构，真相则被认为是一种实在，二者之间存在冲突。柏拉图宁要真相不要虚构，所以欲把诗人赶出理想国；亚里士多德则在《诗学》中替诗人辩护。他们开创的真相与虚构之争早已成为传统，直至19世纪末20世纪初依然存在。而在庞德笔下，真相与虚构之争，亦即忒露丝与卡利俄佩之争，却不在形而上的层面，而在形而下的层面，在于她们对亚历山德罗（Alessandro）的不同看法。亚历山德罗·德·美第奇（Alessandro de' Medici）是教皇克雷芒七世（Pope Clement Ⅶ）与摩尔人黑奴所生的私生子，所以诗中有"黑鬼"一词以点明他的身份。西吉斯蒙德·马拉泰斯塔曾遭暗算，被罗马教皇削去了对里米尼（Rimini）的继承权。把亚历山德罗与马拉泰斯塔放在同一行诗中，表明了他们的相似之处：不合法的继承人。庞德的两位女神对马拉泰斯塔的评论有争议，正是对那段历史的一种暗示。历史上对西吉斯蒙德·马拉泰斯塔的诋毁持续了几个世纪，主要是庇护二世针对他进行的暗杀指控。庞德在第8章中对此的指控借用两位女神对骂的场景呈现出来，有为西吉斯蒙德·马拉泰斯塔规正之意。

但是两位女神因此而口出污秽，相互对骂，却有损她们的女神形象。卡利俄

---

[1] Ezra Pound, *A Draft of XXX Cantos* (New York: New Directions Publishing Corporation, 1997.), p. 28.

佩这个词本身就是"美丽的声音",与污秽的对骂字眼格格不入,讽刺意味很浓。而她们对骂的地点又是在月桂树下。达芙妮(Daphne)为逃避太阳神阿波罗的追求,在其父亲的帮助下化身成月桂树,月桂树象征着纯洁。忒露丝与卡利俄佩的恶意对骂,与这纯洁之地形成反差,营造出一种不协调之感。这种不协调既是对和谐的莫大讽刺,也是与天堂的一种对照。庞德的天堂秩序井然,而他的地狱则一片混乱,连女神之间也都恶语相向,宛如骂街的泼妇。

从语言的背叛到"桑心母亲",从历史的回溯到女神的撒泼,从西奥多拉的奢侈到佩尔内拉的狠毒,庞德的地狱已然超越了地域的界限,是一个融历史与现实、情感与理智、真理与谬误、善良与邪恶、美德与陋习的包含否定性因素的大杂烩。贯穿其中的一个核心思想的变形,亦即由向上变为向下、由光亮变为黯哑、由秩序变为混乱。上面所分析的种种形象,从根本上说都是这种变形的外化形态,体现着庞德对这些具有普世意义的价值观的重新审视。

这种审视的最终目的,在于重建以伦敦为代表的欧洲文化,所以庞德把他的地狱指向人们的心态,而用以指导重建的只能是回归原有的淳朴与秩序。所以我们发现,庞德的天堂与地狱,也如其他诗人笔下的一样,是根本对立的。不同的是,当人们大多从自己的文化传统中找寻重建基因时,庞德则从东方的儒学中去找寻。在他看来,孔子的学说远比希腊哲学更加有用,因为孔子之学无需花费时间去做无聊的讨论,而是直接进入理想的秩序。[1]整个《诗章》第13章就是《孔子诗章》。庞德的孔子如亚里士多德一样,在林荫道上漫步,在小树林里与弟子们讨论学问,一派古典主义的逍遥自在。当孔子以志向为题让弟子们畅所欲言、各抒己见之后,孔子的评价简单明了:"他们全答得对,/就是说,依各自的本性。"[2]为了将人们从混乱中拯救出来,《旧约》中的耶和华在石头上刻下十诫,而庞德的孔子则在柏树叶上书写了如下的诗行:

若一个人自身无序
他就不能向周围人传播秩序;
若一个人自身无序
他的家人就不会实行应有的秩序;

① Ezra Pound, *Confucian Analects* (London: Peter Owen Ltd., 1933.), p. 7.
② Ezra Pound, *A Draft of XXX Cantos* (New York: New Directions Publishing Corporation, 1997.), p. 58.

119

> 若君主自身无序
> 他就不能使他的领土有序。
> 孔子给出语词"秩序"
> （第 13 章）[1]

秩序是肯定，混乱则是否定；秩序是天堂的本质，否定则是地狱的本质；秩序是正题，混乱则是反题。庞德是一个严肃的诗人，他把《孔子诗章》放在《地狱诗章》之前，又把孔子的教导提升至亚里士多德甚至耶和华的位置，将东方智慧与古典传统和希伯来文化做了天衣无缝的对接，给《三十章草》的正题奠定了坚实而厚重的基础。于是，《地狱诗章》中的无序、肮脏、淫乱等，在自我彰显的同时也在自我消解，尤苏拉的自我戕害就是这种自我消解的典型，是一种否定之否定。

与此同时，庞德又在《地狱诗章》之后安排了《天堂诗章》，而《天堂诗章》的基调恰好就是秩序。这就在谋篇布局在层面，做到了以孔子的思想为主题、以酒神的世界为再现，构成赋格结构模式的一个完整片段，而地狱则是这个片段的一种展开，属于"呈示部"与"再现部"的中间环节。亦即说，庞德的地狱，连同他的天堂和古典神话，都是历史文化的传承，而其中的女性则是这种传承的载体之一。

---

[1] Ezra Pound, *A Draft of XXX Cantos* (New York: New Directions Publishing Corporation, 1997.), p. 59.

第四章　作为生命载体的女性

> 凉冷如铃兰
>
> 苍白的湿叶
>
> 晨曦中她躺在我身旁
>
> ——庞德《破晓歌》[①]

关于诗是什么的问题，历来众说纷纭：情感的抒发、生活的反映、时代的神经、语言的游戏，如此等等，不一而足。但从根本上说，诗乃是生命的一种绽放和表现方式，因此，我们更倾向于把诗看作是讴歌生命的艺术。

俄罗斯学者 A. 聂斯杰罗夫（A. Nesterov）曾在《文学评论》（莫斯科）1995年第 6 期上撰文指出："史诗是庞德的全部生命之书，它与自己的作者一起成长、改变，它体现了作者的全部喜好、观点、看法、遗憾和得失。"[②]聂斯杰罗夫的这一评语，其指向是庞德《诗章》的创作过程，而非主题思想。但细细品味便不难发现，《诗章》处处闪烁着生命的光辉。美国《独立宣言》中最为著名的论断是"人人生而平等"。但在数千年的历史长河中，女性始终是作为男性的伴侣身份出现的。即便在《圣经》中，虽然有男人要离开家与女人结合的说法，但夏娃却又只是亚当身上的一根肋骨。而在更为古老的希腊、罗马神话中，女神也大多是从属于男神的，甚至是男神的牺牲品。直到 20 世纪 60 年代的女性主义兴起之后，人们才真正开始更理性、更平等地看待女性在社会生活中的地位。迄今为止，但凡有关女性的话题，最核心的依然是如何实现真正的男女平等的问题。

庞德把《诗章》定义为一部包含历史的诗，意味着其中的女性，包括一系列女神，都必然被打上历史的烙印。具体到《三十章草》，其中的女性形象的最为本质的特征就是基于生命的爱恨情仇，亦即她们都是生命的载体。正因为如此，在

[①] 庞德《破晓歌》（叶威廉译《众树之歌：欧美现代诗 100 首》，北京：人民文学出版社，2009 年），第32 页。

[②] 聂斯杰罗夫《我尝试过描写天堂：埃兹拉·庞德：追寻欧洲文化》（蒋洪新、李春长编选《庞德研究文集》，南京：译林出版社，2014 年），第 36 页。

她们身上所发生的种种故事，包括与男性的关系、对自由的向往、对真爱的渴望等，都是以此为基础的。她们都是西蒙娜·德·波伏娃（Simone de Beauvoir）所说的"第二性"，但她们在被人定义的同时也在定义他人，并在这个过程中参与对世界的全面塑造。

第一节　基于生命的人物形象塑造

生命是宇宙万物中最为宝贵的东西；在生命面前，一切都显得微不足道。生命也是宇宙万物中最为脆弱的东西，任何别的东西都可能危及生命。生命还是一切生物之所以存在的原因，借用柏格森（H. Bergson）的话说，生命"永远、永远是世界的一种生育欲望"。正是这样的生育欲望，使《三十章草》的生命主题显得异常丰富，并在众多人物形象的身上体现着庞德对生命本身的关注。

这种关注在男性和女性形象上都有着异乎寻常的表现，手法也较为多样，有隐喻性的，也有直陈式的，有女性的，也有男性的，还有纯粹以母亲身份加以保障的。对个体生命而言，大多呈现为从生到死的一个完整的生命历程；从历史演变的角度而言，则艺术地表达了生命必将生生不息的概念。在传统西方文化中，获得永生的方式主要有两种：一是复活，二是生育。具体到庞德的《三十章草》，前者更多的是一种诗化再现，而后者则是其中的具体内容，也是生命之所以延绵不断的基本表达。柏拉图在《会饮篇》中说："只有通过生育，凡人的生命才能延续和不朽。"①在《诗章》第 29 章，庞德以另外的方式表达了类似的观点：

> 红酒，女人，歌曲
>
> 这些当中最主要的第二个，女人
>
> 是一个因素，女人
>
> 是一场混乱
>
> 一只章鱼
>
> 一个生命过程

---

① 柏拉图《会饮篇》（《柏拉图全集》第 2 卷，王晓朝译，北京：人民出版社，2003 年），第 249 页。

> 而我们设法完成……

（第 29 章）①

红酒和歌曲都是供人消遣和娱乐的东西，将女人与它们归为一类，属典型的男权主义思想，这是其一。其二，这种思想以极为荒唐的形式呈现出来，在肆意贬低女人的同时，也间接地反映了叙述者潜意识中的不自信，以及对女性心态的不了解，所以才用了诸如"混乱""章鱼"之类的词语。但最为重要的则是揭示了女性之于"生命过程"的极端重要性，含蓄地表达了没有女性就没有生命的观点。

这一观点的思想基础，自然是男性与女性在生理上的差异。"我们设法完成……"的原文为 We seek to fulfill...，其中 fulfill 是一个非常不雅的用词，这可以从其后所用的省略号上猜出，如同某些所谓"风俗小说"中那种故作优雅的"此处省略 500 字"的手法一样。而在这之前的第 17 章中的"洞穴"一词，也有类似的效果。

> 涅柔娅的洞穴，
>
> 　　她像一只大贝蜷曲着，
>
> ……
>
> 在她的洞里，涅柔娅，
>
> 　　她像一只大贝蜷曲着

（第 17 章）②

这里的"洞穴"是一个具有双重含义的意象。含义之一是神的住所，那是对古希腊神话的一种继承；含义之二则是孕育生命的地方，即女人的子宫。正是由于这两重含义都非常明显，所以在接下来的诗行中，我们发现庞德使用了大量的喻指生命的词汇，如透灰、琥珀、透绿、透蓝、盐白、闪紫、斑岩、孔雀蓝等，用以指称生命的多彩绚烂的颜色，俨然就是各种颜色的堆积。对于主张不用任何多余的词，还敢于把叶芝作品中的形容词去掉的庞德，如此的遣词在他的作品中是不同寻常的。仔细分析便会发现，在众多色彩中，最为突出的

123

---

① Ezra Pound, *A Draft of XXX Cantos* (New York: New Directions Publishing Corporation, 1997.), p. 144.

② Ezra Pound, *A Draft of XXX Cantos* (New York: New Directions Publishing Corporation, 1997.), p. 76.

是蓝色，而蓝色在庞德的词汇中就是生命的颜色。①这种不同寻常的做法旨在说明"洞穴"及其四周所散发的光和热，全都"不属于太阳"，而是来自生命。

除了许多色彩词之外，庞德还使用了一系列与水有关的物象，如船只、波浪、贝壳、大海、海豚、海鸥、沙滩等。水是孕育生命的最初的也是最基本的要素。今天的科学家为了揭开火星是否存在生命的秘密，所用的基本方式就是探测火星表面是否存在某种形式的水。类似地，在描写女神出生的第 17 章，虽然着眼点在洞穴里，但使用了大量与水有关的元素，既回应了水与生命的关系，也呼应了第 4 章中阿佛洛狄忒的诞生。因此，尽管庞德没有直接模拟声音、气味等，但"船只作业""鸟叫""海豚的水花飞溅"等，却恰到好处地体现了"声诗""形诗""理诗"的理念，也营造了第 17 章中涅柔娅再生的氛围。

生育是女人的标志和基本能力。如果女人不生育，那么她就将"像凯涅厄斯（Caeneus）一样危险"。②这样的概念，在对埃莉诺的叙述中表现得最为突出。前文曾经对《诗章》中的埃莉诺形象有过较为详细的分析。需要强调指出的是，尽管埃莉诺出身高贵，但她真正的权力来自她的婚姻。在《诗章》中，庞德以极其复杂而又极具跳跃性的诗行，涉及了埃莉诺的三段婚姻、一段旅行和她与四代人的关系。特雷尔曾经指出，在庞德《诗章》有关埃莉诺的章节中存在语料错误，比如"诺尔曼迪亚女公爵"是埃莉诺的母亲阿丽埃诺（Alienor），而庞德却用来作为埃莉诺的头衔。③言下之意是庞德把埃莉诺与阿丽埃诺给弄混了。但史料考证是一回事，阅读感受则是另一回事。在前一意义上，埃莉诺与阿丽埃诺的确是两个人，后者源自拉丁语 alia Aenor，但到英语中却成了 Eleanor。从这个意义上，庞德在第 6 章中用女儿的头衔来代指母亲，其实并不奇怪。在后一意义上，我们所得到的总体感受是，埃莉诺因为其婚姻和孩子的原因而在中世纪的欧洲有着举足轻重的地位。

关注生命，不仅仅只在生育，还在于对生命的态度。在这一点上，我们会发现，生命还是一切存在之所以存在的原因，所以宇宙万物（包括死亡）都是对生命的烘托，否则它们的存在就没有价值，一切形式的艺术也将没有意义。《三十章草》对此有着众多的表现，比如第 9 章中的下列诗行：

---

① 斯托克曾引庞德一首小诗来说明这一点："我将歌颂白色的鸟儿/天堂蓝色的水/白云喷射到大海"。见 Noel Stock, *The Life of Ezra Pound* (New York: Routledge, 2011.), p. 38.

② Mary R. Lefkowitz, *Women in Greek Myth* (Baltimore: The Johns Hopkins University Press, 2007.), p. 48.

③ Carroll F. Terrell, *A Companion to The Cantos of Ezra Pound* (Berkeley, Los Angeles and London: University of California Press, 1993.) , p. 23.

然后他开始建造神殿，

　　　然后波利塞纳，他的第二任妻子，死了。

（第9章）①

　　这里虽然只有短短两行，却涉及三个形象：西吉斯蒙德与他的第二任妻子波利塞纳和第三任妻子伊索塔。劳伦斯·雷尼（Lawrence S. Rainey）在《庞德与文化丰碑》中用了整整一章的篇幅，对这两行的背景知识和修改过程做了详细的说明，并指出这两行诗包含着"开始与陨灭的对位"②，一方面是神殿的诞生，另一方面是波利塞纳之死，前者代表西吉斯蒙德的主动创造，后者则代表波利塞纳对自然法则的被动屈服。所谓"开始与陨灭的对位"，雷尼的原话为 a counterpoint of beginning and perishing，其中的 counterpoint 正是赋格结构模式中的一个术语。雷尼的意思是，在庞德这两行诗中，主题是马拉泰斯塔神殿的诞生，对题则是波利塞纳之死；前者是开始，后者是陨灭，二者处于赋格结构中的对位关系之中。在这样的对位关系中开始与陨灭，或者说生与死是相互依存、一再轮回的，体现着生—死—再生的观念，波利塞纳之死因此而具有了生命的意义。这样的思想，因以西吉斯蒙德的主动创作为契机，所以波利塞纳的被动屈服，无论其是否符合历史真相，但在《诗章》的世界里则是神殿之所以能够建造的一个重要因素，而且是以生命的名义来参与建造的。

　　也许我们可以说，波利塞纳之死是神殿之诞生的见证，庞德却更多地把波利塞纳之死看作新建马拉泰斯塔神殿的一个要件。如果说这个故事以生与死的对位表现了庞德对生命的态度显得有些沉重，那么另一些故事则以较为轻松的语气表达了同样的思想，最典型的例子是"诚实的水手"的故事。"诚实的水手"的故事出现在《诗章》第12章的后半部分，是庞德借吉姆（X. Jim）③之口讲述的。水手因嗜酒住进医院，醒来的时候怀里抱了一个男婴，当他从医生那里得知孩子是从

---

① Ezra Pound, *A Draft of XXX Cantos* (New York: New Directions Publishing Corporation, 1997.), p. 35. 这里的"他"指西吉斯蒙德，"神殿"指西吉斯蒙德为其第三任妻子伊索塔修建的神庙。

② Lawrence S. Rainey, *Ezra Pound and the Monument of Culture: Text, History, and the Malatesta Cantos* (Chicago and London: The University of Chicago Press, 1991.), pp. 131.

③ 吉姆即约翰·奎因（John Quinn），他本身是一位美国律师，但却热爱现代艺术，还是爱尔兰现代文学的权威人士之一。见 Carroll F. Terrell, *A Companion to The Cantos of Ezra Pound* (Berkeley, Los Angeles and London: University of California Press, 1993), p. 60.

他肚子里取出来的之后，水手便把孩子带回家，将他抚养成人。这显然是一个谁也不可能相信的故事，所以庞德才借他人之口来讲述这个故事：

> 从前有个可怜的诚实水手，一个酒瘾成性的人，
> 一个地狱的诅咒，一个码头工，一个酒鬼，然后
> 酒最终把他送进医院，
> 然后他们做手术，而有一个可怜的妓女
> 在女病房中生了个孩子，就在
> 他们救这水手的时候，然后他们把孩子带来给他
> 当他醒来，然后说：
> > "给！这是我们从你身上取出来的。"
> （第12章）①

这里的诗行有着明显的戏谑成分，尽管其思想基础与神话有关。在古希腊神话中，宙斯把怀孕的墨提斯（Metis）吞掉，从头颅里生出女神雅典娜；他还把自己和塞墨勒不足月的婴儿缝入大腿，从而生出了酒神狄奥尼索斯。也就是说，男性似乎也能生育，而且不用子宫，身体的各个部位皆是孕育生命的容器。甚至在弥尔顿的《失乐园》中，撒旦也能生育，罪就是从他的大脑中生出来的。②类似的例子在庞德《诗章》第29章也有出现，比如：

> 我们的桑叶，女人，歌曲，
> "在你的子宫里，或是在我的脑海中，
> "是的，夫人，精确地，如果你会
> 适当造出任何东西。"
> （第29章）③

根据特雷尔，"在你的子宫里，或是在我的脑海中"是由"在你的子宫里爱又

---

① Ezra Pound, *A Draft of XXX Cantos* (New York: New Directions Publishing Corporation, 1997.), p. 56.

② 弥尔顿的《失乐园》是部宗教史诗，但他的撒旦却有着非基督教的成分。如果单纯从生命的角度，生育也不必一定区分雌雄。自然界中的蚯蚓、蜗牛都是雌雄同体的生物，而海马则是由雄性负责怀孕和生产的。

③ Ezra Pound, *A Draft of XXX Cantos* (New York: New Directions Publishing Corporation, 1997.), p. 144.

被点燃"和"爱，在我脑海诉说"两句诗并置而成的①，但庞德却只选取了"子宫"和"脑海"两个意象，前者突出了女性的孕育功能，后者则与宙斯生雅典娜或撒旦生罪恶如出一辙。但是，回到《诗章》，无论是庞德还是我们，抑或是那些医生，却谁也不会做这样的联想，不然只能是自欺欺人。然而，"诚实的水手"却似乎当了真。

套用今天仍旧流行的话说，水手并没有"生孩子"，而是典型的"被生孩子"，这可以从诗行中的戏说语气中看出。让他"被生孩子"的是医生，但医生实际上说的却可能是一个医学术语。比如，第 28 章中的一个片段，一位到医院生孩子的产妇，最后也是从她身上把孩子"取出来的"：

> 是我在这儿。向杰出的医生奥尔多·瓦鲁斯彻尼格
> 他用他智慧的力量
> 以艺术和兢兢业业的照料
> 从死亡那里夺取通过一场冒险的手术
> 经典的剖宫切
> 马罗蒂，维尔吉尼娅，在圣乔治的森尼
> 同时拯救她的儿子。
> （第 28 章）②

这段诗描写了一个名叫维吉尼娅·马罗蒂（Virginia Marotti）的女人难产，医生奥尔多·瓦鲁斯彻尼格（Aldo Walluschnig）通过冒险的剖宫产手术，终于让婴儿顺利降生，成功地拯救了维尔吉尼娅和她的孩子。尽管维尔吉尼娅的孩子也是取出来的，但人人都愿意认为他依旧是母亲所生的。归根结底，就生命而言，不管是生还是取，他始终都是生命。从这个意义上说，基于生命、尊重生命，本身就是对生命的态度。我们可以想象维尔吉尼娅曾在死亡线上徘徊，只是因为得到技术精湛的医生的帮助，通过剖宫产才生下了孩子。这与前一段诗中描写的天神造人形成鲜明对比，神只需轻松地"在泥里跺跺脚"就能造出人来。

---

① Carroll F. Terrell, *A Companion to The Cantos of Ezra Pound* (Berkeley, Los Angeles and London: University of California Press, 1993.) , p. 117.

② Ezra Pound, *A Draft of XXX Cantos* (New York: New Directions Publishing Corporation, 1997.), p. 133.

心理学告诉我们，每个人的内心实际上都是刚柔兼备的。亚里士多德把灵魂分为三类，其中的生物灵是一切动物（包括人）的共有特征。他还把灵魂与肉体分开，认为灵魂是永生的，肉体不是，所以生命就是灵魂。在拉丁语中，灵魂有阳性与阴性之分，前者为 animus，后者为 anima，二者同居于一个肉体之内。现代科学或许并不认可这样的理论，但男女性别的交融，以个体人物形象为出发点，却可以阐释人们内心何以会有男女两种性别认知，而且这两种性别认知还具有既相对独立又相互认同的特点。

正是这种认知特性，使"诚实的水手"的故事在《诗章》中显得异乎寻常。他选择相信医生的话，将那个"被出生"的孩子抚养成人。在这个故事片段中，两种性别的交融与互换十分突出。水手本为男性，绝不可能只因为喝酒而怀孕生子。但对于医生口中明显的谎言，水手的反应却是出乎意料的平静。他只是"看着这孩子"，病就好多了。这意味着与其说他接受了"生孩子"的戏说，不如说他的内心发生了变化。当他"看着这孩子"的时候，内心深处那个属于酒鬼的 animus 变成了柔美的 anima，愿意以"母亲"的身份去定位他与孩子的关系。对于在抚养孩子成人的过程中，他究竟在多大程度上给孩子以父爱，又在多大程度上给孩子以母亲般的温暖，我们不得而知。我们知道的是，他清楚地知道这个孩子被抛弃了，并因此而有了一种责任感。凭借这份责任，他脱离"酒鬼"的生活，成了一个真正的"水手"。还是凭借这份责任，他勤奋工作，存下不少工钱，先买下船的一部分股权，又买下另一半的股权，再买下整条船，最后买下整条轮船线。他成了一个富翁，也让孩子接受了良好的教育。可见，与其说他生了孩子，不如说他获得了自我的重生。

这个自我重生很好地诠释了水手对待生命的态度。这种态度不但使他自己获得了重生，而且使孩子获得了重生。当孩子读大学的时候，水手再次病倒了，生命危在旦夕，孩子赶往医院看望他，并一如既往地管他叫"父亲"。这一点属人之常情，因此并不奇怪。奇怪的是，在水手知道自己将不久于人世、无法继续照顾孩子时，他对孩子所说的下面一段话：

> "就是这个，小子，你说了它。
>
> "你称我为你的父亲，而我不是。
>
> "我不是你的爸爸，不，
>
> "我不是你的父亲而是你的母亲，"他说，

"你的父亲是斯坦布里的一个富商。"

（第 12 章）[①]

　　这样的话语看似非常突兀，甚至不着边际，实际却暗藏深意。我们知道，"母亲"是一个具有绝对的女性特点的词语。身为一个男人，水手却亲口说自己是孩子的母亲，这并不是说他的身体变成了女人或者具备了任何女性特征，也并不代表他肯定了孩子与自己的血缘关系，坚信孩子是从他肚子里出来的，而是要孩子重新定位自己。庞德是在水手弥留之际让他说这番话的。这个时间点很重要，而且，一向不顾语法规范的水手在时态上也显得特别讲究。比如，"你称我为你的父亲，而我不是"一句，其中"称"用的是过去时 called，而"我不是"用的是现在时 I ain't；又比如"你的父亲是斯坦布里的一个富商"用的也是过去时 Your fader was a rich merchant in Stambouli。这意味着"父亲"的角色存在于过去，"母亲"的角色则属于现在。从这个意义上说，水手的过去和现在已经互换了。他马上就要死了，以"母亲"的身份死去；而那个一度不务正业的酗酒的"穷水手"，则早在他"被生出"孩子的时候就已经死去了，尽管那个"父亲"曾经从一个"穷水手"变成了"一个富商"。

　　穷水手的故事堪称庞德版的励志故事：曾经很穷，自从意外得到一个男婴后，他变富了。他的情感发生了质的变化，变得像一个母亲，性情变"富"了；他的事业也发生了质的变化，成了一个富有的商人，经济变富了。总之，他脱胎换骨，成了一个再生的新人，而使他获得再生的是那个孩子。现在即将离开人世，他把自己称为孩子的母亲，是希望孩子能够重新认识他们之间的关系，学会重新面对曾经的生活，以此促成孩子的第二次生命。他诚实地面对自己，也希望孩子能同样诚实地面对生活。这样的态度，无论于他还是于孩子，都是基于对生命的孕育、感悟与尊重。

　　这种态度是否一直存在于水手的内心，我们无从知晓，因为庞德没有把它说出来。但庞德把它放进即将辞世的水手的口中，则反映了生命的意义和价值往往需要从死亡的角度才能看得真切。在《三十章草》的后续诗章中，庞德对高利贷尤苏拉的猛烈抨击、在《三十章草》内部对冥府的造访，从某种意义上说都是这种生命价值的延续与继承。这也是整部《诗章》的核心主题之一。

---

① Ezra Pound, *A Draft of XXX Cantos* (New York: New Directions Publishing Corporation, 1997.), p. 56-57.

水手告诉孩子，那个父亲已经成了过去，但并没有否定其存在，这也是颇富深意的。他似乎在向孩子（也在向我们）说：贫穷属于过去，财富也属于过去，你可以把它忘记，也可以把它记住，但生命永远属于现在，属于此时此刻。这是生的意义，也是死的价值。水手的一生所验证的正是这样的意义和价值。我们也不会再纠结到底谁是孩子的亲生父母，不再试图知道水手究竟做了什么，不再追问他的财产会怎么处理，因为我们知道，他已经给那个孩子（和我们）留下了最为宝贵的精神财富，以他那令人诧异的方式让那个孩子（和我们）认识了生命本身。

《三十章草》还涉及人们对生命的本能渴望，并通过这样的渴望彰显了女性乃是生命的载体这一核心主题。《诗章》第 16 章写的是战争，包括普法之战、希腊民族战争，以及第一次世界大战。其中有几行诗是这样的：

> 他们把奥尔丁顿放在山冈 70，在一战壕
>
> 　挖穿尸堆而成
>
> 同许多 16 岁的孩子一起，
>
> 嚎叫并哭喊着找妈妈，
>
> （第 16 章）①

这里呈现的是第一次世界大战的场景。"他们"指奥地利和匈牙利皇帝弗朗茨·约瑟夫一世（Franz Joseph I）和法兰西第二帝国皇帝拿破仑三世（Napoléon III）。弗朗茨·约瑟夫一世于 1914 年 7 月向塞尔维亚发出通牒，致使第一次世界大战爆发。拿破仑三世则挑起了克里米亚战争攻打俄国，又与奥地利开战，但他在普法战争失败之后就宣布退位了，并于 1873 年 1 月病逝，并没有机会参与第一次世界大战。奥尔丁顿即理查德·奥尔丁顿（Richard Aldington），是庞德组织的意象派诗人社团的成员，也是庞德的助手。1916 年他参加了不列颠军队。诗中描述了他与其他的年轻士兵一起在 70 号山冈的战壕里的情景。那些年轻的士兵大都 16 岁，在敌方的炮火下，一边在战友的尸体堆中挖出的战壕中藏身，一边嚎叫哭喊着要找妈妈。在这个特定的场景中，庞德不动声色地把三个事件并置在一起，显示了卓越的意象主义手法。同时他还将两样情感巧妙地揉捏在一起：一是战争

---

① Ezra Pound, *A Draft of XXX Cantos* (New York: New Directions Publishing Corporation, 1997.), p. 71.

的残酷，二是母亲的呵护，二者揉捏的结果就是"妈妈"。这里的"妈妈"已然成了饱受战争之苦的士兵的天。这本来不足为奇，因为日常经验告诉我们，每当有什么不幸降临时，我们本能的呼喊就是"妈妈"。但把这样的日常语言放在战场上时，它就远远超越了日常用语的功能，成了对生命的本能呼喊。借用庞德"作诗＝浓缩"的表述：妈妈＝生命。

妈妈＝生命。这样的表述不仅属于"16岁的孩子"，也属于30多岁的壮年。比如在转述战争及其对人们的影响时，庞德曾这样写道：

> 34岁的男人们，四腿着地
> > 哭喊"妈妈"。
> （第16章）[①]

如果说16岁哭着喊妈妈是一种常情，那么当34岁的成年男人也在哭喊妈妈时，"妈妈"就不再仅仅是对幼稚者的呵护了。在第13章中，庞德让孔子在柏树叶上写下"秩序"之后指出，孔子不谈身后之事，但却增加了孔子及其弟子的下列对话：

> 他们说：一个人若犯了谋杀罪
> > 他的父亲应该保护他，藏匿他吗？
> 而孔子说：
> > 他应该藏匿他。
> （第13章）[②]

由此可以看出，即便是一个杀人犯，他的生命也应该得到保护。这是庞德的孔子，更是庞德对生命的敬畏。在第16章中，庞德并没有正面描写战争，却给出了阵亡者的具体数字："（这结束了战争。）/官方的死亡名单：5 000 000。"[③]可以想象，这么庞大的人群，当他们置身于生死只在瞬间的战场上时，他们有多少人

[①] Ezra Pound, *A Draft of XXX Cantos* (New York: New Directions Publishing Corporation, 1997.), p. 72.

[②] Ezra Pound, *A Draft of XXX Cantos* (New York: New Directions Publishing Corporation, 1997.), p. 59.

[③] Ezra Pound, *A Draft of XXX Cantos* (New York: New Directions Publishing Corporation, 1997.), p. 73.

曾在内心哭喊过"妈妈"。可以想象，在他们的心中，"妈妈"已经不再仅仅是一个称谓或一种温暖，而就是生命本身。生命的顽强与脆弱、对生命的渴求与呼唤，以及通过生命对人性的张扬，所有这一切都显示，女性确实是一个能让这一过程得以延续的实体。

对生命的坚守，是横贯《三十章草》的基本主题。第1章的奥德修斯之旅之所以要首先到达冥府，乃是为了从提瑞西阿斯的口中获得神谕，而这神谕就是奥德修斯即将面临的生命历程。所以从本质上说，奥德修斯的冥府之旅就是其生命之旅的一部分，而这也是阿佛洛狄忒会出现在第1章末尾的根本原因，同时也是第30章要以象征生死轮回的阿耳忒弥斯为开篇的根本原因。阿耳忒弥斯是大地女神，宇宙间的一切生灵都因她对女儿的思念而处于永恒的生死轮回之中。从这个意义上说，她既是一个女神，也是普通女性的化身，还是生命的之所以永恒的象征。《三十章草》中的所有形象，无论男性还是女性，无论奥林匹斯山的众神还是伦敦那个活地狱中的扭曲的普通人，他们的存在都是庞德的生命观的形形色色的外在表征。

第二节　基于自由的人性释放

古往今来，对自由的追求从来不曾有过中断。对女性而言，爱情、婚姻、幸福等美好的词语，大多与自由有着或多或少的联系。对自由的诠释，迄今为止依旧令人感慨，或许是匈牙利诗人裴多菲的著名诗句：生命诚可贵，爱情价更高，若为自由故，两者皆可抛。这壮美的诗行，曾是无数仁人志士的生命写照，但将其用于女性似乎也并不逊色，因为她们对自由的向往并不亚于男性，甚至悲苦，如前文所分析的普罗克涅和萨拉曼达的故事。尽管庞德主张以意象取胜，反对情感滥用，可读到化作燕子的普罗克涅那无法获得回应的悲凉哭喊，以及萨拉曼达那无处哭诉的绝望自杀，谁又不会为之动容呢？类似的例子在《诗章》中非常多，俨然就是追求自由而又没有获得自由的一个范式。与之相反的故事，即真正获得自由的例子，在《三十章草》就显得较为稀少。而这种稀少反而使她们的形象更显突出，她们的勇气、执着与美丽，给人的印象也尤为深刻。

首先是美丽。美是男女老少共有的一种情结，正所谓爱美之心人皆有之。《三十章草》中的女性，除了所谓地狱诗章中那些令人恶心的怪物，大多非常美丽，而庞德也不惜直接用"美人"来称呼她们，比如：

> 美人在驴推车上
> 坐在五袋要洗的衣服上
> 本是途经在佩鲁贾边的那条路
> 出来通往圣皮耶罗。棕色黄水晶的双眼，
> 溪水淌过棕色沙滩，
> （第 29 章）①

这是庞德在旅途中看到的场景，既有强烈的现实主义色彩，也有浓厚的浪漫主义特点。佩鲁贾（Perugia）是意大利翁布里亚（Umbria）的首府，地貌近似于中国的重庆，具有丰富的"前罗马时代"文明遗迹，也是圣瓦伦丁（情人节以他的名字命名）的故乡。圣皮耶罗（San Piero）指比萨的圣皮耶罗教堂，外形很像马拉泰斯塔神殿，里面的壁画在布局上也有相似之处。美人（Beauty）坐在驴车上，带着五包要洗的旧衣服，一双水灵的黄水晶般的眼睛格外引人注目。

肯纳在谈到女性时，曾以《诗章》第 81 章中"你的眼睛"、《面具》中"她的眼睛"和《莫伯利》中"沮丧的眼睛"等为例来说明不同类型的女人，如无情的女人、漠然的女人和飘忽的女人。他的理论依据是："在每个伟大的艺术时期都有具备其特征的化身。每次她出现在庞德的诗中，我们都能从她的眼睛辨认出来。"②而在上述引文里，庞德则用"黄水晶的眼睛"来表示单纯的美人。她行进在两个城市之间，心里装着对神的虔诚。

《三十章草》中的美女，除了眼睛之美，还有装束之美。而对装束的描写则有时也包含性的暗示，体现着最为本能的人性释放。比如，在第 23 章中，庞德就以少有的优美文笔，给我们呈现了一个天堂般美丽而宁静的自然环境，并同时描写了一对恋人于金秋时节在那里共同度过的美好时光：他们自由自在地躺

---

① Ezra Pound, *A Draft of XXX Cantos* (New York: New Directions Publishing Corporation, 1997.), p. 145.

② 休·肯纳《破碎的镜片与记忆之境》，李春长、张娴译，见（蒋洪新、李春长选编《庞德研究文集》，南京：译林出版社，2014 年），第 307 页。

在挂满玫瑰的屋里，享受着最为真诚的惬意生活，直到有声音从外面传来才起身探看：

> 当我们站在那儿，
> 从窗户看马路，
> 法寒和我都在窗前，
> 她的头上绑着金绳。
> （第 23 章）[①]

"我们"是尼科洛和法寒（Fa Han）。诗中的法寒究竟是谁，我们并不知道，也许是多情的尼科洛在其游历中遇到的一个女子。她与尼科洛的众多艳遇中的那些希腊女孩和威尼斯女人不同，她在诗章中有名有姓，她与尼科洛的妻子们也不一样；更重要的是，她所在的地方没有政治也没有斗争，只有美丽的自然景色和平静的心情。她代表着尼科洛内心的天堂，平静而纯洁。这一形象与索皮希雅（Sulpicia）非常相像，但后者的性爱色彩更加浓厚，属于本能的人性释放的信息也更加突出：

> "把担心放在一边吧，塞林多"
> 躺在那儿，长长的柔软的草，
> 　　而长笛放在她的大腿边，
> 索皮希雅，农牧神，嫩枝茁壮，
> 　　聚在她的周围；
> 这液体，草地之上
> 西风，穿过她，
> 　　"神不伤害恋人们。"
> （第 25 章）[②]

索皮希雅是古罗马女诗人。有关她的故事，学界有两种说法，一种观点认为

[①] Ezra Pound, *A Draft of XXX Cantos* (New York: New Directions Publishing Corporation, 1997.), p. 108.

[②] Ezra Pound, *A Draft of XXX Cantos* (New York: New Directions Publishing Corporation, 1997.), p. 117-118.

她是奥古斯都时期的诗人，为她的心上人塞林多（Cerinthus）写过很多诗，其中的一部分流传至今；另一说法则认为她就是萨福（Sappho）。庞德所认可的显然是第一种说法，所以在诗中给出了她恋人的名字。上引诗行充满了性的暗示，属于西方文学中以灵与肉的结合为核心的爱情诗。在那种类型的爱情诗中，女性都属于肯纳所说的"无情的美人"。但在庞德这里则是完全自由、完全开放的美女：安静、温柔、体贴，而且即便有什么风吹草动也不会有丝毫担忧，反而鼓励自己的恋人全身心地投入他们的小小世界。

　　人性的彰显不仅仅只有性，或者仅仅是对异性的爱恋，还有对某种喜欢的事物的率性的爱恋，比如艺术。比如，下列诗行就表现了一位"洗衣妇"对赋格曲的由衷的喜欢：

布森托罗在那年唱它，

1908，1909，1910，然后有

一位年老的洗衣妇敲打着她的搓衣板，

那会是 1920，用嘶哑的声音，

唱"紧紧相拥！"而那是最后的

直到这一年，'27，

（第 27 章）[①]

135

　　根据诗章，在 1908—1910 年的三年间，布森托罗（Bucentoro）的曲子非常流行，以至于在 1927 年，一个年老的洗衣妇还在一边敲打着洗衣板上的衣服，一边用嘶哑的声音唱着那些老旧的曲调。从诗文中可以看出，这位没有姓名的洗衣妇对赋格的热爱，没有任何外因的作用，完全是出于她的本心。庞德并没有告诉我们这个洗衣妇在哪里，但当他变换一个场景后，我们却发现都市里也有人在演唱赋格曲，而且还颇显时髦：

带出去佛罗里多拉的传单，

又带回来一个红头发的妈妈。

---

① Ezra Pound, *A Draft of XXX Cantos* (New York: New Directions Publishing Corporation, 1997.), pp. 129-130.

带有克拉拉·戴勒布斯的风格，唱着"紧紧相拥。"
（第 27 章）[①]

佛罗里多拉（*Floradora*）是一部歌剧的名字。一位音乐出版商带着歌剧《佛罗里多拉》的传单出去分发，却带回来"一个红头发的妈妈"，说明克拉拉·戴勒布斯的风格就是红头发的乡村风格。克拉拉·戴勒布斯是法国诗人弗朗西斯·雅姆（Francis Jammes）于 1899 年出版的同名散文集中的一个乡村女孩。故事讲述了天真无邪的克拉拉偶然发现了一个神秘的坟墓。在好奇心的驱使下，她终于找到了墓主人留下的一封遗书。她从遗书中得知，这个坟墓的主人是自己叔叔的情妇，由于发现自己怀孕便自杀了。这个真相对克拉拉的影响很大。在她被一个男人亲吻之后，便认为自己也会怀孕，于是断然结束了自己的生命。可以说克拉拉是无知的、幼稚的，而克拉拉风格代表的就是乡村的、不经世事的、幼稚无知的风格。当这种风格成为一种普遍的时尚的时候，它本身就是对社会的极大的讽刺。红发的妈妈显然已不再年轻，但却带着时髦的克拉拉风格，给人以愚蠢、滑稽的感觉。但正是这种感觉，却从另一个层面彰显了人性的光辉。

直到这一年，'27，安吉迪旅馆，在米兰，
带有克拉拉·戴勒布斯风格，
有她们湖水般和狐狸般的眼睛，
带着"贝内特演奏精灵的华尔兹"的感觉
（第 27 章）[①]

在这里我们再次看到了女性的眼睛，明显属于那种既美丽又狡猾的女性。但她们也像红发的妈妈一样，透着特有的任性。这里的最后一行为法语 Benette joue la Valse des Elfes，其中 la Valse des Elfes（精灵的华尔兹）是流行于当时的一首钢琴圆舞曲，像布森托罗的曲子一样，也是旧曲新唱。这些以往的艺术形式，虽然各有不同的故事，却都在后来重新焕发了生机，成为新的时尚。而这恰好是《诗章》第 27 章的主题，并在开头一行就直接出现在读者眼前：Formando di disio nuova persona。

[①] Ezra Pound, *A Draft of XXX Cantos* (New York: New Directions Publishing Corporation, 1997.), p. 130.

　　根据达文波特，这行诗出自 13 世纪意大利诗人圭多·卡瓦尔坎蒂，庞德将其译为"以欲望塑造新人"。达文波特由此以"日日新"来指称整个《诗章》中的第 27 章。[①]"日日新"是庞德翻译儒家经典《大学》的"苟日新，日日新，又日新"时所用的术语，后来又将其直接放在《比萨诗章》中。据此，《三十章草》中那些率性的女性都是"以欲望塑造的新人"，是庞德"日日新"的创作意图的具体表现，也是基于自由的人性释放的典型代表。上面分析的人性之美就是庞德的新型女性的一大特征。

　　除了人性之美，勇气是庞德的新型女性的又一特征。在《三十章草》中，最能代表勇气的是女同性恋者、女商人和女飞行员。比如，在下列诗行中，庞德就刻画了携手同行的"一对女人"：

　　　　然后从"晚星……"

寂静的更老的歌："光亮从海浪尖褪去，

"在利迪亚与成双成对的女人们散步

"与众无双，有一次在萨迪斯

"饱足……

　　　　光亮从海上褪去，而许多东西

"焕发开来又想起你，"

（第 5 章）[②]

137

　　诗中这"成双成对的女人们"，庞德并没有给出她们明确的名字和身份，然而却给了她们 12 行的篇幅，暗示了她们不是一般的角色。那么这对神秘的女人是谁呢？又是谁与她们同行呢？诗文显示，这是一支老歌（即艺术）里的内容，所以特意用了引号。那支老歌唱道："许多东西/焕发开来又想起你"，这句诗在 6 行后再一次重复，并在后面明确了"你"即为艾提斯（Atthis）："回想起你，艾提斯，没有结果。"[③]可见，歌中的"想起你"中的"你"也就是艾提斯，而与一对女人同行者就可能是艾提斯的旧情人，即女诗人萨福。特雷尔在《埃兹拉·庞

---

① Guy Davenport, *Cities on the Hills: A Study of I-XXX of Ezra Pound's Cantos* (Ann Arbor: UMI Research Press, 1983.), p. 235.

② Ezra Pound, *A Draft of XXX Cantos* (New York: New Directions Publishing Corporation, 1997.), pp. 17-18.

③ Ezra Pound, *A Draft of XXX Cantos* (New York: New Directions Publishing Corporation, 1997.), p. 18.

德〈诗章〉手册》中解释道："萨福被她的爱人艾提斯背叛。"①同时还指出艾提斯因为抛弃了萨福转而爱上安卓美达而受到了谴责。据此，可以推测出这对女人有可能是艾提斯和安卓美达。

萨福是古希腊的著名女诗人，她常在诗作中抒发自己对同性年轻女子的倾慕之情。当时的希腊人对同性间的爱情很宽容，使得萨福那些带有强烈的同性恋色彩的诗歌得以广为传颂，萨福也深受故乡人民的崇拜，她的头像被刻在流通的银币上。现代女同性恋的一些词汇都与萨福有着极深的渊源，如女同性恋 lesbian 一词就来源于萨福的居住地莱斯博（Lesbos），而另一个代表女同性恋的词 Sapphism 则来源于萨福的名字本身。萨福曾在她的诗中书写过对艾提斯的爱及自己在艾提斯离开后的绝望心情：

> 我爱你，艾提斯，很早以前
> 甚至是你在我看来似乎还是
> 一个小野娃娃的时候。
> 但你憎恨我这心思，艾提斯，
> 你随安卓美达去了。
> 说真的，我希望我已经死了。
> （萨福诗选）②

"成双成对的女人们"原文作 pair'd womem，"成双成对"不仅在数量超过了"两个"这一数字意义，而且还包含了爱情关系的情感意义。这体现着庞德的用词十分准确。"没有结果"原文作 unfruitful。特雷尔认为这是理查德·奥尔丁顿在翻译萨福作品时的误读：把"温柔"当作了"没结果"。而庞德或有意或无意地在此沿用了这个误读，使得"没有结果"的含义合理且丰富起来。许多东西被放在甲板上，却无法让艾提斯想起来，当爱人背叛了自己，萨福在艾提斯身上播下的爱情的种子只能是无果的；不管艾提斯是和萨福在一起还是和安卓美达在一起，同性的恋情不会繁衍后代，从这个意义上说也终将归于"没

---

① Carroll F. Terrell, *A Companion to The Cantos of Ezra Pound* (Berkeley, Los Angeles and London: University of California Press, 1993.) , p. 18.

② http://www.uh.edu/~cldue/texts/sappho.html.

有结果"。

　　萨福对安卓美达的感情是对同性的新鲜的感情的迷恋，而对艾提斯的感情则是对过去情感的怀念。同性恋问题至今还在很多国家被视为禁忌，庞德却在这里对之作了歌颂。虽然价值取向并不明显，但我们仍然能从中感受了女同性恋的勇气，感受到这种勇气之于人性的意义。

　　如果说同性恋只限于个人的生活状态，更多地带有私密性，那么对女性来说，获得与男性平等的工作则属社会层面的追求，堪称获得自由人格的最高认同，因此往往需要付出更大的勇气。在《三十章草》中，露丝·埃尔德（Ruth Elder）的故事对此有着较为充分的体现。[①]在第 28 章中，庞德以报纸上的新闻为切入点，描述了一个惊世的事迹：飞越大西洋。露丝·埃尔德是一名来自阿拉巴马中产阶级家庭的女飞行员。当她听到查尔斯·林德伯格（Charles Lindbergh）成功穿越大西洋的消息时，便下决心成为第一个驾驶飞机越洋的女飞行员，以此证明男女平等，即男人能做到的事，女人同样也能做到。因此她还向媒体宣布自己也要做飞越大西洋的挑战。那时她 23 岁，她选择了男飞行员乔治·霍尔德曼（George Haldeman）作为飞行搭档，还为她的飞机取名为"美国姑娘"。在冬季飞越大西洋很危险，然而因为当时还有其他一些女性也跃跃欲试，为了争得"第一"的名头，她毅然选择了在 1927 年 10 月 24 日这天起飞，开启了从纽约直达巴黎的越洋挑战。[②]然而她并没有成功地抵达巴黎。当飞行到离亚速尔群岛（Azores）还有 360 英里[③]的时候[②]，她的飞机却驶入了"黑暗"：

> 进入黑暗，
> 上面什么都看不见只有漆黑一片，
> 冰的重量在机身上
> 载入暴风雨，乌云裹住他们的双翼，
> 黑夜的凹洞在他们下方
> 然后黎明坠入海中

---

　　① 有关露丝·埃尔德的故事，参见 Julie Cummins, *Flying Solo: How Ruth Elder Soared into America's Heart* (New York: Roaring Book Press, 2013.).

　　② Rosalie Schwartz, *Flying down to Rio: Hollywood, Tourists, and Yankee Clippers* (College Station: Texas A&M University Press, 2004.), p. 218.

　　③ 1 英里 ≈ 1.609 千米。

但在晚上既看不见天也看不见海

然后找到船……为何？……如何？……在亚速尔群岛附近。

（第 28 章）①

　　庞德仔细地描写了糟糕的天气。他们遇到了暴风雨，视线极差，"什么都看不见只有漆黑一片"，云是黑的，不是云的地方也尽是黑洞。在飞机坠海之后，仍然看不到天空，也看不到海洋。诗句中的"为何""如何"之后都有一个问号和省略号，之前也都有省略号。省去的不仅仅是挑战失败之后的一系列情节。他们在黑暗中飞行，本来就摸不清方向，看不见周遭，在落水之后更是恍惚，"为何"及"如何"的询问更表现出露丝和乔治当时的精神状态。他们既不知道飞机坠落的具体原因和过程，也不知道自己是怎样被船只发现和解救的，只知道在亚速尔群岛附近。

而她是一个在沐浴的美人，阿肯色或德克萨斯小姐

而这男人（当然）类似无名氏

既非不吸烟者或不喝酒的海报

也非皮奥里亚的密码；

（第 28 章）②

　　露丝虽然没有挑战成功成为第一个飞越大西洋的女飞行员，然而她依然是第一个尝试飞越大洋的女子。尽管她没有顺利着陆，而是掉进了海里，但她仍然是人们心中的英雄，所以漂在海面上的她，俨然就是一个"沐浴的美人"。"阿肯色或得克萨斯小姐"本是对选美中的优胜者的称号，而在这里则表达了诗人对露丝的精神和勇气的赞美。

　　相对于露丝的绚烂光环，她的搭档乔治却是另一种待遇。同为飞行员，同在一架飞机上，一同进行越洋挑战，也一同经历了暴风雨和迫降，然而世人对二者的态度却大不相同。一个是得到赞美和名气的女性；一个却是"无名氏"，连禁烟禁酒之类的小广告也没有他的份儿。历史地看可能有两方面的原因：客观原因

---

① Ezra Pound, *A Draft of XXX Cantos* (New York: New Directions Publishing Corporation, 1997.), pp. 139-140.

② Ezra Pound, *A Draft of XXX Cantos* (New York: New Directions Publishing Corporation, 1997.), p. 140.

是露丝是第一个尝试越洋的女性，而乔治却不是第一个越洋的男性；主观原因则是女性的自身崛起，及其在很多领域所展现出的勇气和能力。从文学的角度，庞德之所以要在诗中作如此强烈的对比，在于他把露丝看作一位先锋人物，是他的创作意图的反映，是他从男性角度对露丝及其勇气的一种礼赞。

在露丝的故事之后，庞德紧接着还写了另一个女飞行员埃尔茜·麦凯（Elsie Mackay）。但与"沐浴的美人"露丝不同，埃尔茜得到了很不相同的评价。庞德在诗句中直接称她为"黑眼睛的婊子"：

> 或是独眼的亨奇克里夫和埃尔茜
> 黑眼睛的婊子她嫁给了亲爱的丹尼斯，
> 飞出去进入虚空
> 而她父亲也是个狗娘养的
> 使得婚姻无效。
> （第 28 章）①

这里的埃尔茜即埃尔茜·麦凯，她是英国女演员、女飞行员，1893 年出生于印度。露丝的飞行事迹极大地影响和鼓舞了她，所以她决定要驾驶飞机穿越大西洋。与露丝一样，她也选择了一个搭档，即独眼的沃尔特·欣奇克利夫（Walter Hinchcliffe）。②然而 1928 年 3 月 13 日，就在他们的越洋挑战开始 5 个小时之后，"飞机进入虚空"，他们和飞机随即一起消失，直到 8 个月之后才有飞机碎片在北爱尔兰被冲刷上岸。

从诗文看，庞德对埃尔茜的态度显得比较矛盾，对她的父亲则是十分厌恶。他称埃尔茜为"黑眼睛的婊子"，称她的父亲也是"狗娘养的"。埃尔茜的父亲詹姆斯·麦凯（James Mackay）可谓身份显赫，拥有伯爵头衔，是英国半岛东方航运公司（P&O）总裁、孟加拉商会会长，也是一个殖民者，与庞德坚决反对的高利贷密切相关，庞德对他加以谩骂是顺理成章的。庞德称埃尔茜为"黑眼睛的婊子"，其中"婊子"一词可能与她父亲这种身份有关，而"黑眼睛"则是庞德

141

___
① Ezra Pound, *A Draft of XXX Cantos* (New York: New Directions Publishing Corporation, 1997.), p. 140.
② 沃尔特·欣奇克利夫的飞机于 1918 年在第一次世界大战中被敌军的击中，他幸运地活了下来，却失去了左眼的视力。

用以彰显女性特色的词语。说她"嫁给了亲爱的丹尼斯"则指埃尔茜与丹尼斯私奔，说的是她敢于追求自己的个人幸福。庞德对埃尔茜的态度包含太多的内容，但是无论他的评价如何，埃尔茜的行为及其所彰显的意义却是实实在在的：她获得了释放个人自由的机会，并将其付诸实施。历史上的埃尔茜，其飞行计划曾遭到她父亲的反对，可她仍旧毅然决然地实施了自己的计划；她清楚地知道露丝·埃尔德的飞行是以失败告终的，可她依然选择了与自己的搭档"进入虚空"。她是一个了不起的女性，她的最终失败，反而更加彰显了她的勇气与决心。从这个意义上说，庞德对她的态度，反映的是庞德自己的矛盾心理，而非她的勇气。

女性的勇气，还反映在她们敢于做走南闯北的商人。比如，下列诗行中的两个年轻女子就自称为"克里地亚商人"：

> 在那个推销员的旅馆会客室里，
> 两位年轻女士带着她们的地方味儿：
> "不，我们是克里地亚商人，商人，
> "在我们历史中没什么奇怪的。"
> "不，不是卖，而是买。"
> （第 27 章）[①]

庞德没有描写她们的衣着，但她们的"地方味"足以表达出她们身上浓厚的乡土气息。从她们的语言看，句句都是在辩解，越发显得她们与城市的格格不入，能够猜测到与她们对话的人不知道她们来自克里地亚，也不知道她们是商人，并且觉得她们的历史很奇怪，还误以为她们是来卖东西的。在《三十章草》中，这样干净的商人不多，却为《诗章》后来对于商人，特别是高利贷者和银行家的呈现埋下了伏笔，同时也与《地狱诗章》中那些受尤苏拉控制的芸芸众生形成了鲜明的对比，因而具有结构上的意义。

基于自由的人性释放的另一特征是执着。就《三十章草》而言，这一特征在两则有关女传教士的故事中显得尤为突出，一是克拉拉·莱奥诺拉（Clara Leonora），二是弗洛伦斯·法尔（Florence Farr）。她们的故事都是真实的，但前者更多地倾向于历史真实，而后者则更多地属于艺术的真实，是庞德用以组装

---

① Ezra Pound, *A Draft of XXX Cantos* (New York: New Directions Publishing Corporation, 1997.), p. 130.

其《诗章》的一系列"戏剧元素"①之一。

　　克拉拉·莱奥诺拉是庞德在宾夕法尼亚大学的同学。她和庞德一样，都选修过胡戈·伦纳特（Hugo Rennert）教授的课程。在第 28 章中，庞德用了较大的篇幅来描写克拉拉：

> 克拉拉·莱奥诺拉会喘着气来，以至于
>
> 当她到梯子底的时候就能听见，
>
> 方形的，矮胖的，用她歪斜的钢架眼镜
>
> 和她杂促的话以及她满脸的牙齿
>
> 然后老瑞纳特会重重地叹气
>
> 又从他镜片上方看过来
>
> （第 28 章）②

143

　　与《诗章》中的大多数女性形象不同的是，克拉拉是一个血肉丰满的艺术形象。她到教室上课时喘着粗气，而且老远就能让人听见，暗示她生怕迟到，是跑步来到教室的，表现了她积极进取的学习态度。她矮胖的体型呈方形，说明她并不美丽，而且钢架眼镜歪斜地架在她的脸上，说明她不善打扮，也暗指她在跑步而来的过程中的急促。她说话时语气杂促，表现的是她跑步上课，气儿还没有理顺。"满脸的牙齿"则是她的表情，暗示她露着满口牙齿在笑，表示她的一种心态。这一切表明，克拉拉是一个可爱的女生形象。

> 她会带着纸风车在课间后到来
>
> 想着格里尔帕策或者——帕拉策
>
> 或格里之后的无论什么——，杰出的大师
>
> 李斯特先生去过她父母的家
>
> 让她在他流行的膝上
>
> （第 28 章）②

---

① Henry Sussman, *High Resolution: Critical Theory and the Problem of Literacy* (Cary: Oxford University Press, 1989.), p. 152.

② Ezra Pound, *A Draft of XXX Cantos* (New York: New Directions Publishing Corporation, 1997.), p. 135.

　　格里尔帕策指的是弗朗茨·格里尔帕策（Franz Grillparzer），奥地利编剧、诗人。克拉拉拿着纸风筝，脑子里想的是格里尔帕策和与格里尔帕策有关的一切东西。李斯特先生指的是弗朗茨·李斯特（Franz von Liszt），杰出的匈牙利作曲家。在克拉拉小时候，李斯特曾到她家做客，还把她抱在自己的膝盖上。克拉拉与著名诗人和权威作曲家的联系，表明了她深受他们的影响。而在诗歌方面，她则有自己的立场和见解：

> 她主张十四行诗就是十四行诗
> 而且绝不该被破坏，
> 也去修了很多课程
> 带着继续取得学位的希望
> 终结于一所浸会女子寄宿学校
> 　　　　格兰德河附近的某个地方

（第 28 章）①

　　像庞德一样，克拉拉非常勤奋，学了很多课程，希望得到各种学位。与庞德不同的是，她没有当萨福一样的诗人，而是选择了做一位传教士，所以她最后去了格兰德河附近的一所浸会女子学校，在那里从事自己喜欢的工作，直到死去。庞德对克拉拉的这个决定似有不解，所以用了"终结"（ended）表示转折，并且也只讲到她去了位于美国西南部与墨西哥交界的格兰德河（Rio Grande）。至于克拉拉为什么选择这样一个偏远的地方，以及她在那里究竟做了哪些事情，我们只能从上下文去猜测。所谓"上文"即"浸会女子寄宿学校"，而"下文"则是另一个女传教士的故事：

> 从他们的女人那儿他们想要更多
> 想要她们顶起一点点
> 然后派去找老师（锡兰）
> 所以罗伊卡去了并死在那里

---

① Ezra Pound, *A Draft of XXX Cantos* (New York: New Directions Publishing Corporation, 1997.), pp. 135-136.

在她参加后易卜生运动之后。

（第 28 章）^①

  这里第 1～2 行是紧接克拉拉而来的，暗示着克拉拉所从事的是教育工作，而这也是罗伊尔所从事的工作，这是庞德惯用的拼贴手法，用以表示克拉拉和罗伊尔的具体工作内容都是"提高"别的女人，亦即为那些女人带去上帝的福音。

  诗中的罗伊卡（Loica），根据特雷尔，指的是叶芝的朋友、女演员弗洛伦斯·法尔。^②她是一位著名的英国演员、作家、制片人、导演、教育家、社会活动家、女性主义者。她的父亲威廉·法尔（William Farr）是个医生，也是南丁格尔（F. Nightingale）的朋友，所以以南丁格尔的名字弗洛伦斯为女儿命名。弗洛伦斯从牛津的皇后学院毕业后做了教师，因为声音甜美、天生丽质，不久便转行当了演员。她是英国第一个在易卜生戏剧中演出的英国女演员，所以庞德说"她参加后易卜生运动之后"，借以指她开创了女性出演易卜生戏剧的先河。她的朋友包括萧伯纳（G. Bernard Shaw）、叶芝、庞德、王尔德（O. Wilde）等一大批所谓"世纪末"（fin de siecle）名人，萧伯纳和叶芝还专门为她写过剧本。她是萧伯纳笔下的"新女性"，也是叶芝的心灵神秘主义团体的成员，还是伦敦神智学会（the Theosophical Society）的会员，并通过神智学会认识了斯里兰卡的拉曼纳森（Sir Ponnambalam Ramanathan）。拉曼纳森是个灵修导师，也是斯里兰卡泰米尔政府成员。1912 年，当弗洛伦斯得知拉曼纳森在斯里兰卡创办了拉曼纳森女子学院后，她辞去了所有头衔，变卖了所有家当，毅然前往斯里兰卡，亦即庞德诗中的锡兰。她被任命为女子学院的院长，全面管理整个学院，直至生命的结束。庞德在诗中把弗洛伦斯的工作称为"从他们的女人那儿他们想要更多"。

  人们一般认为，1908 年，庞德从意大利到伦敦之后就认识了罗伊卡（即弗洛伦斯）^③；后者也常到庞德在伦敦的公寓做客，甚至庞德在 50 多年后仍然清晰地

145

---

① Ezra Pound, *A Draft of XXX Cantos* (New York: New Directions Publishing Corporation, 1997.), p. 136.

② Carroll F. Terrell, *A Companion to The Cantos of Ezra Pound* (Berkeley, Los Angeles and London: University of California Press, 1993.) , p. 113.

③ Demetres Tryphonopoulos, *Celestial Tradition: A Study of Ezra Pound's The Cantos* (Waterloo: Wilfrid Laurier University Press, 1992.), p. 69.

记得她坐在前厅读泰戈尔的情形。[①]言下之意,诗中的这位女性完全是历史的真实。事实也确实如此,弗洛伦斯于 1860 年生于英国肯特郡的比克利,1880 年第一次做教师,1912 年再次回归教育,直到 1917 年死于斯里兰卡首都科伦坡。但是庞德同时省去了她生平中的很多重大事件,仅把她在斯里兰卡的教学活动看作一种传道行为,表明她更多的是一种艺术的真实,故而并没有用弗洛伦斯来称呼她,而是称她为罗伊卡,并把她在斯里兰卡的办学等同于克拉拉在浸会女子寄宿学校的教学活动。这一切表明,庞德所在乎的更多的是她们对自己信仰的坚守。

从驴车上的美人到索皮希雅的率性、从勤劳的洗衣妇到时髦的红头发的妈妈、从飞行员到传教士,这些女性都能自主地掌控自身命运,她们与同属《三十章草》的很多其他女性一道,是整部《诗章》的有机组成部分。但她们却属于不同的形象类型。首先,她们都与庞德属于同一时代,或是庞德的同学与朋友,或彰显着庞德对人性的阐释,都是庞德心中的理想女性。其次,她们都是一个个鲜活的艺术形象,焕发着自由的光辉。她们让庞德感动,庞德则企图让她们在自己的诗中获得不朽。

第三节　基于真爱的人间天堂

人们梦寐以求的,除了自由,还有真爱。在历史长河中,人们对真爱的追求从来不曾有过停留。但是由于文化、信仰、个体等的不同,有关真爱究竟是什么的问题,迄今为止依旧见仁见智,并无公认的结论。有鉴于此,对于《三十章草》中的真爱,最为妥当的方法或许是通过对文本的阐释,从中探究庞德究竟是如何通过一系列艺术形象加以呈现的。于是我们便可以发现,《三十章草》之于整部《诗章》的一个重要特征,就在于它有着更多的女性形象,而且这些女性形象基本都处于这样或那样的情感漩涡之中。在形形色色的情感漩涡中,最为动人的便是人与人之间的真诚依恋,这种真诚依恋就是真爱。

在《三十章草》中,真爱显得特别有力,尤其是母女之间或恋人之间的真诚依恋,不但直接关乎两个人,而且关乎整个家族,甚至整个国家。当庞德把这样的观念用于对神的描写时,还直接关乎四季轮回或整个人类。从一个又一个故事

---

① Demetres Tryphonopoulos, *Celestial Tradition: A Study of Ezra Pound's The Cantos* (Waterloo: Wilfrid Laurier University Press, 1992.), p. 93, n. 5.

的角度，无论神还是人都有各不相同的细节描述；从一个整体的角度，则有真爱就意味着天堂或幸福，否则便意味着地狱或不幸。以前文已经分析过的科瑞与得墨忒耳为例，得墨忒耳对科瑞的依恋是那么强烈，以至于每当她们母女在一起的时候，整个世界就会生机盎然，反之则大地一片荒凉。从某种意义上说，甚至奥德修斯的整个文化之旅也都是在真爱的名义下实现的，否则就不可能有第 1 章的故事，也就不会有因为阿佛洛狄忒的出现而来的《天堂诗章》。即便普罗克涅的悲剧、木头人的凄凉等，也都是缺失真爱的结果。鉴于《三十章草》中的形象涉及神与人两大部分，而有关神的部分又基本属于神话传说，所以我们将主要以有关人的部分为重点来分析《三十章草》中的真爱主题。

《三十章草》中第一个关于真爱的故事见于第 3 章所呈现的佩德罗（Pedro）与伊内斯（Ignez）的爱情。他们的爱可谓感天动地，让人长叹短嘘，因为我们都会为伊内斯没能自由地享受佩德罗的爱而惋惜，也会为佩德罗终于能公开表达自己的真爱而动容。根据达文波特，第 3 章的主题是罗马的废墟，包含两个"形象"（ideogram），一是想象中的阿卡迪亚（即世外桃源），二是阿卡迪亚的再发现，其中第二个形象的核心是伊内斯女王的加冕。[①]通过这个故事我们发现，较之于对自由的追求，对真爱的追求更加动人：

> 伊内斯·达·卡斯特罗被谋杀，一堵墙
> 在这儿拆掉，在这儿立起来。
> 沉闷的浪费，颜料从石上剥落，
> 或是灰泥剥落，曼特尼亚粉刷墙面。
> 丝绸变得破烂，"不靠希望也不靠恐惧。"
> （第 3 章）[②]

伊内斯·达·卡斯特罗（Ignez da Castro）出生于加利西亚的一个贵族家庭。她作为佩德罗的妻子康斯坦丝的陪嫁侍女来到葡萄牙后，佩德罗对伊内斯一见钟情，而伊内斯也随即成了他的情妇。康斯坦丝病逝后，佩德罗随即决定娶伊内斯

---

① Guy Davenport, *Cities on the Hills: A Study of I-XXX of Ezra Pound's Cantos* (Ann Arbor: UMI Research Press, 1983.), p. 122.

② Ezra Pound, *A Draft of XXX Cantos* (New York: New Directions Publishing Corporation, 1997.), p. 12.

为妻。然而佩德罗的父亲，当时在位的葡萄牙国王阿方索四世（Afonso Ⅳ）却极力反对。他命人残忍地杀害了伊内斯，并将她草草地掩埋在荒郊中。佩德罗早已把伊内斯当作了自己一生的真爱，得知自己的真爱被谋杀后悲痛万分。于是在登基之后，他便毅然下令处决了杀害伊内斯的凶手，又向世人宣布他已秘密地与伊内斯结为了夫妻，所以伊内斯理应加冕为皇后，以葡萄牙皇后的身份和规格重新下葬。他命人将伊内斯从坟墓中掘出，为她的尸体梳妆打扮，穿上华丽的衣袍，举办皇后加冕仪式，并强迫葡萄牙的贵族们前来瞻仰他们的皇后。[①]庞德在《罗曼司精神》中曾详细描写过贵族们"亲吻那只属于她的手"。[②]

诗句"一堵墙/在这儿被拆，在这儿被修起来"中，伊内斯被比喻成一堵墙，先是被阿方索四世拆除，后又被爱人佩德罗修起来。她的死就像墙的倒塌，而她从坟墓里被掘出来则犹如墙被翻修一般。庞德还用类似的比喻手法，对"刚出土"的伊内斯做了间接描写，将死去的伊内斯比作"石头"。一方面，石头代表永恒，就如同卡德摩斯建造底比斯的石头；另一方面，石头本身是硬的，就像伊内斯那僵硬的尸体。前者喻指永恒的真爱；后者则引出了其他比喻，比如，从石头上剥落的"颜料"喻指腐烂脱落的皮肤，"灰泥"既暗含没有生气的死亡的气息，又代表伊内斯从坟墓中带出来的泥土；破烂的"丝绸"即她生前穿的衣服，经过泥土的腐蚀已变得破烂不堪。"曼特尼亚"即安德烈亚·曼特尼亚（Andrea Mantegna），是意大利文艺复兴时期的一位著名壁画家，说他粉刷墙面是喻指他为伊内斯化妆，以遮盖她那腐烂的外表。

这样的比喻手法完全是一种雕虫小技，原本是不足挂齿的，可在这里却达到了意想不到的效果，实现了人与物之间天衣无缝的对接。更为重要的是，经过这样的对接，特别是一系列动词的精心选择，呈现在我们面前的，似乎已不再是重新挖出的一具已经腐烂的女人尸体，而是一座承载了千万年风霜雨雪的古典花园，一个令人神往的世外桃源，正在园丁的悉心照料中逐渐恢复其本来的美丽。只有首行的"伊内斯·达·卡斯特罗被谋杀"才给人以些许恐怖之感，因为末行反而把读者带入一个更加久远的世界，让人在好奇心的驱使下去发现它的过往。

---

① http://en.wikipedia.org/wikl/In%C3%AAs_de_Castro.

② "The tale of Ignez will perhaps never be written greatly, for art becomes necessary only when life is inarticulate and when art is not an expression, but a mirroring, of life, it is necessary only when life is apparently without design; that is, when the conclusion or results of given causes are so far removed or so hidden, that art alone can show their relation." See Ezra Pound, *Spirit of Romance* (New York: New Directions Book, 1930.), p. 218.

末行的"不靠希望也不靠恐惧"原文为拉丁文 Nec Spe Nec Metu。根据达文波特，这是埃斯特家族的座右铭，与《诗章》第 3 章一样具有怀旧的情绪，体现着埃斯特文化的已然衰落。[1]但 Nec Spe Nec Metu 还有一个引申义："要成功就得行动。"基于这里的比喻手法，这个座右铭也同时表达了佩德罗期盼其真爱能够获得新生的强烈愿望。到第 30 章时，庞德再次回到伊内斯与佩德罗，写下了如下诗行：

> 时间是罪恶。罪恶。
> 　　　　一天，又一天
> 年轻的佩德罗困惑地走着，
> 　　　　一天又一天
> 在伊内斯被谋杀后。
> 领主们来了里斯本
> 　　　　一天，又一天
> 含敬意。坐在那儿
> 　　　　死去的双眼，
> 皇冠下死去的头发，
> 她身边的国王依然年轻。
> （第 30 章）[2]

佩德罗陪在伊内斯的尸体旁，庞德对伊内斯的直接描写仅有"死去的双眼，/皇冠下死去的头发"。这段诗三次重复着时间一天天的消逝，庞德细腻地通过标点符号，赋予时间的消逝以特有的节奏。这种节奏具有长短的变化性："一天又一天"紧凑，节奏相对快，表明时间过得也快；而"一天，又一天"中间有停顿，节奏被放慢，表明时间过得也慢。时间消逝的节奏有快有慢，更能凸显出没有爱人的日子很难熬。"一天，又一天"过去了，而"年轻"的国王却"依旧年轻"这本是不合逻辑的。当时间一天天过去，国王佩德罗应该是越来越老，只有伊内

149

---

① Guy Davenport, *Cities on the Hills: A Study of I-XXX of Ezra Pound's Cantos* (Ann Arbor: UMI Research Press, 1983.), p. 122.

② Ezra Pound, *A Draft of XXX Cantos* (New York: New Directions Publishing Corporation, 1997.), p. 147-148.

斯才可能依旧年轻，因为她已经死了，她的青春也已经定格。另外，佩德罗那困惑的步伐暗示，他看着死去的爱人的尸体，或许在想如果他老了，死了，那么他们的灵魂也就能够团聚了。他"依旧年轻"反衬了诗句"时间是罪恶。罪恶"。生者欲死、死者欲生，就连包含生死在内的时间也都成了罪恶，真诚相恋的人阴阳两隔，这样的处理更加强烈地向读者传递了佩德罗的忧伤与无奈，让人读了痛心。

　　从主题上看，佩德罗代表的是生命，而伊内斯代表的则是死亡。他们的爱情是生与死的结合。从空间上看，伊内斯的被杀可以看作她被强行从人间拖入坟墓；而佩德罗把她掘出坟墓则代表着伊内斯从地狱又回到了人间。这都与珀耳塞福涅被抢到冥界当冥后，又能够回到人间与母亲相聚十分契合。从时间上看，伊内斯已经死亡，她的一切就成了过去；而佩德罗让她的尸体接受加冕之礼，则把已死的过去带到现在，让过去和现在同一刻实现了切合。可以说，佩德罗对伊内斯的爱超越了生死、跨越了时空，是永恒和不朽的。

　　庞德在伦敦的时候，曾经写过一首诗叫《约内，已死多年》，于 1914 年底发表。在《诗章》第 7 章中，庞德把那首诗的标题放在了诗行中，但把内容做了修改。下面是其中的两行：

约内，已死多年
我的门楣，刘彻的门楣。
（第 7 章）[①]

　　在这里所引的诗行稍前处，庞德以作者的身份出现在诗的内容中，并到一个古宅去寻找"埋葬的美人"，已死多年的约内（Ione）正与这埋葬的美人相呼应。"约内"就是已经作古的美人的代名词。刘彻是中国汉武帝，他的名诗《落叶哀蝉曲》是因他怀念已故的李夫人所作。庞德以再创造的方式翻译了这首诗，取名

---

① Ezra Pound, *A Draft of XXX Cantos* (New York: New Directions Publishing Corporation, 1997.), p. 25.《约内，已死多年》的原诗收入庞德《面具》(Ezra Pound, *Personae: Collected Shorter Poems of Ezra Pound* (London: Faber and Faber, 1984.), pp.122-123.) 相关部分为：IONE, DEAD THE LONG YEAR' Empty are the ways,/Empty are the ways of this land/And the flowers/Bend over with heavy heads./They bend in vain./Empty are the ways of this land/Where Ione/Walked once, and now does not walk/But seems like a person just gone./…/Thy soul/Grown delicate with satieties,/Atthis./O Atthis,/I long for thy lips./I long for thy narrow breasts,/Thou restless, ungathered.

《刘彻》。①庞德将《落叶哀蝉曲》中的"落叶依于重扃"译为"一片湿叶粘在门槛上"。"重扃"的本义为关闭着的重重门户,庞德则在《刘彻》中将其译为"门槛";而在《诗章》中,则将脚下的门槛升到了头上的"门楣"。以刘彻的门楣来呼应"我的门楣",暗示了已逝世的约内之于庞德来说,就如李夫人之于刘彻。

约内是为数不多的具有象征意义的女性,代表着真实世界中那些已经逝世的美丽的年轻女性。人们一般认为,约内有可能是 19 岁的法国女舞者让娜·埃塞(Jeanne Heyse),她的艺名是约内·德·福雷斯特(Ione de Forest)。1912 年她在自己的家中自杀。在同一章中,庞德再一次回忆起舞女约内:

> 匀称的方肩及绸缎肌肤,
> 舞女的双颊不复存在,
> (第 7 章)②

匀称的肩膀有棱角,表明舞者出身的约内身材纤瘦,年轻漂亮,皮肤有如丝绸一般娇嫩。就是这样一个花样年华的女子,却过早地离开人世,让人备感惋惜。庞德对她的死深有感触,故而将东西方的两种文化集于一身,写下了"约内,已死多年/我的门楣,刘彻的门楣"这样极为伤感的诗行,但较之于伊内斯则让人始终觉得少了点什么。在其他一些章节中,我们还可以发现别的故事,看上去并无尔虞我诈,比如:

> 然后随着幻想燃烧的火焰
> 　　　他回应到"啊! 小云朵……"
> 因此她会懊悔他的离开。
> 　　　摇曳的野草在海湾里:
> 她寻求一位向导,一位导师,
> 他渴望一份受尊敬的职业

---

① 庞德的诗是这样的: The rustling of the silk is discontinued,/Dust drifts over the court-yard,/There is no sound of foot-fall, and the leaves/Scurry into heaps and lie still,/And she the rejoice of the heart is beneath them:/A wet leaf that clings to the threshold. See Ezra Pound, *Personae: Collected Shorter Poems of Ezra Pound* (London: Faber and Faber, 1984.), p. 118.

② Ezra Pound, *A Draft of XXX Cantos* (New York: New Directions Publishing Corporation, 1997.), p. 26.

以踏上前人的足迹；

（第 29 章）①

以及

　　　那一整天

尼恰在我的眼前移动

而寒冷的灰气烦扰她不是

因为她全赤裸的美，没有一点儿热带肌肤

以及搭在路缘上苗条的长腿，

以及她在我面前动人的高度，

　　　此刻唯有我们。

（第 7 章）②

以及

怀着徒劳的空虚处女们回到她们的家

怀着徒劳的恼怒

帅小伙已回到他的住处，

爵士乐队敲敲打打，

五十岁的绅士表示

　　　或许这样也行。

（第 29 章）③

　　但是，《诗章》中的上面这些女性，她们给人的感觉甚至比约内还要逊色，更不用说与伊内斯相比了。能够与伊内斯媲美的是伊索塔。

　　伊索塔的爱情故事写得犹如女神一般。前文曾多次提到过伊索塔，她是西吉斯蒙德的妻子。西吉斯蒙德有三段婚姻，情人也很多，子女也不少。伊索塔出生

① Ezra Pound, *A Draft of XXX Cantos* (New York: New Directions Publishing Corporation, 1997.), p. 144.

② Ezra Pound, *A Draft of XXX Cantos* (New York: New Directions Publishing Corporation, 1997.), p. 26.

③ Ezra Pound, *A Draft of XXX Cantos* (New York: New Directions Publishing Corporation, 1997.), p. 143.

于文艺复兴时期意大利里米尼的一个富商家庭。在她 12 岁左右时，西吉斯蒙德·马拉泰斯塔曾到她的家里借宿，对她萌生爱意。此后伊索塔便一直是西吉斯蒙德的情妇。直到他的第二任妻子去世，伊索塔终成为他的第三任妻子。[1]与佩德罗和伊内斯不同的是，西吉斯蒙德与伊索塔不仅仅是情人，更是一对肝胆相照的夫妻，他们的爱不是阴阳两隔的，而是实实在在的；与佩德罗和伊内斯相同的是，她们都是真爱的典型。庞德在《诗章》中甚至把他们之间的美好关系，借用西吉斯蒙德的情诗做了直接的再现：

> 里拉：
> "你们古老的灵魂在这片土地上
> 每一个在爱之下，颤抖，
> 带着你的鲁特琴去，唤醒
> 她心中的夏天，
> 她不与海伦齐名
> 　　　　伊索特或拔示芭也不能比。"
> （第 8 章）[2]

153

这是一段情诗，是庞德改编自西吉斯蒙德赞美他的情人伊索塔的诗，所以特意放在了引号之中。引号中第 2～3 行的意思是：每当伊索塔弹奏起鲁特琴，古老的灵魂都能感受到浓烈的爱的气息，纷纷颤抖着醒来。这是对伊索塔之才情的高度赞美，表达了西吉斯蒙德对她的深厚感情。引号中的后两行把伊索塔比作特洛伊的海伦、特里斯坦（Tristan）的爱人伊索特（Iseult）、大卫王（King David）的妻子拔示芭（Bathsheba）。海伦、伊索特、拔示芭是三个绝顶美丽的女人，也分别来自三个不同的传说，代表着三种不同的传统。海伦是希腊神话中的人物，代表的是一种文化传统；伊索特的故事属于历史传说，代表的是一种历史传统；而拔示芭则是《圣经》中的人物，代表着宗教传统。在西吉斯蒙德眼中，情人伊索塔的美无与伦比，已然超过了所有的女子，甚至跨越了文化、历史和宗教。

整段诗放在"里拉"之后的双引号之中，表明这段诗是正用里拉琴弹唱的。前

---

① http://en.wikipedia.org/wiki/Isotta_degli_Atti.

② Ezra Pound, *A Draft of XXX Cantos* (New York: New Directions Publishing Corporation, 1997.), p. 30.

文曾提到过里拉，那是一种七弦琴，呈 U 型，端庄优美，声音清澈悠长，是西方最早的拨弦乐器之一，在文艺复兴时期十分盛行。在希腊神话中，里拉琴由赫尔墨斯制造，赠予了太阳神阿波罗，后又为俄耳普斯所有。他每每弹奏，悠扬的琴声所带有的神力，既可以操控万物，还能够抚慰人心。庞德把这段情诗"插播"于第 8 诗章对战争的描写之中，更显示出里拉琴音的美妙，西吉斯蒙德唱着自己创作的情歌，感受心上人带来的安抚，暂时忘却残酷的战争，沉浸在对爱人的无限思念之中。

前文曾经分析过第 9 章中的一封书信，其中就提到过伊索塔。第 9 章还有另一封信，其中也提到伊索塔夫人。这封信是卢纳尔达·达帕拉（Lunarda Da Palla）写给西吉斯蒙德的，主要内容是伊索塔夫人及孩子的生活起居。这封信写于 1454 年 12 月 20 日，是上一封汇报信的前一天写的。除了汇报了小主人非常喜欢西吉斯蒙德送的马，还叮嘱他催促人来修伊索塔夫人的小花园的围墙：

154

> "马拉特斯塔先生……我想要
> "再次提醒你写信给乔治·拉姆伯顿或他的
> "老板来伊索塔夫人的小花园修补那堵
> "墙，现在它全都平塌在地面上了而我已经跟
> "他说了很多遍，为了能一劳永逸，所以我写
> "信给阁下您为这事儿我已经竭尽所能，为
> "了能一劳永逸因为在这里没有你谁都做
> "不成事。……"
> （第 9 章）①

这里的"小花园"与第 4 章的那幅油画 *Madonna in hortulo* 中的小花园正好呼应，所以不再赘述。与西吉斯蒙德写给伊索塔夫人的情诗不同，伊索塔夫人让人给西吉斯蒙德写的信件都是些家庭琐事，孩子的情况，连这种花园围墙的修理都要让西吉斯蒙德亲自写信派人做。信件内容上的反差映射了男女在爱情上的需求反差，但也彰显了西吉斯蒙德与伊索塔的亲密关系。在战争期间，连续两天的时间里，由不同的两个人分别写信给西吉斯蒙德，向他汇报关于伊索塔夫人的起居需求和心理动态，可见西吉斯蒙德与伊索塔的紧密关系，西吉斯蒙德对爱人的关

---

① Ezra Pound, *A Draft of XXX Cantos* (New York: New Directions Publishing Corporation, 1997.), p. 38-39.

心可谓无微不至。这是真爱在日常生活中的具体表现。到此，他们之间的爱已经比佩德罗和伊内斯的爱显得更加丰满。而下面的诗行，则让他们丰满的爱具有了更多的浪漫色彩：

> 声音细微，好似铃音，
> 歌声清脆：若不见你，我必将为小姐你燃烧，
> 甚至不见你就不能满足我对你的美好思念。"
> 两棵开花的杏树之间，
> 琵琶紧抱在他身侧；
> 而另一个：爱慕她"。
> "我岂会连你的本性
> 也记不住！"这些是普罗佩尔奇和奥维德。
> （第 20 章）[1]

库克森在《庞德〈诗章〉指南》中，用了一个专门的部分来集中展示庞德有关《诗章》的说明，包括"诗应该确立一个垂直的价值体系……如果读者想要三段式的概念，最好是永恒的、反复的、仅仅是随意的"，还包括"斯齐法诺亚宫壁画的三个层次：顶部为价值观念；中间为黄道星辰；底部为博尔索·埃斯特时期的生活细节"，以及"希望到天堂的上升会越发透明"等。[2]凯·戴维斯的《赋格与壁画》用了一章的篇幅来讨论斯齐法诺亚宫壁画[3]，劳伦斯·雷尼的《庞德与文化丰碑》则整本书都在论述马拉泰斯塔诗章，戴维斯和雷尼都把马拉泰斯塔神殿作为一个极其重要的内容加以论述。雷尼的书还配有大量图画，其中之一便是西吉斯蒙德向伊索塔敬献神殿。

这幅画的作者是洛多维科·波利亚吉（Lodovico Pogliaghi）。在这幅画中，西吉斯蒙德单膝跪地，右手握住象征权力的宝剑，左手伸向前方，正在把整个神殿献给伊索塔。他的家臣和众多随从站在他的身后举着旗帜，每面旗帜上是 S 缠绕着 I 的图案，其中 S 代表西吉斯蒙德，I 代表伊索塔，两个字母的组合象

---

① Ezra Pound, *A Draft of XXX Cantos* (New York: New Directions Publishing Corporation, 1997.), p. 89.

② William Cookson, *A Guide to The Cantos of Ezra Pound* (New York: Persea Books, 1985.), pp.xxiii-xxx.

③ Kay Davis, *Fugue and Fresco: Structures in Pound's Cantos* (Orono: National Poetry Foundation, 1984.), pp. 95-106.

征你中有我、我中有你。伊索塔本人以其正面对着西吉斯蒙德，头略微前倾，眼睛与西吉斯蒙德的眼睛相互深情地望着，她的家臣与随从站立她的身后。画面的背景就是高大恢弘的马拉泰斯塔神殿，也就是我们在前文中曾经引用过的"神殿"。神殿那偌大的正门里面，是神父和牧师，他们正在见证这一庄严的礼仪。①

画面正中央，也是整幅画作的聚焦之点，是西吉斯蒙德和伊索塔。其中位于中心偏左的西吉斯蒙德的打扮全然就是太阳神，而位于中心偏右的伊索塔则是月亮女神戴安娜（Diana）的形象。整幅画给人的总体印象既像一个求婚仪式，也像一个敬献仪式，是两个仪式的完美结合；而仪式的主体则既是西吉斯蒙德与伊索塔，也是太阳神与月亮女神，更是神与人的完美结合。这幅画的寓意清楚明了：这是天与地的婚配，神与人的合一，是理想的人间天堂。

这样的寓意，在上引有关西吉斯蒙德与伊索塔的诗行中，几乎全部都是显而易见的。结合庞德本人关于"博尔索·埃斯特时期的生活细节"的说法，则有关西吉斯蒙德与伊索塔的诗章，也就是斯齐法诺亚宫壁画的底层部分。所以它一方面属于历史文化，另一方面又对应着宫殿壁画顶层部分的价值观念。在这个意义上，《三十章草》中的女性，作为生命的载体，既传承着真爱，也传承着真善美等核心价值观念。

正是由于这样的原因，我们发现，在几乎所有女性形象身上，包括在女神身上，她们的情感都与她们的命运密切相关，也都在一定程度上反映着她们的人生态度，包括对生与死的存在概念、善与恶的伦理概念、真与假的哲学概念、美与丑的审美概念，以及奴役与自由、服从与反抗等其他概念。她们追求自由是因为她们没有自由，她们追求真爱是因为她们没有真爱，她们的追求感天动地；而当她们拥有自由，拥有真爱时，她们就能释放人性的光辉，就能在幸福的人间天堂尽情地享受真爱，她们的生活同样感人肺腑。

1911 年，庞德在《我收集奥西里斯的残肢》的系列文章中写道："艺术致力于生命，犹如历史致力于文明与文学的发展。"②《诗章》正是一部"致力于生命"的鸿篇巨制。《三十章草》中的生命主题，虽然丰富多样，但都是基于现实生活的，

---

① Lawrence S. Rainey, *Ezra Pound and the Monument of Culture: Text, History, and the Malatesta Cantos* (Chicago and London: The University of Chicago Press, 1991.), p. 21.

② Ezra Pound, "I Gather the Limbs of Osiris" (*Selected Prose 1909-1965*. Ed. William Cookson. London: Faber and Faber, 1973.), p. 23.

即便伊索塔的形象也不例外。然而，这些都很难说是真实的生活，对于现实世界中的女性是如此，对于历史上的女性同样如此。归根结底，她们也和男性一样，是庞德的诗化形象，是庞德用以构筑其《诗章》的最为鲜活的材料，也是最为基础的目标。在历史文化层面，她们都是现实的镜子；在现实层面，她们都是未来的镜子。她们是镜中之像，诗中之象。

结　　论

　　玛丽·奎因（Mary B. Quinn）在《庞德其人》中说到《三十章草》时曾这样写道："今天再重读这本书，我们很容易理解海明威，这位 1954 年的诺贝尔文学奖获得者为什么将庞德归为西方主要作家：'我真的很愤怒！如果这世界上还有什么公正的话，你就应该获得诺贝尔奖，你会得到它的'"。[①]海明威的愤怒是对庞德的肯定，自然也包括其中的女性形象。

　　《三十章草》中的女性形象，从前面的分析可以看到，与传统主流作家笔下的形象有着巨大差异，她们大多没有完整的故事情节。比如，阿莱沙就只出现在第 17 章，而且仅有 4 行的篇幅，尽管她是庞德自创的真理女神。也有少数形象所占篇幅较大，但又往往穿插在不同的章节之间，比如戴安娜就分别出现在第 4、17、20、30 章之中，而阿佛洛狄忒则在第 1、4、17、23～25、27、29～30 章皆有出现。与此同时，有些女性刻画得比较丰满，比如阿基坦的埃莉诺，其相貌、衣着、语言、行为、故事情节、社会关系、甚至与其他形象之间的比较等，可谓一应俱全；而另外一些女性则只有一两个方面的涉及，比如忒露丝就只有语言而无其他，而德鲁夏娜也除了非常简单的情节和社会关系之外并无其他信息。还有一些女性，她们的形象较为丰满，却连名字都没有，比如，第 22 章那个"戴面罩的女孩"与第 29 章的"乔的女儿"，前者有衣着、语言、行为、社会关系等的描述，后者也有相貌、行为、情节、社会关系等的呈现，却都没有名字。如此等等，不一而足。换句话说，当人们把庞德划归"西方主要作家"时，更多的是就其文学创新而言的，这与诺贝尔奖的精神是一致的，也是海明威等一大批精英人士的共识。

　　正是这种创新，使得《三十章草》中的女性形象一个个都显得支离破碎，尽管如此，我们依旧可以从中找出一些类型。从庞德对《诗章》的有关说明，我们至少可以从两个方面对《三十章草》中的女性加以梳理，一是历史，二是文化。广义地说，历史也是文化，文化也是历史；狭义地说，历史指那些曾经在历史上

---

① 转引自玛丽·B. 奎因《庞德其人》（宋晓春译，《庞德研究文集》，蒋洪新、李春长选编，南京：译林出版社，2014 年），第 19 页。

真实发生的、可以通过书证获得确认的人和事，而文化则主要包括各种传说、神话等。这里所说的历史与文化即狭义的历史与文化。这样的划分虽然较为勉强，但相对而言也似乎与庞德有关《诗章》的说法较为接近，比如，史诗是"包含历史的诗"，不但在时间上涉及过去和将来，而且在观念形态上也有顶层、中间、底层之分等。基于这样的认识，结合前文的分析，《三十章草》中的女性形象大致包括如下几个类型。

首先是历史书写的角度。政治生态中的女性有完全从属型，如索安提亚·索兰佐；有任由摆布型，如德国-勃艮第女人；有权力欲望型，如阿基坦的埃莉诺。激情控制下的女性有被动接受型，如菲洛墨拉和萨拉曼达；有主动施暴型，如普罗克涅；私下复仇型，如普瓦思博的妻子和卢克雷齐娅；有无辜被害型，如被埃斯特所杀的那些所谓犯了通奸罪的女性。在向往自由的女性中有获得自由型，如库尼扎；有失去自由型，如旺塔杜尔夫人；有内心幻想型，如达那厄。她们的共同特征都是政治权力的牺牲品，她们的不同之处在于，有的是牺牲自己，比如萨拉曼达就选择了自杀，有的是牺牲她人，比如普罗克涅，有的则是自己和他人一同牺牲，比如帕里西娜。她们的另一共同之处是，她们都是男性的附属，因此牺牲是常态，不牺牲则是个案。

导致这些类型和特征的根本原因在于历史的局限性。《三十章草》中的这些历史人物都生活在冷兵器时代，政令的实施、国家间的纷争、治权的掌控等，客观上势必由男性掌控，才能实现内外安宁，使男强女弱成为相对公允的社会构架，也使男婚女嫁成为公认的生活方式。即便出身高贵的女性，她们之所以成为政治婚姻的砝码、甚至政治交易的标的物，也是顺理成章的。在这个意义上，庞德笔下的女性是可信的。但庞德并未真的在重复历史，而是有所选择的，也正是由于他的选择，所以普瓦思博的妻子，甚至卢克雷齐娅，实际上都是被否定的对象。在这个意义上，这些历史女性又都是庞德对历史的一种反思。所以《三十章草》中的女性，她们的悲剧说到底是历史的悲剧。在她们身上，庞德并没有让她们成为某些女性的生活原型。相反，庞德是把她们作为历史的镜子，供现代人借鉴。在史诗是"包含历史的诗"这一概念下，她们与男性一道，都是《诗章》的基本构成要件，是诗化的历史女性。

其次是文化传承的角度。在《三十章草》中，这一角度的女性有两个大类。第一类属古典神话，包括女巫型、女儿型和恋人型，分别以喀耳刻、珀耳塞福涅和阿佛洛狄忒为典型代表，她们属三位一体型，是变化、纯情、爱与美、丰产的

159

象征。第二类属历史文化，包括变态型、冷漠型和奢侈型，分别以桑心母亲、卢克雷齐娅和佩尔内拉为典型代表。她们也是三位一体的，但她们的共同特征却是虚假和否定，前者指她们所代表的生活现状，后者则是她们所喻指的价值观念，二者的结合则是地狱的象征。

这两类女性构成彼此对立的两个世界，一是三位一体的女神，二是三位一体的俗女。前者是天堂的象征，后者是地狱的象征，二者都是价值体系的象征。《三十章草》虽然缺乏连贯统一的主题，但《天堂诗篇》和《地狱诗篇》的划分却是人所公认的。这意味着庞德之所以把相互对立的两个三位一体同时放在《三十章草》之内，乃是旨在从价值判断角度对当下的生活现实和价值体系加以反思。在这种反思中，秩序与混乱、光明与昏暗、肯定与否定，都可获得艺术的再现，也都在一定程度上揭示了庞德对这些基本价值的判断。正因为如此，就连喀耳刻这个在神话传统中的女巫，也都显示出对奥德修斯一行的仁爱，成了远行者的指路人；而变成木头夫人的卢克雷齐娅、人性扭曲的西奥多拉和佩尔内拉等，则反而丧失了基本的人性。

显而易见，在文化传承角度的两类艺术形象中，三位一体的神是主题，三位一体的人是对题，而那些受制于尤苏拉的芸芸众生则是答题。遗憾的是，在尤苏拉的主宰下，人们对苦难熟视无睹，比木头夫人更加不如，是典型的无知型。与此同时，这一视角还有一个核心概念贯穿始终，那就是变化。三位一体的女神之所以选择那么多内容，因为她们能够变化；三位一体的俗女之所以冷漠、变态，也是因为她们那扭曲的人性，而肮脏不堪的伦敦及其寄居者之所以丧失尊严，同样因为心态已经发生变化。变是神话与历史两个类型、天堂与地狱两个世界的共同特征。庞德对两类形象的塑造，既是对变化的揭露，也是对变化的期盼。揭露已经发生的变化对人性的腐蚀，期盼新的变化能恢复人性的本来面貌。为此，庞德还不惜因为一个凡人而让忒露丝与卡利俄佩像泼妇一样破口对骂。

最后是承载生命的角度。庞德立足当下，以直接和间接两种手法呈现了六种不同的女性。所谓间接手法即用男性的故事从侧面加以揭示。其中包含两个类型：一是对生命有着积极态度的积极型，二是对生命进行最后坚守的信仰型。前者以"诚实的水手"的故事来揭示，后者则以士兵的故事来揭示。直接手法即直接用女性的故事来呈现，共有四种类型：①自主型，如索皮希雅；②男女平等型，如女飞行员露丝与埃尔茜；③真爱型；如伊内斯；④奉献型，如克拉拉与罗伊卡。

如果说索皮希雅代表着本能欲望的释放，那么克拉拉和罗伊卡则代表人的神性升华；如果说伊内斯代表理想的个人幸福，那么露丝和埃尔茜则代表事业的成就。或许正是在这一点上，即事业成就上，庞德对露丝的充分肯定与对埃尔茜的矛盾心态才最终表现出来。

　　同时我们还会发现：第一，这些形象都是庞德的同代人，而神话传统和历史传统的构建，本质上是为当下服务的；第二，信仰型的克拉拉和罗伊卡与自主型的索皮希雅是神性与本能的对立，但在本质上却并不矛盾，因为她们恰好是人性的两个极端，亦即人性就在她们之中；第三，伊内斯的婚姻与露丝和罗伊卡的事业，一内一外，构成人生的家庭和社会两个世界；第四，信仰型、自主型、真爱型、男女平等型都是生命价值的表现，其背后是新女性这一核心思想，所以，这四种类型，连同那些次要的形象，如驴车上的美人、唱赋格曲的洗衣妇、无名的同性恋者、乐观的女商人，以及可人的约内等，都是新女性概念下的艺术形象。

161

　　这说明，在《三十章草》中，历史的重构也好，文化的重建也罢，实际上都是包括新女性在内的新型人类关系的重构。为了提升这种重构，庞德还以伊索塔与西吉斯蒙德的故事，为这种新型关系打上了厚重的神人合一、历史与现实合一的思想烙印，并在伊索塔的身上把传统与现实、过去与未来、天堂与人间等结合在一起，使伊索塔的故事成了集真善美于一身的光辉形象。总之，在《三十章草》中，新女性是女性作为生命载体的最终归宿。在这些新女性艺术形象中，有的具有生活原型，如罗伊卡的原型就是弗洛伦斯·法尔。

　　上述分析表明，《三十章草》中的女性类型，至少有完全从属型、任由摆布型、权力欲望型、被动接受型、主动施暴型、私下复仇型、无辜被害型、获得自由型、失去自由型、内心幻想型、女巫型、女儿型、恋人型、变态型、冷漠型、奢侈型、积极型、信仰型、自主型、真爱型、男女平等型这 21 个类型。她们都源自历史人物和神话传说，也都指向人的生命，所以或许可以借索绪尔（Ferdinand de Saussure）的纵聚合与横组合的概念，用一个坐标图来做简要的揭示。在这个坐标中，横组合为时间轴，左右两端为过去和将来；纵聚合为空间轴，上下两极为天堂和地狱；中心则是两线之间的交点，即现在与炼狱。由于两条轴线是可供替换的多样的词语链，所以其中的任何一链（词）都是可以置换的，中心也是可以位移的。

　　空间轴象征上升与祈福的生命本质及其价值。按庞德的说法，《诗章》是"一部史诗，始于'黑暗的森林'，穿越人类失误的炼狱，终于光"①。这表明《诗章》的起点在空间轴上，而空间轴恰好是传统文化中的宇宙之轴。关于宇宙之轴的来龙去脉及其内涵、价值、作用等，米恰尔·伊利亚德、诺斯洛普·弗莱等已有非常深入的分析与研究，这里不再赘述。需要强调的是，第一，宇宙之轴的核心是人，是人在找寻生命本源和人生价值的过程中逐渐形成、演变、发展而来的一种认知模式；而前文提到的米歇尔·亚历山大的清单及德卡尔对相关知识的总结，就是《诗章》一系列反复出现的文化认知模式的具体体现。第二，从第 1 章的艾尔普洛尔的梯子，到《比萨诗章》中的迪维斯城，再到最后的《残篇》中的人间天堂，连同其他章节中的无数的梯子、城堡、光亮等，都与弗莱关于宇宙之轴的螺旋式上升的理论十分相似，彰显着人对回归圣地家园的内心渴求。第三，无论是对高利贷、暴力、乱伦、饥饿、欺诈等的无情评判，还是对秩序、艺术、自由，以及仁、义、礼、智、信的高度评价，都是基于人的生命、人的尊严、人的本性的，类似于宇宙之轴的第三个层面，体现着"欧洲文化和文明并没走向地狱"。②第四，"黑暗的森林"化自但丁《神曲》中"幽暗的森林"③，与"幽暗的光亮"并置，是对宇宙之轴第四层面的直接置换，构成横贯《诗章》的核心张力。体现这种张力的是庞德的表意法，即名词的动词化、动词的名词化、虚词的省略化、诗歌的散文化、概念的意象化、思想的场景化。

具体到《三十章草》中的女性，她们本身就是生命的载体，体现着生命本源的概念；她们大多具有变化的特征，体现着认知模式的形成、演变与发展；她们都渴望获得理想的幸福，体现着对圣地家园的内心渴望；她们都是弱势群体，所以她们的生活状况体现着人的生命、人的尊严、人的本性；她们在作品中的存在本身就是意象性的、诗化的，体现着庞德《诗章》的艺术特色。

时间轴反映从愚昧到文明的生命历程。《诗章》的真正开始，即第 1 章的开篇 And then，并不在空间轴上，而在时间轴上。这是非常耐人寻味的。一方面，And 是一个承上启下的连词，本该位于叙事的中间；这里却被用作开头，虽与第 77 章

---

① Ezra Pound, "An Introduction to the Economic Nature of the United States" (*Selected Prose 1909-1965*. Ed. William Cookson. New York: New Directions Publishing Co., 1973.), p. 167.

② Donald Hall, "Ezra Pound: An Interview" (*Ezra Pound's Cantos: A Casebook*. Ed. Peter Makin. Oxford: Oxford University Press, 2006.), p. 258.

③ 但丁《神曲·地狱篇》（黄文捷译，南京：译林出版社，2005 年），第 1 页。

的"凡事有始有终/知先后/则有助悟道"①完全相左，但却无异于"从中间开始"的最为直接的表达。"从中间开始"是贺拉斯的史诗情节说的核心思想之一，②与庞德关于"史诗是包含历史的诗"③的主张也完全符合，所以 And 是对《诗章》的史诗性质的一种界定。另一方面，以 And 开始的诗章共有 17 个之多，这又意味着《诗章》有多个开始。那么，究竟哪个是开始呢？回答是：它们都是。庞德自己就曾说过："艺术家总在开始。任何艺术，如果不是开始、发明、发现，它便没有多少价值。"④可见，多个开始是庞德的故意而为，旨在不断地发明与发现新的价值。但众多的开始无异于众多的结束，不断的开始则意味着没有结束。开始与结束就这样彼此依存、彼此消解、不断循环、不断更新。只有生命的尽头，才是《诗章》真正的结束。

　　具体到《三十章草》，几乎所有女性形象都在不断的开始与结束。对于有些女性，她们甚至有众多的开始，而且直至《三十章草》结束依旧还在开始而没有结束，比如阿佛洛狄忒和伊内斯等。对于另一些女性，她们刚一开始就已经结束，比如第 24 章的茱莉亚和第 8 章的 12 个女孩。她们身上体现的彼此依存、不断循环的特征，远比男性形象突出。

　　坐标的中心，如前所说，是可以位移的，所以并不是绝对的，而是相对的、动态的、多元的。第一，它是宇宙的中心。在传统宇宙论中，时间与空间之和就是宇宙本身，《诗章》的中心是现在和炼狱，其上下左右分别与天堂、地狱、过去、未来形成互动，包含宇宙的全部内容，是《诗章》何以包罗万象的根本原因。第二，它是万物的中心。《诗章》第 77 章写道："事物遵循之某种水准/中/居之中/不管垂直还是水平"⑤。这里的"中"即中心，"居之中"指事物皆有回归中心的倾向，而"垂直还是水平"则指回归所经过的纵轴与横轴。庞德以"中"为漩涡，刻画了中心之于万物的巨大吸引力。第三，它是生命的中心。生命的本质是欲望，是在纷繁的世界中确定自己的位置，找寻自身价值的时空坐标。从前 30 章的缜密到第 31～72 章的宏大，从第 74～84 章的深刻到第 85～95 章的回归，从第 96～109

163

---

① 庞德《庞德诗选·比萨诗章》（黄运特译，桂林：漓江出版社，1998 年），第 78 页。

② Horace, "Art of Poesy" (*Literary Criticism and Contemporary Trends*. Ed. David Richter. St. Martin's Press, 1998.), p. 71.

③ Ezra Pound, *Social Credit: An Impact* (London: P. Russell, 1951.), p. 1.

④ Ezra Pound, "How I Began" (*T.P.'s Weekly*. (6)1913.), p. 707.

⑤ 庞德《庞德诗选·比萨诗章》（黄运特译，桂林：漓江出版社，1988 年），第 76-77 页。

章的逆转到草章和残篇中的江郎才尽,《诗章》始终如一的主题都是生命,包括生命的尊严、生命的丑陋、生命的迷失、生命的救赎。第四,它是存在的中心。在海德格尔的学说中,存在就是此在。《诗章》的中心就是这样一种此在性的存在,所以才能让过去与未来在此刻相遇,让天堂与地狱在此地相交。在更为基础的层面,这种将天地过往视为此在的"现在炼狱",本身就是对人的存在的一种感悟、领会、体验、追问,借庞德自己的话说即"人性之本、道之本"①。第五,它是语言的中心。这是《诗章》作为诗的根本属性。

具体到《三十章草》,其中的女性艺术形象多于男性艺术形象,因而以数量的绝对优势成为描写的中心;而且即便在作为女巫、女儿、恋人的三位一体的女神身上,也都是相对性、动态性、多元化的典型。在众多的历史女性形象身上,此在的存在,生命的本能欲望,连同对存在感的领会、体验与追问等,也都更加具有"人性之本、道之本"的味道。她们中有相当一部分,只是全然的一个意象,而且还是精简后意象,她们也如同男性形象一样,"诗意地栖息"在庞德的艺术世界中。

庞德在《阅读 ABC》中写道:"一切都在语言中留有痕迹"②,这与海德格尔的"语言是存在的家园"如出一辙;他在《诗章》中一再提到"命名"的问题,仅《比萨诗章》就有 5 次,都是直接以汉字形式出现的;他把基督教的《圣经》、奥维德的《变形记》、乔叟的《坎特伯雷故事集》等都称为故事汇编③;他始终坚持《诗章》的多声部与互文性;所有这一切都说明,庞德对中心的思考就是海德格尔所说的"语言的运思"。在这种运思中,他既创造了自己的语言,也把自己交给了语言。当他立志要创作一部长诗,并把半个多世纪的生命投入其中之时,他已然"诗意地栖息"于语言的家园之中。

但是,也正是在庞德的语言家园中,我们却发现,由于中心的多元,所以上述每一个指向都处于彼此关联的大网中,似乎都在中心化,却又都在边缘化。《诗章》本身就多次提到"迷失方向"(如第 116 章)与"失去中心"(如第 117 章及片段)。中心与边缘是现代社会的基本特征,是人生取向的大环境;从这个意义上说,《诗章》即人,人即《诗章》。普罗泰戈拉(Protagoras)说,人是万物的尺度。

---

① 庞德《庞德诗选·比萨诗章》(黄运特译,桂林:漓江出版社,1988 年),第 29 页。

② Ezra Pound, *ABC of Reading* (New York: New Directions Paperbook, 2010.), p. 21.

③ Ezra Pound, *ABC of Reading* (New York: New Directions Paperbook, 2010.), p. 80.

庞德将人置于坐标的中心，一方面用人丈量万物，另一方面用万物丈量人，中心与边缘就这样多维度地交织在一起。陆机主张，一部好的作品要能"笼天地于形内，挫万物于笔端"。构思上的笼天地于形内很难，表达上的挫万物于笔端更难，而《诗章》则以庞德所说的"由他的全部概括词语构成的意符"[①]做到了兼而有之。这个意符就是《诗章》第 93 章的"九重知识谈止"[②]，是《阅读 ABC》中的"语言是通往帕纳索斯的阶梯"，是指向生命的"诗到语言止"。

　　这种意义的"诗到语言止"，对《三十章草》中的女性形象而言，则是"通往帕纳索斯山"的一个起步。她们既是庞德所要呈现的中心，也是庞德所要消解的中心，这是因为她们以数量之多而成为叙述的中心群体，但她们又是附属于奥德修斯的回家之旅这一创作运思的，所以她们的每次中心化，也就是每次边缘化的开始。然而，在一个核心论点上，即用人丈量万物的论点上，《三十章草》中的几乎每个女性，都最能丈量人的内心，所以她们的存在不仅仅只是虚化的艺术，更多的则是真善美的传统观念，是这些观念在一个个鲜活的人物身上究竟会有怎样的艺术呈现。庞德把语言当作通向帕纳索斯山的阶梯，由此而言，"诗到语言止"的概念，具体到《三十章草》中的女性，尽管她们有 21 个类型之多，但她们的故事都仅仅是通向帕纳索斯的开始。在《诗章》后来的章节中，她们中的一些将不再出现，成为帕纳索斯山路上的一个过往的印记；她们中的另一些将登上帕纳索斯的山顶，成为诸神中的一个分子。无论她们的后来形象如何，她们的基本定位都已经确立，而这才是她们之于"诗到语言止"这一命题的深度阐释，也是《三十章草》的重要性的一个基本体现。

165

---

① Ezra Pound, "How to Read" (*Literary Essays of Ezra Pound*, Ed. T. S. Eliot. New York: New Directions Publishing Corporation, 1935.), p. 37.

② Ezra Pound, *A Draft of XXX Cantos* (New York: New Directions Publishing Corporation, 1997.), p. 645.

参 考 文 献

埃兹拉·庞德《阅读 ABC》，陈东飚译，南京：译林出版社，2014 年。

《不列颠简明百科全书（英文版）》，上海：上海外语教育出版社，2008 年。

柏拉图《会饮篇》，王晓朝译，《柏拉图全集》第 2 卷，北京：人民出版社，2003 年。

曹乃云《译者前言》，《希腊古典神话》，南京：译林出版社，1999 年，第 1-15 页。

查尔斯·伯恩斯坦《痛击法西斯主义》，黄运特译，《庞德研究文集》，蒋洪新、李春长选编，
　　南京：译林出版社，2014 年，第 81-87 页。

陈海灵，柴松霞《法律文明史·第 6 卷·中世纪欧洲世俗法》，北京：商务印书馆，2014 年。

陈黎明、王明建《西方哲学视野中的知识观》，《聊城大学学报》（社会科学版），4（2007）:80-86。

但丁《神曲·地狱篇》，黄文捷译，南京：译林出版社，2005 年。

董洪川《"荒原"之风： T.S. 艾略特在中国》，北京：北京大学出版社，2004 年。

董洪川《一个干练、坚实的古典主义诗歌时代即将来临——休姆与英美现代主义诗歌运动》，《外
　　国文学研究》2（2007）：103-109。

费诺罗萨《作为诗歌手段的中国文字》，赵毅衡译，《诗探索》（8）1994：151-172。

荷马《奥德赛》，陈忠梅译注，南京：译林出版社，2012 年。

赫西俄德《工作与时日·神谱》，张竹明、蒋平译，北京：商务印书馆，2015 年。

黄仁《英语修辞与写作》，上海：上海外语教育出版社，1996 年。

蒋洪新《庞德〈诗章〉的结构研究述评》，《外国文学研究》5（2012）：85-91。

蒋洪新《庞德的翻译理论研究》，《外国语》4（2001）：77-80。

蒋洪新《庞德学术史研究》，南京：译林出版社，2014 年。

蒋洪新《庞德研究》，上海：上海教育出版社，2014 年。

蒋洪新《英诗新方向：庞德、艾略特诗学理论与文化评判研究》，长沙：湖南教育出版社，2001 年。

孔子《论语》，鲍思陶译，武汉：崇文书局，2009 年。

蓝峰《"维护说"析：庞德诗歌理论及其与孔子思想的关系》，《文艺研究》4（1984）：115-122。

理查德·巴克斯顿《想象中的希腊：神话的多重语境》，欧阳旭东译，上海：华东师范大学出
　　版社，2014 年。

李文俊《美国现代诗歌 1912—1945》，《外国文学》9（1982）：82-95。

梁实秋《梁实秋文集》，厦门：鹭江出版社，2002 年。

玛丽·B. 奎因《庞德其人》，宋晓春译，《庞德研究文集》，蒋洪新、李春长编选，南京：译林
　　出版社，2014 年，第 3-29 页。

莫雅平《试图建立一个地上乐园——从〈比萨诗章〉窥庞德之苦心》，《出版广角》5（1999）：

29-30。

聂斯杰罗夫《我尝试过描写天堂：埃兹拉·庞德：追寻欧洲文化》，《庞德研究文集》，蒋洪新、李长春编选，南京：译林出版社，2014 年，第 30-43 页。

聂珍钊《文学伦理学批评导论》，北京：北京大学出版社，2014 年。

庞德《庞德诗选·比萨诗章》，黄运特译，桂林：漓江出版社，1998 年。

庞德《漩涡》，《庞德诗选·比萨诗章》，黄运特译，桂林：漓江出版社，1998 年，第 217-220 页。

钱兆明、欧荣《缘起缘落：方志彤与庞德后期儒家经典翻译考》，《浙江大学学报》3（2015）:124-132。

钱锺书《谈艺录》，北京：中华书局，1984 年。

索金梅《庞德〈诗章〉中的儒学》，天津：南开大学出版社，2003 年。

陶乃侃《庞德与中国文化》，北京：首都师范大学出版社，2006 年。

王光明《自由诗与中国新诗》，《中国社会科学》4（2004）:161-172。

王贵明《译作乃是新作：论埃兹拉·庞德诗歌翻译的原则和艺术性》，《北京理工大学学报》2（2002）:36-41。

王誉公、魏芳萱《庞德〈诗章〉评析》，《山东外语教学》3-4（1994）：132-137。

吴其尧《庞德与中国文化：兼论外国文学在中国文化现代化中的作用》，上海：上海外语教育出版社，2006 年。

休·肯纳《破碎的镜片与记忆之镜》，李春长、张娴译，《庞德研究文集》，蒋洪新、李春长选编，南京：译林出版社，2014 年，第 298-309 页。

杨恒达主编：《外国诗歌鉴赏辞典 3（现当代卷）》，上海：上海辞书出版社，2010 年。

叶维廉译《庞德与潇湘八景》，长沙：岳麓书社，2006 年。

叶维廉译《众树之歌：欧美现代诗 100 首》，北京：人民文学出版社，2009 年。

叶艳《〈诗章〉中的女性形象》，《作家》12 (2013)：141-142。

袁可嘉《略论英美"现代派"诗歌》，《文学评论》3（1963）：64-85。

袁可嘉《西方现代文学流派概论》，桂林：广西师范大学出版社，2003 年。

张曦《目的与策略：庞德翻译研究》，上海：上海交通大学出版社，2013 年。

张子清《美国现代派诗歌杰作：〈诗章〉》，《庞德诗选·比萨诗章》，黄运特译，桂林：漓江出版社，1998 年，第 1-11 页。

张子清《美国现代诗歌杰作——〈诗章〉》，《外国文学》1（1998）：81-85。

赵毅衡《诗神远游：中国如何改变了美国现代诗》，上海：上海译文出版社，2003 年。

赵毅衡《远游的诗神：中国古典诗歌对美国新诗运动的影响》，成都：四川人民出版社，1985 年。

钟玲《美国诗与中国梦》，桂林：广西师范大学出版社，2003 年。

朱伊革《论庞德〈诗章〉的现代主义诗学特征》，《国外文学》1（2014）：71-84。

祝朝伟《建构与反思：庞德翻译理论研究》，上海：上海译文出版社，2005 年。

——, "To Hubert Creekmore". *The Letters of Ezra Pound*. Ed. D. G. Paige. New York: Harcourt, Brace and Company, 1950, pp. 321-323.

——, *Odyssey.* Trans. Rodney Merrill. Ann Arbor: The University of Michigan Press, 2002.

——. "A Few Don'ts". *Literary Essays of Ezra Pound.* Ed. T. S. Eliot. New York: New Directions, 1935, pp. 4-5.

——. "A Retrospect". *Literary Essays of Ezra Pound.* Ed. T. S. Eliot. New York: New Directions Publishing Coperatioin, 1935, pp. 3-14.

——. "An Introduction to the Economic Nature of the United States". *Selected Prose 1909-1965.* Ed. William Cookson. New York: New Directions Publishing Coperatioin, 1973, pp. 167-85.

——. "Donzella Beata". *A Lume Spento and Other Early Poems.* New York: New Directions Publishing Coperatioin. 1965, p. 41.

——. "How I Began". *T.P.'s Weekly.* 1913(6), p. 707.

——. "How to Read". *Literary Essays of Ezra Pound.* Ed. T. S. Eliot. New York: New Directions Publishing Coperatioin, 1935, pp. 15-40.

——. "I Gather the Limbs of Osiris". *Selected Prose 1909-1965.* Ed. William Cookson. London: Faber and Faber, 1973, pp. 21-43.

——. "Notes for Performers". *Ezra Pound's Poetry and Prose Contributed to Periodicals*, vol. 4. Eds. Lea Baechler, Walton Lits and James Longenbach. New York and London: Garland Publishing Inc., 1991, pp. 330-333.

——. "The Serious Artist". *Literary Essays of Ezra Pound.* Ed. T. S. Eliot. New York: New Directions Publishing Coperatioin, 1935, pp. 41-57.

——. "To Felix E. Schelling". *The Letters of Ezra Pound.* Ed. D. G. Paigne. New York: Harcourt, Brace and Company, 1950, pp. 178-182.

——. "To Homer 23 Oct. 1925". *Ezra Pound to His Parents.* Ed. Mary de Rachewiltz, A. David Moody, and Joanna Moody. Oxford: Oxford University Press, 2010, pp. 578-579.

——. "To Homer". *The Letters of Ezra Pound.* Ed. D. G. Paige. New York: Harcourt, Brace and Company, 1950, pp. 210-211.

——. "To John Lackay Brown". *The Letters of Ezra Pound.* Ed. D. G. Paige. New York: Harcourt, Brace and Company, 1950, pp. 293-294.

——. "To Joyce". *Letters of Ezra Pound to James Joyce.* Ed. Forrest Read. New York: New Directions Publishing Coperatioin, 1965, pp. 103-104.

——. *A Draft of XXX Cantos.* New York: New Directions Publishing Coperatioin, 1997.

——. *A Lume Spento and Other Early Poems.* New York: New Directions Publishing Coperatioin, 1965.

——. *Cities on the Hills: A Study of I-XXX of Ezra Pound's Cantos.* Ann Arbor: UMI Research Press, 1983.

——. *Confucian Analects.* London: Peter Owen Ltd., 1933.

——. *Ezra Pound to His Parents: Letters 1895-1929.* Eds., Mary de Rachewiltz, A. David Moody and Joanna Moody. Oxford: Oxford University Press, 2010.

——. *Ezra Pound's Chinese Friends: Stories in Letters*. New York: Oxford University Press, 2008.

——. *Ezra Pound's Poetry and Prose Contributed to Periodicals*. Vol. 4. Eds. Lea Baechler, Walton Lits and James Longenbach. New York and London: Garland Publishing Inc., 1991.

——. *Gaudier-Brzeska*. New York: New Directions Publishing Coperatioin, 1970.

——. *Personae: Collected Shorter Poems of Ezra Pound*. London: Faber and Faber, 1984.

——. *Poems and Translations*. New York: Library Classics of the United States, Inc., 2003.

——. *Selected Prose, 1909-1965*. Ed. William Cookson, New York: New Directions Publishing Coperatioin, 1973.

——. *Social Credit: An Impact*. London: P. Russell, 1951.

——. *Spirit of Romance*. New York: New Directions Publishing Coperatioin, 1930.

——. *The Cantos of Ezra Pound*. New York: New Directions Publishing Corporation, 1995.

——. *The Letters of Ezra Pound*. Ed. D. G. Paige. New York: Harcourt, Brace and Company, 1950.

——. *The Odyssey of Homer*. Trans. and Intro. Richmond Lattimore. New York, Hagerstown, San Francisco and London: Harper & Row Publishers, 1967.

Alexander, Michael. *The Poetic Achievement of Ezra Pound*. London and New York: Faber and Faber, 1979.

Barnhisel, Gregory. *James Laughlin, New Directions, and the Remaking of Ezra Pound*. Amhest and Boston: University of Massachusetts Press, 2005.

Beasley, Rebecca. *Ezra Pound and The Visual Culture of Modernism*. Cambridge: Cambridge University Press, 2007.

Bridson, D. G. "An Interview with Ezra Pound". *Ezra Pound's Cantos: A Casebook*. Ed. Peter Makin. Oxford: Oxford University Press, 2006, pp. 248-250.

Bush, Ronald. *The Genesis of Ezra Pound's Cantos*. New Jersey: Princeton University Press, 1976.

Byron, Gordon. *Parisina*. Whitefish: Kessinger Publishing, 2004.

Chang Yao-hsin. "Pound's Cantos and Confunianism". *Ezra Pound: The Legacy of Kulchur*. Ed. Marcel Smith and William A. Ulmer. Tuscaloosa and London: The Unibersity of Alabama Press, 1988, pp. 86-122.

Childs, John Steven. *Modernist Form: Pound's Style in the Early Cantos*. Cranbury, London and Toronto: Associated University Press, 1986.

Clanchy, M.T. *Blackwell Classic Histories of England: England and its Rulers: 1066 - 1307* (4th Edition). Somerset: John Wiley & Sons, Incorporated, 2014.

Conover, Anne. *Olga Rudge and Ezra Pound: "What Thou Lovest Well"*. New Haven: Yale University Press, 2001.

Cookson, William. *A Guide to The Cantos of Ezra Pound*. New York: Persea Books, 1985.

Crawford, Francis. *Salve Venetia: Gleanings from Venetian History*. Vol.1. New York: Macmillan, 1905.

Cummins, Julie. *Flying Solo: How Ruth Elder Soared into America's Heart.* New York: Roaring Book Press, 2013.

Davenport, Guy. "Persephone's Ezra". *Ezra Pound's Cantos: A Casebook.* Ed. Peter Makin. Oxford, New York: Oxford Univerity Press, 2006, pp. 47-64.

Davis, Kay. *Fugue and Frescso: Structures in Pound's Cantos.* Orono, Maine: The National Poetry Foundation, 1984.

Dekker, George. *Sailing After Knowledge: The Cantos of Ezra Pound.* London: Routledge & Kegan Paul, 1963.

Dickey, Frances. "Ezra Pound: Portraiture and Originality". *Modern Portrait Poems: From Dante Gabriel Rossetti to Ezra Pound.* Charlottesville: University of Virginia Press, 2012, pp. 48-75.

Eastman, Barbara C.. *Ezra Pound's Cantos: The Story of the Text 1948-1975.* Orono, Maine: National Poetry Foundation, 1979.

Eliot, T. S. *After Strange Gods.* New York: Harcourt, Brace and Company, 1934, p. 182.

Hall, Donald. "Ezra Pound: An Interview". *Ezra Pound's Cantos: A Casebook.* Ed. Peter Makin. Oxford: Oxford University Press, 2006, pp. 251-260.

Henriksen, Line. *Ambition and Anxiety: Ezra Pound's Cantos and Derek Walcotts's Omeros as Twenties-Century Epics.* Amsterdan:Edition Rodopi BV,2006.

Hesiod. *Hesiod's Theogony.* Trans. with Introduction, Commentary, and Interpretive Essay. Richard S. Caldwell. Cambridge: Focus Information Group, 1987.

Homberger, Eric. *Ezra Pound: The Critical Heritage.* London and New York: Routledge, 1972.

Homer. *Odyssey.* Trans. E. V. Rieu. London: Penguin Classics, 1952.

Horace. "Art of Poesy". *Literary Criticism and Contemporary Trends.* Ed. David Richter. St. Martin's Press, 1998, pp. 65-78.

http://baike.baidu.com/link?url=HmTNpFx3xztB70fbiwUs60LWkfnKhLPr5tioeCd6CPiE8cD5I-2Toe7 M99qWEciML0zUiIau33UkBHPwUKCkta.

http://en.wikipedia.org/wiki/Francis_Jammes.

http://en.wikipedia.org/wiki/Galeotto_Roberto_Malatesta.

http://en.wikipedia.org/wiki/In%C3%AAs_de_Castro.

http://en.wikipedia.org/wiki/Isotta_degli_Atti.

http://en.wikipedia.org/wiki/Madonna_of_the_Rose_Garden.

http://en.wikipedia.org/wiki/Niccol%C3%B2_di_Pitigliano.

http://www.juancole.com/2014/10/halloween-poetry-yeats.html.

http://www.uh.edu/~cldue/texts/sappho.html.

http://www2.warwick.ac.uk/fac/arts/ren/projects/italianelites/lettere/ma/

http://zh.wikipedia.org/wiki/%E7%B1%B3%E5%BA%95%E7%8E%8B%E5%9B%BD.

Huan Yunte. "Ezra Pound, Made in China", *Foreign Literature Studies*. 2014(3). pp. 7-18.

Huang Guiyou. *Whitmanism, Imagism, and Modernism in China and America*. London: Associated University Press, 1997.

Irving, John. "Mozart's Words, Mozart's Music: Untangling an Encounter with a Fortepiano and Its Remarkable Consequences". *Austrian Studies*. 2009 (17), pp. 29-42.

Kearns, George. *Guide to Ezra Pound's Selected Cantos*. New Brunswick, NJ: Rutgers University Press, 1980.

Kenner, Hugh. *The Pound Era*. Berkeley & Los Angeles: University of California Press, 1971.

Kondoleon, Cristine. Phoebe C. Segal. Ed. *Aphrodite and the The Gods of Love*. Boston: MFA Publications, 2011.

Laughlin, James. *Gists and Piths: a Memoir of Ezra Pound*. Iowa City: Windhover Press, 1982.

Lefkowitz, Mary R. *Women in Greek Myth*. Baltimore: The Johns Hopkins University Press, 2007.

Mancuso, Girolamo. "The Ideogrammic Method in The Cantos". *Ezra Pound's Cantos: A Casebook*. Ed. Peter Makin. Oxford: Oxford University Press, 2006, pp. 65-80.

Meade, Marion. *Eleanor of Aquitaine: A Biography*. New York: Penguin Books, 1977.

Mercatante, Anthony S. *Encyclopedia of World Mythology and Legend*. New York and Oxford: Facts On File, 1988.

Miyake, Akiko. *Ezra Pound and the Mysteries of Love: A Plan for The Cantos*. Durham, London: Duke University Press, 1991.

Nadel, Ira B. Ed. *The Cambridge Companion to Ezra Pound*. New York: Cambridge Univerity Press, 1999.

Nolde, John J. "Ezra Pound and Chinese History". *Ezra Pound and History*. Ed. Marianne Korn. Orono, Maine: National Poetry Foundation, 1985, pp. 99-118.

Pound, Ezra. *ABC of Reading*. New York: New Directions Paperbook, 2010.

Qian Zhaoming, ed. *Ezra Pound and China*. Ann Arbor: University of Michigan Press, 2003.

Rainey, Lawrence S. *Ezra Pound and the Monument of Culture: Text, History, and the Malatesta Cantos*. Chicago and London: The University of Chicago Press, 1991.

Schafer, R. Murray, ed. *Ezra Pound and Music: the Complete Criticism*, New York: New Directions Publishing Coperatioin, 1978.

Schott, Robin May, ed. *Birth, Death, and Femininity: Philosophies of Embodiment*. Bloomington: Indiana University Press, 2010.

Schwartz, Rosalie. *Flying down to Rio: Hollywood, Tourists, and Yankee Clippers*. College Station: Texas A&M University Press, 2004.

Selby, Nick. *Poetics of Loss in The Cantos of Ezra Pound*. Lewsiton, Queenston and Lampeter: The Edwin Mellen Press, 2005.

Stahl, Alan M. Zecca. *The Mint of Venice in the Middle Ages*. Baltimore: Johns Hopkins University Press, 2001.

Stock, Noel. *The Life of Ezra Pound*. New York: Routledge, 2011.

Stoppino, Eleonora. *Genealogies of Fiction: Women Warriors and the Medieval Imagination in the "Orlando Furioso"*. New York: Fordham University Press, 2011.

Surette, Leon. *A Light from Eleusis: A Study of Ezra Pound's Cantos*. Oxford: Clarendon Press, 1979.

Sussman, Henry. *High Resolution: Critical Theory and the Problem of Literacy*. Cary: Oxford University Press, 1989.

Terrell, Carall F. *A Companion to The Cantos of Ezra Pound*. Berkeley, Los Angeles, London: University of California Press, 1993.

Tibullus, Albius. Lygdamus, Sulpicia. *The Complete Poems of Tibullus: An En Face Bilingual Edition*. Berkeley: University of California Press, 2012.

Tryphonopoulos, Demetres. *Celestial Tradition: A Study of Ezra Pound's The Cantos*. Waterloo: Wilfrid Laurier University Press, 1992.

Virgil. *The Aeneid*. Trans. Michael Oakley. Ware, Hertfordshire: Wordsworth Editions Ltd., 2004.

Xu Ping. *Thinking, Writing, Thinking: An Exploration of Heidegger, Fenollosa, Pound, and the Taoist Tradition*. Wuhan: Wuhan Unversity Press, 2002.

Yip Wai-lim. *Ezra Pound's Cathy*. Princeton: Princeton University Press, 1969.

附录 人名翻译对照表

A

Acrisius 阿克里西耳斯

Adams 亚当斯

Adelaide 阿德莱德

Aeneas 埃涅阿斯

Aenor 埃诺

Afonso Ⅳ 阿方索四世

Agenor 阿革诺耳

Agnesina 阿涅西纳

Aimery 艾默里

Akiko Miyake 三宅秋子

Alan Stahl 阿兰·斯塔尔

Alberic 阿尔贝里克

Aldo Walluschnig
　　　　奥尔多·瓦鲁斯彻尼格

Aldobrando Orsini
　　　　奥尔多布兰多·奥尔西尼

Alessandro 亚历山德罗

Aletha 阿莱沙

Alexander Ⅵ 亚历山大六世

Alf 阿尔夫

Alfonso I d'Este 阿方索一世

Alienor 阿丽埃诺

Alix 阿利克斯

Amalthea 阿玛尔忒亚

Amphion 安菲翁

Anchises 安喀塞斯

Andreas Divus 安德里阿斯·狄乌斯

Antonia 安东妮娅

Aphrodite 阿佛洛狄忒

Argicida 阿基斯达

Aristotle 亚里士多德

Nicolaeque Guiduccioli de Arimino
　　尼科莱克·圭杜乔利·德·阿里米诺

B

Bach 巴赫

Barbara Eastman
　　　　芭芭拉·伊斯特曼

Bathsheba 拔示芭

Benette 贝内特

Bonius 波纽斯

Borso d'Este 博尔索·埃斯特

Broglio 布罗利奥

Bucentoro 布森托罗

C

Cabestan 卡贝斯唐

Cadmus 卡德摩斯

Caeneus 凯涅厄斯

Calliope 卡利俄佩

Carlo Malatesta 卡洛·马拉泰斯塔

Francesco（sforza）
　　　　弗朗西斯科·斯福尔扎

Francis Crawford　弗朗西斯·克劳福德

Francis Jammes　弗朗西斯·雅姆

Franco　弗朗科

Franz Grillparzer　弗朗茨·格里尔帕策

Franz Joseph I　弗良茨·约瑟夫一世

Franz von Liszt　弗朗茨·冯·李斯特

G

Galeaz Sforza Visconti
　　　　加莱亚扎·斯福尔扎·维斯孔蒂

Galeazzo　加莱亚佐

Galeotto　加莱奥托

George Bemard Shaw
　　　　萧伯纳

George Haldeman　乔治·霍尔德曼

George Kearns　乔治·卡恩斯

Giacomo　贾科莫

Giovanna　焦瓦纳

Giovanni Soranzo　乔瓦尼·索兰佐

Girolamo Mancuso　吉罗拉莫·曼库索

Guido Cavalcanti　圭多·卡瓦尔坎蒂

Guillaume　纪尧姆

Guy Davenport　盖伊·达文波特

H

Harriet Monroe　门罗

Helen　海伦

Henry II　亨利二世

Henry VIII　亨利八世

Hephaistos　赫菲斯托斯

Hercules　赫拉克勒斯

Hermes　赫尔墨斯

Hesiod　赫西俄德

Hugh Kenner　休·肯纳

Hugo Rennert　胡戈·伦纳特

I

Ignez da Castro
　　　　伊内斯·达·卡斯特罗

Ione de Forest　约内·德·福雷斯特

Iseult　伊索特

Isis　伊西斯

Isotta / Ixotta　伊索塔/伊克索塔

Ityn　伊藤

Itys　伊提斯

J

James Joyce　詹姆斯·乔伊斯

James Laughlin　詹姆斯·劳克林

James Mackay　詹姆斯·麦凯

Jeanne Heyse　让娜·埃塞

Jesus　耶稣

John Edwards　约翰·爱德华兹

John Nolde　约翰·诺尔德

John Steven Childs
　　　　约翰·史蒂文·蔡尔兹

K

Kay Davis　凯·戴维斯

King David　大卫王

175

Kore　　　　　　科瑞

Kung　　　　　　孔子

L

Lady of Ventadour　旺塔杜尔夫人

Laodamia delli Romei

　　　　　拉奥达米娅·罗梅伊

Leon Surette　　　里昂·苏勒特

Leonello Este　　　莱奥内洛·埃斯特

Li Bel Chasteus

　　　　　李·贝尔·查斯图尔斯

Limousin　　　　利穆赞

Line Henriksen　　莱恩·亨里克森

Lipus　　　　　　利普斯

Loica　　　　　　罗伊卡

Lorenzo Tiepolo　洛伦佐·提埃坡罗

Lucrezia Borgia　卢克雷齐娅·博尔贾

Muratori　　　　穆拉托里

Lunarda Da Palla　卢纳尔达·达·帕拉

M

MacDonagh　　　麦克唐纳

Andrea Mantegna　安德烈亚·曼特尼亚

Margarita　　　　玛加丽塔

Marozia　　　　马罗齐亚

Mary Cassatt　　玛丽·卡萨特

Medici　　　　　美第奇

Meilissa　　　　梅丽萨

Menelaus　　　　墨涅拉俄斯

Michael Alexander

　　　　　米歇尔·亚历山大

Michel Foucault　米歇尔·福柯

Michaeli de Magnabucis

　　　　　米歇尔·德·马格纳布西斯

Mussolini　　　墨索里尼

N

Napoléon Ⅲ　　拿破仑三世

Nerea　　　　　涅柔娅

Niccolo d'Este　尼科洛·埃斯特

Niccolo Querini　尼科洛·奎里尼

Nick Selby　　　尼克·塞尔比

Nightingale　　　南丁格尔

Nicolai Marchionis Esten

　　　　　埃斯特家族的尼古拉侯爵

Nicolaus Marquis　尼古劳斯侯爵

Nicolo Pitigliano

　　　　　尼科洛·皮蒂利亚诺

Noel Stock　　　诺埃尔·斯托克

O

Odysseus　　　奥德修斯

Oscar Wilde　　王尔德

Ouranos　　　　乌拉诺斯

Ovidio　　　　　奥维德

P

Parisinae　　　帕里西娜

Patrick Henry　帕特里克·亨利

Pearse　　　　皮尔斯

Pedro　　　　　佩德罗

Peter Makin　　彼得·麦肯

Peter Wilson	彼得·威尔逊	Ronald Bush	罗纳德·布什
Pernella	佩尔内拉	Rosa Cannabich	罗莎·坎纳比希
Perserphone	珀耳塞福涅	Ruth Elder	露丝·埃尔德
Philippa	菲莉帕		

S

Philomela	菲洛墨拉		
Piccinino	皮奇尼诺	Sallustio	萨鲁斯提俄
Picus de Farinatis		Sandro Botticelli	桑德罗·博蒂切利
	皮库斯·德·法里纳蒂	Sappho	萨福
Pius Ⅱ	庇护二世	Savairic Mauleon	萨瓦里克·毛莱翁
Poicebot	普瓦思博	Schoeney's daughters	舍尼的女儿们
Polissena	波利塞纳	Semele	塞墨勒
Polydectes	波吕得克忒斯	Seremonda	萨拉曼达
Pomona	波摩娜	Sforza	斯福尔扎
Pope Clement Ⅶ	教皇克雷芒七世	Sier Escort	西尔·艾斯科特
Pope Sergius Ⅲ	塞尔吉乌斯三世	Sigismundo Malatesta	
Procne	普罗克涅		西吉斯蒙德·马拉泰斯塔
Properzio	普罗佩尔奇	Simone de Beauvoir	
			西蒙·德·波伏娃

R

		Siren	塞壬
Raymond of Toulouse		Sorantia Soranzo	索安提亚·索兰佐
	图卢兹的雷蒙德	Sordello	索尔代洛
Rebecca Beasley	丽贝卡·比斯利	St. Catherine of Alexandria	
Ricarda	丽卡达		亚历山大的圣凯瑟琳
Richard Aldington	理查德·奥尔丁顿	St. Clement of Alexandria	
Richard St. Boniface			亚历山大的圣克莱蒙特
	理查德·圣·博尼法斯	Stefano	斯特凡诺
Robert Browning	罗伯特·布朗宁	Sulpicia	索皮希雅
Roberto Malatesta			

T

	罗伯托·马拉泰斯塔		
Rodolfo Gonzaga	鲁道夫·贡萨加	Tereus	忒柔斯
Romanus	罗曼努斯三世	Theodora	西奥多拉

177

Tiresias	提瑞西阿斯
Tristan	特里斯坦
Truth	忒露丝
Tyndarida	泰达丽达

U

Ugo	乌戈

V

Vannetta	万内塔
Vannozza dei Cattanei	万诺扎·德·卡塔内伊
Venus	维纳斯
Verres	费雷斯
Vinia Arunculeia	维尼亚·奥伦库莱娅
Virginia Marotti	维尔吉尼娅·马罗蒂
Virgil	维吉尔
Visconti	维斯孔蒂

W

Walter Hinchcliffe	沃尔特·欣奇克利夫
Walton Litz	沃尔德·利兹
Wecheli	维澈里
William Cookson	威廉·库克森
William Farr	威廉·法尔
William Vass	威廉·瓦斯
Wolfgang Amadeus Mozart	莫扎特

Y

Yeats	叶芝

Z

Zagreus	扎格柔斯
Zethus	仄忒斯
Zeus	宙斯
Zoe Porphyrogenita	佐伊·波尔菲罗格尼塔
Zothar	佐莎

索　引

（以汉语拼音为序）

181

183